La vida está en otra parte

Obras de Milan Kundera en Maxi

Milan Kundera
La vida está en otra parte

Traducción del checo de Fernando de Valenzuela

MAXI
TUSQUETS
EDITORES

Obra editada en colaboración con Editorial Planeta – España

Título original: *Život je jinde*

© 1973 by Milan Kundera

Diseño de la portada: © 2012, 2022, Milan Kundera
Adaptación de la portada: Maxi Tusquets / Área Editorial Grupo Planeta
© de la traducción: Fernando de Valenzuela Villaverde, 1979, 2014

© 2022, Tusquets Editores, S. A. – Barcelona, España

Derechos reservados

© 2024, Editorial Planeta Mexicana, S.A. de C.V.
Bajo el sello editorial TUSQUETS M.R.
Avenida Presidente Masarik núm. 111,
Piso 2, Polanco V Sección, Miguel Hidalgo
C.P. 11560, Ciudad de México
www.planetadelibros.com.mx

Primera edición impresa en España: octubre de 2022
ISBN: 978-84-1107-170-3

Primera edición impresa en México: marzo de 2024
ISBN: 978-607-39-1115-3

Impreso en los talleres de Impresora Tauro, S.A. de C.V.
Av. Año de Juárez 343, Col. Granjas San Antonio,
Iztapalapa, C.P. 09070, Ciudad de México
Impreso en México – *Printed in Mexico*

Biografía

Milan Kundera nació en la República Checa y desde 1975 y hasta su muerte, el 11 de julio de 2023, vivió en Francia.

Índice

Primera parte
o
El poeta nace

Cuando la madre del poeta se preguntaba en qué lugar había sido concebido el poeta, sólo cabían tres posibilidades: un banco de un parque nocturno, una tarde en casa de un amigo del padre del poeta, o una mañana en un romántico paraje junto a Praga.

Cuando se formulaba la misma pregunta, el padre del poeta llegaba a la conclusión de que el poeta había sido concebido en casa de su amigo, porque aquel día había tenido muy mala suerte. La madre del poeta no quería ir a casa de su amigo, se enfadaron dos veces, se reconciliaron dos veces. Cuando estaban haciendo el amor alguien abrió la puerta en la casa de al lado, la madre se asustó, dejaron de hacer el amor y terminaron de hacerlo más tarde con un nerviosismo compartido al que el padre achacaba la concepción del poeta.

Pero la madre del poeta no admitía en absoluto la posibilidad de que el poeta hubiera sido concebido en una casa ajena (estaba desordenada, con el desorden típico de los solterones, y a la madre le daba vergüenza aquella cama a medio hacer, sobre cuya sábana yacía un pijama ajeno arrugado) y rechazaba también la posibilidad de que hubiese sido concebido en el banco del parque, donde había aceptado hacer el amor de mala gana y a disgusto, porque le asqueaba que precisamente en esos bancos hicieran el amor en el parque las putas. Por eso estaba absolutamente convencida de que el poeta sólo podía haber sido concebido aquella soleada mañana de verano tras la gran roca que, al lado de otras, sobresale patéticamente en el valle al que suelen ir a pasear el domingo los praguenses.

Este escenario es el adecuado para la concepción del poeta por muchas razones: bañado por el sol del mediodía es escenario de luz, no de sombras; de día y no de noche; es un sitio en medio de un ambiente natural abierto, sitio por tanto de vuelo y alas; además, aunque está un tanto cerca de los últimos edificios de la ciudad, es un paisaje romántico, lleno de pedruscos que emergen de un terreno salvajemente modelado. Todo esto le parecía una imagen elocuente de sus anteriores vivencias. ¿No había sido su gran amor por el padre del poeta una rebelión romántica contra el carácter prosaico y conservador de sus propios padres? El valor con que ella, hija de un rico comerciante, había elegido precisamente a un pobre ingeniero que acababa de terminar su carrera, ¿no tenía un íntimo parecido con aquel paisaje indómito?

La madre del poeta había vivido entonces un gran amor, y nada puede cambiar el desengaño que llegó sólo dos semanas después de aquella hermosa mañana tras la roca. En efecto: cuando alegremente emocionada anunció a su amante que hacía ya varios días que no llegaba la indisposición íntima que todos los meses le amargaba la vida, el ingeniero, con una indiferencia hiriente (aunque a nuestro juicio fingida e insegura) afirmó que se trataría seguramente de un insignificante fallo del ciclo vital que, con seguridad, no tardaría en volver a su benéfico ritmo. La mamá intuyó que su amante no quería participar en sus esperanzas y alegrías, se ofendió y no volvió a dirigirle la palabra hasta que el médico le comunicó que estaba embarazada. El padre del poeta dijo que tenía un amigo ginecólogo que la libraría con discreción de sus preocupaciones y la madre se echó a llorar. ¡Conmovedor final de sus rebeliones! Primero se había rebelado contra sus padres en nombre del joven ingeniero y luego huyó en busca de sus padres, en demanda de ayuda contra él. Y los padres no la decepcionaron; se reunieron con él y le hablaron con sinceridad y el ingeniero, comprendiendo quizá que no tenía escapatoria, no puso reparos a celebrar una boda por todo lo alto y aceptó sin protestar una buena dote que le permitió montar su propia empresa constructora; sus pertenencias, que cabían en dos maletas, las trasladó a la casa en la que su joven esposa vivía con su familia desde que nació.

Pero la rápida rendición del ingeniero no pudo ocultar a la madre del poeta que la aventura a la que se había lanzado con una inconsciencia que le había parecido maravillosa, no era el gran amor compartido al que ella, en su opinión, tenía derecho. Su padre poseía dos prósperas droguerías en Praga y la hija era partidaria de las cuentas claras; si ella lo había puesto todo en su empresa amorosa (¡estuvo incluso dispuesta a traicionar a sus propios padres y a aquella tranquila casa!) quería que la otra parte ingresara en la caja común igual cantidad de sentimientos. En su pretensión de rectificar ahora la injusticia, quería sacar de la caja de los sentimientos lo que había puesto en ella y le ofrecía al marido, después de la boda, un rostro altivo y severo.

Hacía poco que había partido de la casa familiar la hermana de la madre del poeta (se casó y alquiló un apartamento en el centro de Praga) de modo que el viejo comerciante y su mujer se habían reservado las habitaciones de la planta baja mientras el ingeniero y su mujer pudieron alojarse en el piso superior, en tres habitaciones, dos grandes y una pequeña, equipadas tal como las había dispuesto hacía veinte años el padre de la joven esposa, al construir la casa. Al ingeniero le vino bien, hasta cierto punto, encontrarse con que el hogar que le daban estaba ya instalado, pues no poseía más bienes que el contenido de las mencionadas maletas; sin embargo, se atrevió a sugerir algunos pequeños cambios que modificaran el aspecto de las habitaciones. Pero la madre del poeta no estaba dispuesta a permitir que quien la había querido poner bajo el bisturí del ginecólogo pudiera alterar el viejo orden de la decoración, que contenía el espíritu de sus padres, muchos años de dulce costumbre, confianza y seguridad.

El joven ingeniero volvió a rendirse sin condiciones y sólo se permitió una pequeña protesta de la que dejamos constancia: en la habitación en la que dormían los esposos había una mesita pequeña; era un ancho pie sobre el que descansaba una placa de mármol gris y, sobre ella, la estatuilla de un hombre desnudo; el hombre tenía en la mano izquierda una lira que apoyaba en la cadera saliente. Tenía la mano derecha extendida en un gesto patético, como si sus dedos acabaran de rasguear las cuerdas; la pierna derecha se hallaba flexionada, la cabeza ligeramente inclinada hacia atrás, de modo que los ojos miraban hacia arriba. Añadamos que el rostro del hombre era extraordinariamente bello, los cabellos ondulados y la blancura del alabastro con el que estaba hecha la estatuilla le daban a la figura un aspecto tiernamente afeminado o *divinamente* virginal; y no es que hayamos utilizado sin más la palabra divinamente: según la inscripción grabada en el pedestal, el hombre de la lira era el dios griego Apolo.

Sin embargo, la madre del poeta casi nunca podía ver al hombre de la lira sin enfadarse. Solía estar vuelto con el trasero hacia la habitación, otras veces servía de posasombrero del ingeniero, o colgaba de su delicada cabeza un zapato o estaba vestido con un calcetín del ingeniero que, con su mal olor, constituía una especial profanación del soberano de las musas.

La impaciencia de la madre del poeta, en estos casos, no se debía sólo a su escaso sentido del humor, intuía perfectamente que con el calcetín enfundado en la estatua de Apolo su marido le daba a entender, con la excusa de la broma, lo que por cortesía callaba: el rechazo del mundo en que vivía y el carácter provisional de su rendición.

De este modo, el objeto de alabastro se convirtió en un verdadero dios antiguo, en un ser sobrenatural que interviene en el mundo de los hombres, anuda sus destinos, intriga y revela lo que permanecía en secreto. La joven esposa veía en él a un aliado y su feminidad soñadora lo convertía en un ser vivo, sus ojos se nublaban por momentos con la ilusión de los colores de las pupilas y su boca parecía respirar. Se enamoró de ese pequeño hombre desnudo que se veía humillado por su culpa. Miraba su bello rostro y empezaba a desear que el hijo que crecía en su vientre se pareciera a aquel hermoso enemigo de su marido. Deseaba un parecido tal que pudiera creer que había sido este joven y no su marido el que la había fecundado; le pedía que con su magia corrigiera la desdichada concepción, que la reimprimiera, que la retocara, como cuando el gran Tiziano pintó uno de sus cuadros en la tela estropeada por un aprendiz.

Encontrando sin pretenderlo su modelo en la Virgen María que había sido madre sin ser fecundada por un hombre y había creado así el ideal del amor materno en el que el padre no interviene y al que no pone obstáculo, experimentaba el excitante deseo de que su hijo se llamase Apolo, lo que significaba para ella *Aquel que no tiene padre humano.* Claro que se daba cuenta de que su hijo tendría una vida difícil con un nombre tan pomposo y que todos se reirían de ella y de él. Por esto buscó un nombre checo digno del joven dios griego y se le ocurrió el nombre de Jaromil *(el que ama a la primavera o que es amado por la primavera);* todos estuvieron de acuerdo.

Precisamente fue en primavera y florecían las lilas cuando la llevaron al sanatorio. Allí, tras varias horas de dolores, salió el joven poeta a la sucia sábana del mundo.

2

Pusieron luego al poeta en una cuna junto a su cama, desde donde ella podía oír sus dulces vagidos; tenía el cuerpo dolorido, pero lleno de orgullo. No le envidiemos al cuerpo ese orgullo; hasta entonces no le había sacado demasiado provecho, a pesar de que estaba bastante bien hecho: es verdad que tenía un culo poco atractivo y las piernas un tanto cortas, pero en compensación unos pechos extraordinariamente firmes y bajo un cabello muy fino (tanto que apenas se lo podía peinar) una cara que, sin ser fascinante, tenía un discreto encanto.

La mamá siempre fue más consciente de su insignificancia que de sus encantos, sobre todo porque desde su infancia vivía con una hermana mayor que bailaba maravillosamente, encargaba sus trajes en la mejor sastrería de Praga y adornada con la raqueta de tenis penetraba con facilidad en el mundo de los hombres elegantes, dándole la espalda a la casa materna. La fogosidad de la hermana reafirmaba a la madre del poeta en una obstinada humildad que la llevó, por puro espíritu de contradicción, a enamorarse de la seriedad sentimental de la música y los libros.

Es verdad que antes del ingeniero había salido con otro joven, un estudiante de medicina, hijo de una familia amiga de la suya; pero aquella relación no fue capaz de llegar a despertar en su cuerpo la conciencia de sí mismo.

Cuando él le hizo por primera vez el amor, en una casa de campo, se separó de él de inmediato, al día siguiente, con la melancólica certeza de que ni sus sentimientos ni sus sentidos estaban hechos para el gran amor. Y como por entonces terminaba precisamente el bachillerato, tuvo la oportunidad de declarar que quería encontrar el objetivo de su vida en el trabajo y se decidió a ingresar (a pesar de las quejas de su padre, inspiradas en su sentido práctico) en la Facultad de Letras.

Su cuerpo decepcionado llevaba ya casi cinco meses sentado en el amplio banco del auditorio universitario, cuando encontró en la calle a un joven ingeniero impertinente que lo interpeló y a las tres citas se apoderó de él. Y como el cuerpo quedó esa vez muy (y sorprendentemente) satisfecho, el alma olvidó rápidamente sus ambiciones de una carrera universitaria y (tal como debe hacer siempre un alma razonable) se apresuró a acudir en ayuda del cuerpo: aprobaba de buen grado las opiniones del ingeniero, su modo de ser alegre y descuidado y su simpática falta de responsabilidad. A pesar de que sabía que eran cualidades ajenas a las de su hogar, quería identificarse con ellas porque el cuerpo, tristemente humilde, en su presencia dejaba de desconfiar y comenzaba, sorprendido, a disfrutar de sí mismo.

¿La mamá había encontrado, por fin, la felicidad? No del todo: vacilaba entre la fe y la duda. Cuando se desnudaba ante el espejo, se miraba con los ojos de él y se encontraba a ratos excitante, a ratos vulgar. Había puesto su cuerpo a merced de unos ojos ajenos y aquello le producía una gran inseguridad.

Pero, por mucho que dudase entre la esperanza y la falta de fe, su anterior resignación había desaparecido por completo; la raqueta de tenis de la hermana ya no la deprimía; su cuerpo vivía por fin como cuerpo y la mamá comprendía que era hermoso vivir así. Deseaba que esa nueva vida no fuera sólo una promesa falaz, sino una verdad duradera; quería que el ingeniero se la llevara del aula de la facultad y del hogar y convirtiera aquella historia de amor en la historia de su vida. Por eso recibió la noticia del embarazo con entusiasmo: se veía a sí misma, al ingeniero y a su hijo y le parecía que este trío llegaba hasta las estrellas y llenaba el universo.

Esto ya lo hemos contado en el capítulo anterior: la mamá comprendió rápidamente que quien se interesaba por la historia de amor sentía miedo por la historia de la vida y no deseaba convertirse con ella en un monumento que alcanzara las estrellas. Pero también sabemos que esta vez su seguridad en sí misma no se derrumbó bajo el peso de la frialdad del amante. Y es que algo muy importante había cambiado. El cuerpo de la mamá, que hasta hacía poco se hallaba a merced de los ojos del amante, entró en una nueva fase de su historia: dejó de ser un cuerpo para unos ojos extraños, se convirtió en un cuerpo para alguien que aún no tenía ojos. La superficie exterior dejó de ser lo importante; el cuerpo entraba en contacto con otro cuerpo a través de su pared interior que nunca nadie había visto. Los ojos del mundo exterior sólo podían captar así en él su insustancial exterior, y ni siquiera la opinión del ingeniero significaba nada para el cuerpo, porque no podía influir de modo alguno en su gran destino; fue entonces cuando se hizo totalmente independiente y autosuficiente; el vientre, que se agrandaba y se afeaba, se convirtió en una creciente reserva de orgullo.

Tras el parto, el cuerpo de la madre entró en una nueva etapa. Cuando sintió por vez primera la boca errante del hijo que se adhería al pezón, un dulce temblor se despertó en medio del pecho y envió sus rayos temblorosos a todo el cuerpo; aquello se parecía a las caricias del amante, pero había algo más: una gran felicidad tranquila, una enorme tranquilidad. Nunca había sido así: cuando el amante le besaba el pecho era un segundo que había que pagar luego con horas de dudas y desconfianzas; esta vez sabía que aquella boca estaba allí adherida como prueba de una fidelidad ininterrumpida, de la que podía estar segura.

Y había aún algo más: cuando su amante le tocaba el cuerpo desnudo, ella siempre se avergonzaba; la mutua aproximación era siempre una superación de la extrañeza y cada instante de acercamiento era embriagador precisamente porque sólo era un instante. La vergüenza nunca se dormía, hacía al amor más excitante pero, al mismo tiempo, vigilaba al cuerpo para que no se entregara del todo. En cambio, en esta ocasión, la vergüenza desapareció; no existía. Los dos cuerpos se abrían el uno al otro en plenitud y no tenían nada que ocultarse.

Nunca se había entregado así a otro cuerpo y nunca otro cuerpo se le había entregado de la misma forma. El amante había podido utilizar su regazo, pero nunca había vivido en él; podía haber tocado su pecho, pero nunca había bebido de él. ¡Ah, cuando lo amamantaba! Miraba con amor los movimientos de pescado de aquella boca desdentada y se imaginaba que con la leche penetraban también en su hijito sus pensamientos, sus ideas y sus sueños.

Aquél era un estado *paradisiaco*: el cuerpo podía ser plenamente cuerpo y no necesitaba esconderse tras la hoja de parra; estaban sumergidos en la infinita tranquilidad del tiempo; vivían juntos como vivieron Adán y Eva hasta que comieron la fruta del árbol de la ciencia; vivían en sus cuerpos más allá del bien y del mal; y no sólo eso: en el paraíso ni siquiera se diferencia la belleza de la fealdad, de modo que todo aquello de lo que el cuerpo se compone no era para ellos ni bello ni feo, sino gozoso; gozosas eran las encías desdentadas, gozoso era el pecho, gozoso el ombligo, gozoso era el pequeño culito, gozosas eran las tripas cuya actividad era seguida con atención, gozosos eran los tenues cabellos que apuntaban en la ridícula cabecita. Se ocupaba cuidadosamente de cuando el hijo devolvía, cuando hacía pis y cuando hacía caca y no era sólo la atención de una enfermera que vigilara la salud del niño; no, cuidaba con *pasión* de todos los procesos que tenían lugar en su cuerpecito.

Aquello era algo totalmente nuevo, porque la mamá había tenido desde la infancia una fuerte repugnancia por todo lo corporal, no sólo por lo de los demás sino por lo suyo propio; le repugnaba tener que sentarse en el retrete (trataba siempre de que, por lo menos, nadie la viera entrar allí) y había pasado épocas en las que incluso le daba vergüenza comer delante de los demás, porque masticar y tragar le parecía asqueroso. Pero lo corporal del pequeño, elevado más allá de cualquier fealdad, limpiaba y justificaba ahora maravillosamente su propio cuerpo. La gota de leche que de vez en cuando se depositaba en la piel rugosa del pezón tenía para ella tanta poesía como una gota de rocío; con frecuencia se cogía un pecho y lo apretaba suavemente para contemplar esa gota milagrosa; tomaba la gotita con el índice y la probaba; se decía a sí misma que lo que pretendía era probar el gusto de la bebida con la que se alimentaba su hijo, pero más bien quería saborear su propio cuerpo, y si el gusto de la leche era dulce, aquel sabor la reconciliaba con todos sus otros jugos y secreciones, empezaba a verse sabrosa, su cuerpo le era agradable, positivo y natural como todas las cosas de la naturaleza, como los árboles, como las plantas, como el agua.

Desgraciadamente, de puro feliz que era con su cuerpo, la madre no se ocupaba de su cuerpo; un día se dio cuenta de que ya era tarde y de que la piel de su vientre le quedaría arrugada, con estrías blanquecinas en el tejido subcutáneo, una piel separada, que parecía no formar parte del cuerpo, como un tejido apenas hilvanado. Pero, a pesar de todo, al darse cuenta de ello no se desesperó. Aunque el vientre estaba arrugado, el cuerpo de la mamá era feliz por ser un cuerpo para unos ojos que aún veían el mundo sin mucho detalle y no sabían (¿no eran acaso ojos *paradisiacos?*) que existía un mundo cruel en el que los cuerpos se dividían en feos y bellos.

Pero si no lo veían los ojos del niño, sí lo veían los ojos del marido, que, después del nacimiento de Jaromil, intentaba reconciliarse con la mamá. Por primera vez en mucho tiempo, hicieron el amor; pero fue distinto de antes: elegían para el amor corporal momentos que pasaran inadvertidos, se amaban en la oscuridad y con moderación. Esto le venía bien a la madre: era consciente de su cuerpo estropeado y temía perder rápidamente, en un amor demasiado apasionado y abierto, la paz interior que le había dado el hijo.

No, no, nunca olvidaría que el marido le había proporcionado una excitación llena de inseguridad, en tanto que el hijo le había otorgado una calma llena de felicidad; por eso seguía (ya gateaba, andaba y hablaba) buscando consuelo en él. En una ocasión enfermó gravemente y la mamá estuvo casi sin pegar un ojo durante catorce días seguidos, junto al cuerpecito ardiente que se retorcía de dolor; pero incluso este periodo lo pasó como en éxtasis; cuando la enfermedad desapareció, le pareció que había recorrido, con el cuerpo del hijo en sus brazos, el reino de los muertos y había regresado de él; le pareció que tras esa experiencia común, ya nada podría separarlos jamás.

El cuerpo del marido, oculto por el traje o el pijama, un cuerpo discreto y encerrado en sí mismo, se alejaba de ella y día a día perdía familiaridad, en tanto que el cuerpo del hijo dependía constantemente de ella; ya no lo amamantaba, pero le enseñaba a ir al retrete, lo vestía y lo desvestía, decidía su peinado y su vestido, diariamente lo tocaba por dentro con los alimentos que amorosamente le preparaba. Cuando a los cuatro años empezó a carecer de apetito, se volvió severa con él; le obligaba a comer y por vez primera sintió que era no sólo amiga, sino también *dueña* y *señora* de aquel cuerpo; el cuerpo se defendía, no quería tragar, pero tenía que hacerlo; con una extraña satisfacción observaba la inútil resistencia y el sometimiento, la estrecha garganta en la que se dibujaba el camino del bocado rechazado.

¡El cuerpo del hijo era su hogar, su paraíso, su reino!...

3

¿Y el alma del hijo? ¿No era ése su reino? ¡Claro que sí! Cuando Jaromil pronunció su primera palabra y esa palabra fue *mamá*, la madre se puso loca de contenta; pensó que había logrado llenar ella sola toda la mente del hijo, que hasta ese momento se componía de un único concepto, de modo que cuando en el futuro la mente creciera y brotaran ramas y hojas, la raíz seguiría siendo ella. Animada con estos pensamientos, seguía con atención los balbuceos del hijo que intentaba pronunciar otras palabras y como que sabía de la debilidad de la memoria y la longitud de la vida se había comprado un diario encuadernado en color rojo oscuro donde anotaba todo lo que salía de la boca del hijo.

Hojeando el diario de la madre podemos comprobar que tras la palabra *mamá* siguieron de inmediato otras, entre las cuales la palabra *papá* se encuentra sólo en séptimo lugar, después de *abela, abelo, mimí, tutúu, guaguau* y *pipí*. Tras estas palabras sencillas (en el diario encontramos para cada una un comentario escueto y la fecha) comprobamos el primer intento de frase; nos encontramos así de que bastante antes de su segundo cumpleaños manifestó *Mamá es buena*. Varias semanas más tarde dijo *Mamá es fea*. Por esta frase, que pronunció cuando la madre se negó a darle antes de la comida zumo de frambuesas, recibió unos buenos azotes y exclamó entre sollozos: *Voy a buscarme otra mamá*. Pero en cambio una semana más tarde le dio a la mamá una gran satisfacción al decir: *Mi mamá es la más guapa*. Otra vez dijo: *Mamá, te voy a dar un beso chupado*, lo cual significaba que al besarla sacaba la lengua y le lamía la cara.

Unas páginas después una frase llama nuestra atención por su construcción rítmica. La abuela le prometió una vez a Jaromil una manzana, pero se olvidó de la promesa y se la comió; entonces Jaromil se creyó defraudado, se enfadó mucho y repitió varias veces: *La fea abuelita me robó la manzanita*. En cierto sentido, esta frase podría catalogarse junto con aquel otro pensamiento de Jaromil: *Mamá es fea*, sólo que esta vez no recibió azotes sino que todos, incluso la abuela, rieron y repitieron luego entre ellos (lo cual no le pasó desapercibido al atento Jaromil) la ocurrencia. Jaromil, por aquel entonces, difícilmente podía comprender la causa de su éxito, pero nosotros sabemos bien que lo único que lo salvó de los azotes fue la rima y que, de este modo, la poesía le dio a conocer por vez primera su poder mágico.

En las páginas siguientes del diario de la madre encontramos varias frases rimadas y en los comentarios de la madre se evidencia la alegría y diversión que con ellas causó a toda la casa. Así parece ser que confeccionó un retrato condensado de la criada Ana: *La criada Anita es como una ovejita*. Un poco más adelante leemos: *nos vamos al bosque a pasear, a todos nos va a gustar*. La madre creía que además del talento innato que poseía Jaromil, esta actividad versificadora era producto de los libros de versos infantiles que la madre le leía en tal cantidad que él pudo fácilmente haber creído que el checo se componía exclusivamente de pareados, pero aquí nos sentimos obligados a corregir a la madre; papel más importante que el talento y los modelos literarios desempeñaba en esto el abuelo, hombre práctico y realista, enemigo acérrimo de los poemas, quien inventaba a propósito los pareados más estúpidos de que era capaz y se los enseñaba en secreto al nieto.

Jaromil, en seguida, se percató de que sus frases y dichos eran registrados con gran atención y comenzó a actuar en ese sentido; si antes utilizaba el idioma sólo para entenderse, ahora lo usaba para alcanzar elogios, admiración o risas. Disfrutaba de antemano al pensar en la reacción de los demás ante sus palabras y, como a menudo no la suscitaba, decía barbaridades para llamar la atención. Este sistema le dio mal resultado una vez que le dijo al padre y a la madre *Vosotros sois unos cabrones* (había oído la palabra cabrón en boca de un chico en el jardín del vecino y recordaba la risa de los demás muchachos); el padre le dio un cachete.

A partir de entonces se fijaba atentamente en los valores que otorgaban los mayores a sus palabras, en qué estaban de acuerdo, en qué no lo estaban y qué era lo que a veces los enfadaba; esto hizo que una vez, cuando se hallaba con la madre en el jardín, pronunciara una frase preñada de la dulce melancolía de las lamentaciones de la abuela: *Mamá, la vida es como la mala hierba.*

Es difícil interpretar lo que él se imaginaba en esa frase; parece seguro que no se refería a esa viva nulidad y a esa nula vivacidad que caracterizan a la mala hierba, sino que tal vez pretendía presentar una imagen bastante imprecisa de la tristeza y vanidad de la vida. A pesar de haber expresado algo distinto de lo que tenía intención de decir, el resultado de sus palabras fue extraordinario; la madre se calló, le acarició los cabellos y lo miró con una mirada húmeda. Esa mirada llena de tan enternecida alabanza embriagó tanto a Jaromil, que quiso verla de nuevo. Durante el paseo dio una patada a una piedra y luego le dijo a la mamá: *Mamá, le he dado una patada a la piedra y ahora me da tanta lástima que querría acariciarla* y efectivamente se agachó y acarició la piedra.

La madre estaba convencida de que el hijo no sólo tenía talento (a los cinco años sabía leer), sino también una sensibilidad fuera de lo común y de que era distinto de los demás niños. Esta opinión se la repetía a la abuela y al abuelo y Jaromil, que jugaba disimuladamente con los soldaditos o el caballito, escuchaba con enorme interés. Luego miraba a los ojos a los huéspedes de su casa y se imaginaba entusiasmado que esos ojos lo veían como a un niño excepcional y extraordinario, que tal vez ni siquiera era un niño.

Cuando faltaban ya pocos días para que cumpliese seis años y un par de meses para que fuese al colegio, la familia insistió en que debía tener una habitación propia para dormir independiente. A la madre le dio pena el correr del tiempo, pero asintió. Acordó con su marido darle al hijo, como regalo de cumpleaños, la habitación más pequeña del piso de arriba; le comprarían una cama y otros muebles adecuados para una habitación infantil: una pequeña biblioteca, un espejo para que fuera limpio y arreglado y un pequeño escritorio.

El padre se ofreció para decorar la habitación con dibujos del propio Jaromil y en seguida empezó a pegar sobre cartones los dibujos infantiles de manzanas y jardines. Entonces la madre se le acercó y le dijo: «Querría que me hicieras un favor». Él la miró y ella, temerosa pero decidida al mismo tiempo, continuó: «Querría algunas hojas de papel y tintas de colores». Se sentó luego a la mesa en su habitación, tomó la primera hoja y tardó bastante en dibujar las letras con lápiz; finalmente mojó el pincel en tinta roja y comenzó a pintar la primera letra, una L mayúscula. Después de la L una A y por fin tuvo listo el cartel: *La vida es como la mala hierba.* Miró su obra y quedó satisfecha: las letras estaban bien alineadas y eran relativamente del mismo tamaño; sin embargo tomó un nuevo papel, volvió a dibujar el mismo cartel, que pintó con tinta azul oscura, porque le parecía un color que reflejaba más la profunda tristeza del pensamiento del hijo.

Luego se acordó de cuando Jaromil había dicho *la fea abue-lita me robó la manzanita* y con una sonrisa de felicidad en sus labios empezó a pintar (esta vez con tinta roja clara): *A nuestra querida abuelita le gustan las manzanitas.* Luego, se acordó de cuan-do había dicho: *Vosotros sois unos cabrones,* pero ésta no la escribió y en lugar de eso pintó (en verde): *Nos vamos al bosque a pasear, a todos nos va a gustar* y luego (en morado): *Nuestra Anita es como una ovejita* (Jaromil había dicho criada Anita, pero a la madre la palabra criada le pareció fea); después recordó cuando Jaromil se había agachado a acariciar la piedra y tras un rato de reflexión empezó a pintar (azul claro): *No podría hacerle daño ni a una pie-dra* y al final y como un poco avergonzada, y por eso mismo con mayor placer, pintó (anaranjado): *Mamá, te doy un beso chupado* y además (dorado): *Mi mamá es la más linda de todas.*

La noche anterior al cumpleaños, los padres mandaron al ner-vioso Jaromil a dormir abajo con la abuelita y se pusieron a or-denar los muebles y a colgar los cartones en las paredes. Cuando a la mañana siguiente animaron al niño a entrar en la nueva ha-bitación la madre estaba excitada y Jaromil no contribuyó a cal-mar sus nervios; se quedó parado y sin decir nada; lo que más despertó su interés (pero sin que llegara a manifestarlo claramen-te) fue el escritorio: era un mueble curioso, semejante a un pu-pitre escolar; la tabla que servía para escribir (inclinada y bascu-lante, en cuya parte inferior había un espacio para cuadernos y libros) formaba una sola pieza con el asiento.

—Bueno, ¿qué dices, no te gusta? —le preguntó la madre impaciente.

—Sí, me gusta —respondió el niño.

—¿Y qué es lo que más te agrada? —le dijo el abuelo, que observaba desde la puerta de la habitación junto con la abuela la tan deseada escena.

—El pupitre —dijo el niño, se sentó frente a él y comenzó a abrir y cerrar la tapa.

—¿Y qué dices de los cuadros? —preguntó el padre, seña-lando los dibujos de las paredes.

El niño levantó la cabeza y se sonrió:

—Ésos ya los conozco.

—¿Y qué te parecen así colgados en la pared?

Jaromil siguió sentado ante el pupitre y afirmó con la cabeza que sí, que los dibujos en la pared le gustaban.

La madre sentía su corazón tan oprimido que hubiera preferido desaparecer de la habitación. Pero estaba allí y no podía omitir una palabra sobre los letreros que colgaban de las paredes, porque su silencio se hubiera interpretado como una condena; por eso dijo:

—¡Y fíjate en los letreros!

El niño tenía la cabeza inclinada y miraba hacia el interior de la mesa.

—¿Sabes?, quería... —continuaba la madre completamente confundida—, quería que tuvieras un recuerdo de tu propio desarrollo, desde la cuna hasta el banco de la escuela, porque has sido un niño muy inteligente y a todos nos has dado muchas alegrías... —Lo decía como si se disculpara y de puro nerviosismo repitió varias veces lo mismo hasta que no supo qué más decir y se calló.

Pero se equivocaba al pensar que Jaromil no había apreciado su regalo. No supo qué decir, pero no estaba descontento; siempre había estado orgulloso de sus palabras y no había querido lanzarlas así, sin más, al aire. Cuando ahora las veía cuidadosamente copiadas con tinta y convertidas en cuadros experimentaba una sensación de triunfo, pero de un triunfo tan rotundo e inesperado que no sabía cómo reaccionar y sentía miedo; comprendió que *era un niño que pronunciaba frases importantes* y sabía que un niño así debía decir también ahora algo importante, sólo que no se le ocurría nada y por eso inclinaba la cabeza. Pero cuando con el rabillo del ojo veía en las paredes sus propias palabras, petrificadas, solidificadas, más duraderas y mayores que él mismo, se sentía embriagado; le parecía que estaba rodeado por sí mismo, que llenaba mucho, que llenaba toda la habitación, que llenaba toda la casa.

4

Antes de ir al colegio Jaromil ya sabía leer y escribir, de modo que la madre decidió que su hijo podría ir directamente a segundo curso; tramitó en el ministerio una autorización excepcional y Jaromil, examinado por una comisión especial, pudo sentarse ante un pupitre, entre alumnos un año mayores que él. En el colegio todos lo admiraban, y así el aula le parecía como su propio hogar reflejado en un espejo. El Día de la Madre, cuando en la fiesta escolar los alumnos presentaron sus propias creaciones, fue el último en salir al escenario y recitó un nostálgico poemita sobre la madre, que le valió el gran aplauso de todos los asistentes.

Pero un buen día comprobó que tras el público que le aplaudía se agazapaba traicioneramente otro público, enemigo suyo. Se hallaban de pie en el consultorio repleto del dentista cuando encontró entre los pacientes a un compañero de clase. Estaban los dos juntos, apoyados en la ventana, cuando Jaromil advirtió que un señor mayor escuchaba con amable sonrisa su conversación. Esto le estimuló y preguntó entonces al compañero (levantando un tanto la voz, para que la pregunta la oyeran todos) qué haría si fuera ministro de Educación. Como el compañero no supo qué decir, Jaromil empezó a desarrollar su propia teoría, cosa no demasiado difícil para él, pues le bastaba repetir las charlas con que el abuelo lo entretenía frecuentemente. Si Jaromil fuera ministro de Educación, decía, el colegio duraría dos meses y las vacaciones diez, el maestro tendría que escuchar a los alumnos y traerles postres de la pastelería y muchas otras cosas más que Jaromil explicaba con gran detalle y en voz alta.

Se abrieron las puertas del consultorio y salió la enfermera acompañando a un paciente. Una señora que tenía en sus manos un libro entreabierto, en el que con un dedo marcaba la página donde había dejado de leer, se dirigió a la enfermera con voz casi llorosa: «Por favor», le dijo, «haga algo con ese niño. ¡Es un listillo repelente!».

Tras las navidades, el maestro hizo pasar a los niños a la pizarra para que les contasen a los demás qué regalos habían recibido. Jaromil empezó a hablar de los metanos, esquís, patines, libros, pero en seguida advirtió que los demás niños no lo miraban con el mismo entusiasmo que él a ellos, sino que vio en algunos ciertas miradas de indiferencia y hasta de hostilidad; se detuvo y no mencionó los demás regalos.

No, no temáis. No tenemos la menor intención de repetir la mil veces reiterada historia del niño rico que cae mal a los compañeritos pobres; en la clase había niños de familias más ricas que la suya que se llevaban perfectamente con los demás y nadie les echaba en cara su riqueza. ¿Qué era entonces lo que a los demás compañeros les molestaba de Jaromil, qué era lo que los irritaba, qué era lo que lo diferenciaba de ellos?

Casi nos da vergüenza decirlo: no era la riqueza, era el amor de su mamá. Ese amor dejaba sus huellas en todo: en su camisa, en el peinado, en las palabras que utilizaba, en la cartera en que llevaba los cuadernos de clase y hasta en los libros que leía en casa para divertirse. Todo había sido especialmente elegido y preparado para él. La camisa que le había cosido su ahorrativa abuela se parecía más, quién sabe por qué, a las blusas de las niñas que a las camisas de los niños. Sus largos cabellos los tenía que llevar recogidos en la frente con un clip de la mamá, para que no le taparan los ojos. Cuando llovía, la mamá lo esperaba a la puerta del colegio con un gran paraguas mientras sus compañeros de clase se quitaban los zapatos y jugaban en los charcos.

El amor materno marca en la frente del niño una señal que ahuyenta la simpatía de sus compañeros. Jaromil, en el transcurso del tiempo, aprendió a disimular hábilmente esa señal, pero aun así, después de su excepcional ingreso en el colegio, pasó un amargo periodo (un año o dos) en el que sus condiscípulos disfrutaban riéndose de él y varias veces le llegaron a pegar para divertirse. Sin embargo, aun en esta época, que fue la peor, tuvo algunos amigos de quienes nunca se olvidó; hablemos de ellos:

El amigo número uno era papá: algunas veces tomaba el balón (había jugado al fútbol de estudiante), situaba a Jaromil entre dos árboles en el jardín y le daba una patada al balón y Jaromil se imaginaba estar en la portería del equipo nacional checoslovaco.

El amigo número dos era el abuelo: Jaromil lo acompañaba a sus dos comercios; una gran droguería dirigida personalmente por el yerno del abuelo y una perfumería especializada, donde la dependienta, una señora muy bonita, le sonreía siempre y le permitía oler todos los perfumes, de modo que Jaromil aprendió pronto a diferenciar las distintas marcas por el olor; cerraba los ojos y obligaba al abuelo a que le acercara las botellas a la nariz para que él adivinase. «Eres un genio del olfato», le decía el abuelo; y Jaromil soñaba con que descubriría nuevos perfumes.

El amigo número tres era *Alik*, un perrito vulgar que desde hacía tiempo vivía en la casa; a pesar de su mala educación y desobediencia, Jaromil le estaba agradecido porque era para él motivo de hermosos sueños en los que se lo representaba como un amigo leal, que lo esperaba en el pasillo, delante del aula; y cuando terminaba la clase lo acompañaba a casa con tal fidelidad que todos sus compañeros le tenían envidia y querían ir con él.

Soñar con perros llegó a ser para él la actividad más apasionante de su vida solitaria que desembocó en un curioso maniqueísmo: los perros representaban para él el *bien* del reino animal, la suma de todas las virtudes naturales; se imaginaba tremendas guerras de perros contra gatos (guerras con generales, oficiales y toda la estrategia militar que había practicado jugando con los soldaditos de plomo) y siempre se ponía a favor de los perros, del mismo modo en que el hombre debe ponerse de parte de la justicia.

Y como pasaba mucho tiempo en la habitación de su padre con lápices y papeles, los perros se convirtieron en el tema principal de sus dibujos: era una serie interminable de escenas épicas en las que los perros eran generales, soldados, futbolistas y hasta caballeros. Y como no podían desempeñar demasiado bien estos papeles humanos a cuatro patas, Jaromil los dibujaba con cuerpos humanos. ¡Fue un gran invento! Cada vez que intentaba dibujar un hombre se topaba con un serio inconveniente: no sabía dibujar una cara humana; en cambio, la forma alargada de la cabeza de un perro, con el redondel de la nariz en la punta le salía perfecta, de modo que a base de soñar y de no saber, surgió un mundo especial de personas con cabeza de perro, un mundo de figuras que podía dibujar rápidamente y sin complicaciones, para reunirlas en partidos de fútbol, guerras e historias de bandoleros; Jaromil dibujaba así historietas por entregas y llenaba con ellas cantidad de hojas de papel.

Sólo el amigo número cuatro era un niño; un compañero de curso cuyo padre era el conserje del colegio, un hombre malhumorado que con frecuencia acusaba a los alumnos ante el director; éstos se vengaban luego con su hijo, convirtiéndolo en el paria de la clase. Cuando los compañeros empezaron a alejarse de Jaromil, el único admirador fiel que le quedó fue el hijo del conserje; y así fue que un día lo invitaron a la casa. Le dieron de comer y de cenar, estuvo jugando con Jaromil y luego hicieron juntos los deberes. Al domingo siguiente, el padre llevó a los dos a ver un partido de fútbol; fue un partido magnífico y el padre también estuvo magnífico, conocía a todos los jugadores por su nombre y comentaba el juego como un entendido, de modo que el hijo del conserje no le quitaba los ojos de encima y Jaromil estaba orgulloso.

Era una amistad que a primera vista parecía cómica: Jaromil siempre bien vestido, el hijo del conserje con los codos agujereados; Jaromil con los deberes siempre bien preparados, el hijo del conserje estudiando con dificultad. Sin embargo, Jaromil se sentía bien junto a su fiel amigo, porque aquel muchacho era extraordinariamente fuerte; una vez, en invierno, algunos compañeros los atacaron, pero no se salieron con la suya; Jaromil estaba orgulloso de que hubieran sido capaces de resistir a pesar de la superioridad numérica de los otros; pero la gloria de una perfecta defensa no puede compararse con la de un buen ataque.

Una vez, cuando iban los dos por unos lugares solitarios de los suburbios, encontraron a un niño tan apuesto y bien vestido como si fuera a un baile infantil. «Un hijo de mamá», dijo el hijo del conserje y le cerró el paso. Empezaron a hacerle preguntas, riéndose de él; y les producía satisfacción comprobar su miedo. El muchacho al fin se recuperó e intentó empujarlos.

—¿Cómo te atreves? Esto te va a costar caro —gritó Jaromil, profundamente ofendido por tamaño atrevimiento; el hijo del conserje pensó que se trataba de una señal de ataque y le dio un golpe en la cara.

La inteligencia y la fuerza bruta se complementaban maravillosamente. ¿No tenía Byron una amorosa devoción por el boxeador Jackson, que sacrificadamente entrenaba al débil lord en todos los deportes posibles?

—No le pegues, sujétalo sólo —dijo Jaromil a su amigo y se fue a buscar ortigas; luego obligaron al muchacho a desnudarse y le azotaron con ellas todo el cuerpo—. ¿Te das cuenta de lo contenta que se va a poner su mamaíta cuando vea el hijo tan coloradito que tiene? —decía Jaromil, y experimentaba un gran sentimiento de amistad compartida con su compañero de clase, un gran sentimiento de odio compartido hacia todos los niños de mamá.

5

Pero ¿por qué seguía siendo hijo único Jaromil? ¿Es que la madre no quería tener otro hijo?

Al contrario: ansiaba volver a vivir aquellos años felices que siguieron a su primera maternidad, pero el marido tenía siempre poderosas razones para postergar el nacimiento de un segundo hijo. Los deseos de la madre de tener otro hijo no desaparecían, pero ya no se atrevía a insistir, porque temía un nuevo rechazo del marido y sabía que aquel rechazo la humillaría.

Ahora bien, cuanto más intentaba no mencionar siquiera sus ansias maternales, más pensaba en ellas; pensaba en ellas como en algo no permitido, secreto y por lo tanto prohibido; la idea de que el marido le hiciera un hijo le atraía por el hijo en sí, pero adquiría en su imaginación un carácter provocativamente indecente; *ven, hazme una niña*, le decía al marido para sus adentros y aquello le sonaba muy lascivo.

Una noche, al llegar de tomar unas copas con unos amigos, ya bastante tarde, el padre de Jaromil se acostó junto a su mujer, apagó la luz (hay que tener en cuenta que desde la boda sólo tenía relaciones con ella a oscuras, de modo que el deseo despertara a través del tacto y no de los ojos) le quitó la manta y se unió a ella. La infrecuencia de sus relaciones amorosas y el efecto del vino hicieron que se le entregara con un apasionamiento que hacía ya mucho tiempo no había sentido. La idea de que estaban *haciendo un hijo* volvió a llenar su pensamiento y, en el momento en que sintió que el marido se acercaba a la culminación del placer, no fue capaz de contenerse y comenzó en éxtasis a gritar que dejara de lado la prudencia habitual, que no se interrumpiera, que le hiciera un hijo, que le hiciera una hija preciosa; y lo retenía con tal fuerza, como en un espasmo, que él tuvo que separarse por la fuerza para poder estar seguro de que el deseo de ella no se vería cumplido.

Luego, cuando yacían agotados el uno junto al otro, la mamá se acercó cariñosamente y le dijo al oído que quería tener con él otro hijo; no es que quisiera seguir insistiendo, sólo pretendía darle una explicación de disculpa por haberle manifestado hacía poco de modo tan forzado e inesperado (y tal vez fuera de lugar, como estaba dispuesta a admitir) su deseo de tener una hija. Seguro que habría nacido esta vez una hija, en quien él se pudiera ver reflejado, como ella se veía en Jaromil.

Fue entonces cuando el ingeniero le dijo (la primera vez desde la boda que se lo recordaba) que él nunca había querido tener ningún hijo con ella, que si él había debido ceder cuando el primero, ahora le tocaba a ella y que si pretendía que él se viera reflejado en el segundo hijo, él le aseguraba que el hijo en quien más fielmente se vería reflejado sería aquel que nunca naciera.

Se quedaron acostados uno junto al otro y la mamá no dijo nada y al cabo de un rato empezó a sollozar y sollozó toda la noche y su marido ni la tocó, sólo le dijo un par de frases de consuelo que no alcanzaron a penetrar ni en la capa más superficial de su llanto; le pareció que por fin lo entendía todo: aquel con el que vivía nunca la había amado.

Se sumió en la tristeza más profunda que hasta entonces había conocido. Pero a falta de su marido, otro vino a darle consuelo: la Historia. Unas tres semanas después de la noche que hemos relatado, el marido recibió la orden de movilización, hizo su maleta y se marchó a la frontera. La guerra estaba a punto de empezar; la gente compraba máscaras antigás y construía en los sótanos refugios antiaéreos. La madre se aferró a la desgracia de su patria como a una mano salvadora; vivía esta desgracia de forma patética y pasaba largas horas con su hijo, explicándole con todo detalle los acontecimientos.

Luego las potencias se pusieron de acuerdo en Munich y el padre regresó de una fortaleza que había sido ocupada por el ejército alemán. Desde entonces solían sentarse todos en la habitación del abuelo para analizar noche tras noche cada uno de los pasos de la Historia, que, según les parecía, había estado hasta hacía poco durmiendo (o espiando, mientras simulaba dormir) y había salido de repente de su escondite para que a la sombra de su enorme figura todo lo demás quedara oculto. ¡Y qué bien se sentía la madre al amparo de esa sombra! Masas de checos huían de las zonas fronterizas. Bohemia se había quedado en medio de Europa, como una naranja pelada, sin protección ninguna; medio año más tarde, una mañana temprano, aparecieron los tanques alemanes en las calles de Praga y la madre seguía sentada junto a un soldado que no podía defender a su patria y olvidaba prácticamente que era aquel que nunca la había amado.

Pero aun en épocas en las que la Historia irrumpe tan tempestuosamente, antes o después, la vida cotidiana acaba saliendo de la sombra y la cama matrimonial aparece con su monumental trivialidad y su aterradora perseverancia. Una noche, cuando el padre de Jaromil volvió a poner la mano sobre el seno de la mamá, la mamá se dio cuenta de que aquel que la tocaba era el mismo que la había humillado. Le apartó la mano y le recordó, con delicadeza, las feas palabras que le había dicho hacía tiempo.

No quería ser brusca con él; al rechazarlo sólo quería recordarle que las humildes historias del corazón no las hacen olvidar las grandes historias de las naciones; quería darle al marido una oportunidad de reparar ahora sus palabras de entonces, de volver a poner ahora en su sitio lo que entonces había humillado. Estaba convencida de que la tragedia de la nación lo había hecho más sensible y se hallaba dispuesta a aceptar agradecida hasta la más pequeña caricia como señal de arrepentimiento y comienzo de un nuevo capítulo de amor. Pero ¿qué sucedió?: el marido, cuya mano había sido desplazada del seno de la mujer, le dio la espalda y se durmió relativamente pronto.

Tras las grandes manifestaciones estudiantiles de Praga, los alemanes cerraron las universidades checas y la madre siguió esperando en vano que el marido volviera a ponerle la mano sobre el pecho por debajo de la manta. El abuelo se enteró de que la atractiva dependienta de la perfumería hacía ya diez años que le venía robando, se puso furioso y murió de un síncope. Los estudiantes checos eran transportados en vagones de ganado a los campos de concentración y la madre visitó a un médico, que lamentó el mal estado de sus nervios y le aconsejó que fuera a descansar. Él mismo le recomendó una sencilla pensión a las afueras de un pequeño balneario, rodeada por estanques y un río, donde en verano iban muchos amantes del agua, la pesca y los paseos en barca. Comenzaba la primavera y a la madre le seducía la idea de los tranquilos paseos junto al agua. Pero luego le dio miedo la alegre música de los bailes, que se queda adormecida, como suspendida en el aire de los jardines de los restaurantes, como el recuerdo melancólico del verano transcurrido; temió su propia nostalgia y decidió que no podía ir sola.

¡Ya sabía con quién ir! Por culpa de las disputas con el marido y de su ansia por tener otro hijo, casi se había olvidado de él en los últimos tiempos. ¡Qué tonta había sido al olvidarse de él, en contra de sus propios intereses! Se inclinó hacia él arrepentida: «Jaromil, eres mi primer hijo y mi segundo hijo», apretó su cara contra la de él y continuó con aquella frase loca: «Eres mi primer hijo, mi segundo, mi tercero, mi cuarto, mi quinto, mi sexto, mi décimo hijo», y le besuqueó toda la cara.

En el andén les dio la bienvenida una señora alta de cabeza cana y cuerpo erguido; un campesino fuerte tomó las dos maletas y las llevó a la salida de la estación, donde esperaba un coche negro de caballos; el hombre se sentó al pescante, mientras Jaromil con su madre y la señora alta se sentaron en dos asientos, uno frente al otro, y se dejaron llevar por las calles de la pequeña ciudad hasta la plaza, que tenía por un lado una arcada renacentista y por el otro una reja de hierro que cerraba un jardín en el que había un antiguo palacio, cubierto de hiedra; luego bajaron hasta el río; ante los ojos de Jaromil apareció una fila de cabinas de madera, de color amarillo, un trampolín, mesas blancas con sillas y al fondo los chopos bordeando el río, y el coche los llevó más allá, hasta las casas solitarias, desperdigadas por la ribera del río.

Junto a una de ellas el caballo detuvo su paso, el campesino se apeó del pescante, bajó las dos maletas y Jaromil y la mamá lo siguieron por el jardín, la sala de estar, la escalera, hasta llegar a una habitación con dos camas, la una junto a la otra, como suelen estar las camas de los esposos, y dos ventanas, una de las cuales se podía abrir como si fuera una puerta que daba al balcón, desde el que se veía el jardín y al fondo del jardín el río. La madre se acercó a la balaustrada y comenzó a respirar profundamente: «Aquí hay una tranquilidad divina», dijo, y nuevamente inspiró y espiró y miró hacia el río, donde, atada a un muelle de madera, se balanceaba una barca roja.

Aquel mismo día, durante la cena, servida abajo, en el salón, la madre se hizo amiga de un matrimonio mayor que ocupaba la otra habitación de la pensión, de modo que desde entonces se oía todas las tardes en el salón el murmullo de una conversación pausada; Jaromil era amable con todos y la madre escuchaba satisfecha sus historias, sus inventos y su discreta jactancia; sí, *discreta:* Jaromil ya no olvidará nunca a aquella señora de la sala de espera y buscará siempre un escudo para protegerse de su mirada hostil; a decir verdad, no ha dejado de buscar la admiración, pero ha aprendido a conquistarla con frases cortas, pronunciadas con candor y sencillez.

El caserón en el jardín silencioso, el río oscuro con la barca amarrada que hacía soñar con largas navegaciones, el negro coche de caballos que de tiempo en tiempo paraba frente a la casa y se llevaba a la señora alta, parecida a las princesas de los libros donde se habla de castillos y de palacios, el balneario abandonado, donde se podía llegar en el coche de caballos, como se pasa de un siglo a otro, de un libro a otro, de un sueño a otro, la plaza renacentista con su angosta arcada, entre cuyas columnas lucharon los espadachines, ése era el mundo en el que penetró, maravillado, Jaromil.

A este mundo hermoso pertenecía también el hombre del perro; la primera vez que lo vio estaba de pie, inmóvil junto al río, mirando sus aguas onduladas; vestía un abrigo de cuero y a su lado se hallaba sentado un perro pastor negro; ambos parecían, en su inmovilidad, figuras de otro mundo. La segunda vez lo encontraron en el mismo sitio; el hombre (otra vez con el abrigo de cuero) lanzaba trozos de madera y el perro se los traía. Cuando lo encontraron por tercera vez (el escenario era el mismo: los chopos y el río) el hombre saludó a la madre, inclinándose ligeramente, y luego, como comprobó el curioso Jaromil, los siguió con la vista durante mucho tiempo. Al día siguiente, cuando volvían a casa del paseo, vieron al perro negro sentado frente a la entrada. Cuando entraron a la antesala oyeron una conversación dentro de la casa y no dudaron de que la voz masculina perteneciera al dueño del perro; tanta era su curiosidad que se quedaron un rato en la antesala sin hacer nada, charlando y mirando, hasta que, finalmente, el ama de casa salió de una de las habitaciones.

La mamá señaló al perro: «¿Quién es su dueño? Siempre nos lo encontramos cuando vamos de paseo». «Es el profesor de dibujo del instituto.» La mamá dijo que le interesaría mucho hablar con un profesor de dibujo, porque a Jaromil le gustaba dibujar y a ella le interesaría la opinión de un experto. La dueña de la casa le presentó el hombre a la mamá y Jaromil tuvo que subir corriendo a su habitación, en busca del cuaderno de dibujo.

Los cuatro se sentaron en el salón: la dueña de la casa, Jaromil, el dueño del perro, que examinaba los dibujos, y la mamá que acompañaba los dibujos con sus comentarios: contaba que Jaromil siempre decía que no le entretenía dibujar paisajes ni cosas, sino escenas de acción. A decir verdad, le parecía que los dibujitos tenían una curiosa vivacidad y un cierto movimiento, a pesar de que no entendía por qué los personajes de la acción eran siempre personas con cabezas de perro; quizá, si Jaromil dibujara verdaderas figuras humanas, sus obritas tendrían algún valor; pero de este modo, desgraciadamente, no estaba segura de que lo que hacía el muchacho tuviera ningún sentido.

El dueño del perro examinaba los dibujos con satisfacción; luego declaró que era precisamente esa unión de la cabeza de animal con el cuerpo humano lo que le encantaba en los dibujos. Y es que esa conjunción fantástica no era simplemente una ocurrencia casual sino, como lo atestiguaba la cantidad de escenas que el muchacho había dibujado, una idea fija, algo que estaba arraigado en lo más profundo de su infancia. La mamá no debería juzgar el talento de su hijo por su habilidad para imitar al mundo exterior; esa habilidad la puede adquirir cualquiera; lo que a él, como pintor, le había interesado en los dibujos del niño (ahora daba a entender que lo de dar clases era para él sólo un medio de vida) era ese mundo interior original que el muchacho exteriorizaba en el papel.

La mamá escuchaba con agrado los elogios de aquel hombre, la dueña de la casa acariciaba la cabeza de Jaromil y afirmaba que tendría un gran futuro y Jaromil miraba debajo de la mesa, mientras grababa en su memoria todo lo que oía. El pintor dijo que al año siguiente se trasladaría a un instituto de Praga y que le gustaría que la mamá le fuera a enseñar los trabajos de su hijo.

¡El mundo interior! Eran palabras grandes y Jaromil las escuchaba con enorme satisfacción. Nunca había olvidado que a los cinco años le habían considerado ya como un niño excepcional, diferente de los otros; el comportamiento de sus compañeros de clase, que se burlaban de su cartera o de su camisa, lo había confirmado igualmente (con dureza a veces) en su singularidad. Pero, hasta aquí, esa singularidad no había sido para él más que algo vacío e indeterminado; era una esperanza incomprensible o un incomprensible rechazo; pero ahora acababa de recibir su nombre: un mundo interior original; y esta designación encontraba de inmediato un contenido absolutamente preciso: dibujos que representaban hombres con cabezas de perro. Por cierto, Jaromil sabía muy bien que el descubrimiento de los hombres-perro lo había hecho por casualidad, por la única razón de que no sabía dibujar un rostro humano; lo cual le sugería la idea confusa de que la originalidad de su mundo interior no era el resultado de un esfuerzo laborioso, sino que se expresaba en todo lo que pasaba fortuita y maquinalmente por su cabeza; que la había recibido como un don.

Desde entonces siguió con más atención sus propias ocurrencias y comenzó a admirarlas. Por ejemplo, se le ocurrió que a su muerte el mundo que vivía dejaría de existir. Este pensamiento no hizo más que brotar en su cabeza pero, esta vez sí, sabedor como era de su originalidad interior, no lo dejó escapar (como lo había hecho antes con tantos y tantos pensamientos), se apoderó de él en seguida, lo observó, lo examinó en todos sus aspectos. Caminaba a lo largo del río, cerraba unos instantes sus ojos y se preguntaba si el río seguía existiendo aun cuando él tuviera los ojos cerrados. Evidentemente, cada vez que los abría, el río continuaba corriendo como antes, pero lo notable era que con ello no podía demostrarle a Jaromil que estaba allí cuando él no lo veía. Le pareció enormemente interesante, consagró a sus observaciones al menos medio día y luego habló de ello con su madre.

A medida que la estancia en aquel lugar se acercaba a su fin, aumentaba el placer que le producían aquellas conversaciones. Se paseaban los dos solos tras la caída de la noche, se sentaban a la orilla del agua sobre un banco de madera carcomida, se cogían de la mano y miraban las ondas en las que se mecía una enorme luna. ¡Ah, qué bonito es esto!, suspiraba la mamá y el hijito veía el círculo que la luna reflejaba en el agua y soñaba con el largo viaje del río; fue entonces cuando la mamá empezó a pensar en los días vacíos a los que iba a volver dentro de un par de días y dijo: «Hijo, tengo una tristeza que nunca comprenderás». Luego miró los ojos del hijo y le pareció ver en ellos un gran amor y deseo de comprenderla. Se asustó; no podía contarle a un niño sus problemas de mujer. Pero al mismo tiempo aquellos ojos comprensivos la atraían como un vicio. Estaban acostados uno junto al otro en la cama matrimonial y la mamá se acordaba de cómo se tendía Jaromil junto a ella hasta que tuvo seis años y de lo feliz que era entonces; pensó: es el único hombre con el que soy feliz en una cama de matrimonio; en seguida se rió de la idea pero luego volvió a contemplar su tierna mirada y se le ocurrió que ese niño no sólo era capaz de alejarla de las cosas que la hacían sufrir (de darle por lo tanto *el consuelo del olvido*) sino también de escucharla con atención (de darle, por lo tanto, *el consuelo de la comprensión*). Entonces le dijo: «Mi vida, quiero que lo sepas, no está llena de amor»; y en otra oportunidad inclusive: «Como mamá soy feliz, pero mamá, además de ser mamá, es también una mujer».

Efectivamente, estas confesiones a medias la seducían como un vicio, y ella era consciente de eso. Cuando, inesperadamente, él le respondió: «Mamá, yo ya no soy tan pequeño, yo te comprendo», casi se asustó. El niño, por supuesto, no intuía nada concreto y sólo quería indicarle a su mamá que era capaz de compartir con ella cualquier tristeza; pero las palabras que había pronunciado estaban cargadas de significado y la mamá vio en ellas un abismo que acaba de abrirse repentinamente: el abismo de la confianza prohibida y de la comprensión vedada.

7

¿Y cómo seguía floreciendo el mundo interior de Jaromil?

No iba demasiado bien; el estudio, que había dominado con facilidad en la escuela primaria, se había vuelto más difícil en el bachillerato y entre su monotonía se perdía la gloria del mundo interior. La maestra les había hablado de los libros pesimistas que no veían en el mundo más que sufrimiento y frustración, de modo que la frase sobre la vida parecida a la mala hierba se había convertido en algo insultantemente trivial. Ahora no estaba en absoluto seguro de que lo que antes había pensado y sentido, hubiera sido algo suyo propio, o de si todas las ideas existían en el mundo desde hacía muchísimo tiempo, ya listas, y la gente simplemente las adquiría prestadas, como en una biblioteca pública. ¿Quién era él mismo? ¿Cuál era en realidad el contenido de su interior? Se asomaba a él para indagar, pero no era capaz de ver nada más que su propia figura asomándose a su interior para indagar...

Y sintió añoranza por aquel hombre que hacía dos años había sido el primero en darle un nombre a su originalidad interior; como traía regularmente malas notas en dibujo (cuando pintaba con acuarelas, la pintura siempre le sobrepasaba la línea dibujada con el lápiz) la mamá llegó a la conclusión de que podía acceder a las peticiones del hijo, buscar al pintor y, de un modo plenamente justificado, pedirle que se encargase de Jaromil y corrigiese con clases particulares los defectos que perjudicaban sus calificaciones escolares.

Así fue como un día llegó Jaromil a la casa del pintor. El piso estaba situado en el desván de un edificio de apartamentos y tenía dos habitaciones; en la primera había una gran biblioteca; la segunda tenía, en lugar de ventanas, una gran vidriera en un techo oblicuo y caballetes con cuadros a medio hacer, una mesa larga repleta de papeles y de frascos con tintas de colores y en la pared unas extrañas caras negras acerca de las cuales el pintor le dijo que se trataba de moldes de máscaras africanas; en el sillón del rincón yacía el perro (el que ya conocía Jaromil) observando impasible al visitante.

El pintor invitó a Jaromil a sentarse junto a la mesa larga y se puso a mirar el cuaderno de dibujos: «Esto es lo mismo de siempre», dijo, «así no vamos a ninguna parte».

Jaromil querría haberle contestado que precisamente aquellas personas con cabeza de perro le habían gustado tanto al pintor y ahora las había dibujado para él, por causa de él; pero de pura tristeza y desengaño no fue capaz de decirle nada. El pintor colocó delante del muchacho un papel blanco, abrió un frasco de tinta china y le dio un pincel. «Ahora pinta lo que se te ocurra, no pienses en nada y pinta...» Pero Jaromil estaba tan asustado que no se le ocurría nada que pintar y cuando el pintor volvió a insistirle pintó, por huir de su angustia, una cabeza de perro sobre un cuerpo desgarbado. El pintor estaba descontento y Jaromil, desconcertado, le dijo que quería aprender a trabajar con las acuarelas, porque en el colegio los colores siempre se le salían del dibujo.

—Eso ya se lo oí a tu madre —dijo el pintor—, pero ahora olvídate de eso y de los perros. —Entonces puso un libro grueso delante del muchacho y lo abrió en las páginas en las que una línea negra, con una torpeza juguetona, se retorcía sobre un fondo de color y le recordaba a Jaromil ciempiés, estrellas de mar, escarabajos, estrellas y lunas. El pintor quería que Jaromil dibujara, siguiendo su propia fantasía, algo parecido.

—Pero ¿qué tengo que dibujar? —preguntó el muchacho y el pintor le dijo:

—Dibuja una línea; dibuja una línea que te guste. Y recuerda que un pintor no está en el mundo para copiar, sino para crear en el papel el mundo de sus líneas.

Y Jaromil dibujó líneas que no le gustaban en absoluto, llenó unos cuantos papeles y al final, de acuerdo con las instrucciones de la mamá, le dio al pintor un billete y se fue a su casa.

La visita resultó, por lo tanto, muy diferente de como se la había imaginado y no sólo no volvió a encontrar el mundo interior que había perdido, sino que perdió todo lo que había considerado como suyo: los futbolistas y los soldados con cabeza de perro. Sin embargo, cuando la mamá le preguntó cómo le había ido, habló con entusiasmo; y no se trataba de que estuviera fingiendo: si con la visita no había confirmado su mundo interior, había encontrado, al menos, un mundo exterior que no estaba abierto para cualquiera y que le otorgaba, desde el comienzo, pequeños privilegios: había visto extraños cuadros que lo dejaban confundido pero que tenían la ventaja (¡inmediatamente se dio cuenta de que era una ventaja!) de que no se parecían en nada a los bodegones y paisajes que pendían de las paredes de su casa; también había oído unas cuantas frases que le llamaron la atención y de las que en seguida se apropió: comprendió, por ejemplo, que la palabra burgués era un insulto; burgués era el que quería que los cuadros fueran como la vida y se parecieran a la naturaleza; pero podíamos reírnos de los burgueses porque (eso le había gustado mucho) hacía tiempo que estaban muertos y no lo sabían.

Visitaba al pintor con ansiedad y deseaba tremendamente repetir el éxito que una vez le habían reportado los dibujos de los hombres-perro; pero todo era en vano: los garabatos que debían ser variaciones sobre los cuadros de Miró estaban hechos a propósito y carecían en absoluto del encanto de los juegos infantiles; los dibujos de máscaras africanas no eran más que burdas imitaciones del modelo y no despertaban para nada, tal como el pintor deseaba, la imaginación del muchacho. Y como le parecía insoportable haber estado ya tantas veces en casa del pintor y no haber logrado su admiración, se decidió a actuar; trajo su cuaderno secreto, en el cual dibujaba cuerpos de mujeres desnudas.

El modelo lo constituían en su mayoría fotografías de estatuas sacadas de los libros de la antigua biblioteca del abuelo; se trataba (sobre todo en las primeras páginas del cuaderno) de mujeres maduras y robustas en posturas majestuosas, tal como las conocemos de las obras alegóricas del siglo pasado. Las páginas siguientes ofrecían ya algo más interesante; había una mujer que no tenía cabeza; y no sólo eso: en el sitio que correspondía al cuello el papel estaba cortado, de modo que parecía que la cabeza hubiera sido cortada y que en el papel hubiese quedado el rastro de un hacha imaginaria. El tajo en el papel lo había producido la navaja de Jaromil; Jaromil tenía una fotografía de una compañera suya de clase que le gustaba y cuyo cuerpo vestido observaba con frecuencia, con el vano deseo de verlo desnudo. La fotografía de su cabeza, recortada e introducida en el corte del papel, satisfacía este deseo. Por eso, desde este dibujo en adelante, todos los cuerpos de mujer estaban ya sin cabeza y con la abertura producida por la navaja; algunos aparecían en situaciones muy comprometedoras, como por ejemplo en cuclillas, como si estuvieran orinando; pero también en una hoguera encendida, como Juana de Arco; a esta escena de tortura que podríamos explicar (y así tal vez disculpar) por las clases de historia en el colegio, la seguía toda una colección de otras similares: otras escenas mostraban a una mujer sin cabeza clavada en un poste puntiagudo, una mujer sin cabeza con la pierna cortada, una mujer sin cabeza y sin mano y en otras posiciones que preferimos silenciar.

Claro está que Jaromil no podía estar seguro de que sus dibujos agradaran al pintor; no se parecían en nada a lo que había visto en sus gruesos libros ni en las telas que ocupaban los caballetes de su estudio; pero, sin embargo, le parecía que había algo que les era común a los dibujos de su cuaderno secreto y a lo que hacía su profesor: se trataba de algo prohibido, de algo diferente de los cuadros que había en su casa; se trataba del veredicto desfavorable con el que se enfrentarían sus dibujos de mujeres desnudas, igual que los cuadros incomprensibles del pintor, si los tuviera que juzgar un tribunal compuesto por la familia de Jaromil y sus invitados habituales.

El pintor hojeó el cuaderno, no dijo nada y le dio al muchacho un libro grueso. Se sentó a cierta distancia y se puso a dibujar algo en una hoja de papel, mientras Jaromil observaba en las páginas del libro a un hombre desnudo que tenía una parte del culo tan alargada que tenía que estar apoyada en una muleta de madera; vio un huevo del que crecía una flor, una cara llena de hormigas; vio un hombre cuya mano se transformaba en una roca.

«Fíjate», el pintor se acercó a él, «qué maravillosamente dibuja Salvador Dalí», y colocó frente a él una estatua de yeso de una mujer desnuda: «Hemos descuidado el arte de dibujar, y eso es un error. Primero tenemos que conocer el mundo, tal como es, para poder luego cambiarlo radicalmente», y el cuaderno de Jaromil se llenó de cuerpos de mujer, cuyas proporciones corregía y retocaba el pintor.

8

Cuando una mujer no vive suficientemente con su cuerpo, empieza a considerarlo un enemigo. La mamá no se mostraba demasiado satisfecha con los extraños garabatos que el hijo traía de las clases de dibujo, pero al ver los desnudos de mujer, corregidos por el pintor, sintió un profundo desagrado. Algunos días más tarde se fijó, desde su ventana, en cómo Jaromil, que sostenía la escalera a la criada Magda mientras ella se estiraba para coger cerezas, le miraba por debajo de la falda. Le pareció que desde todos los flancos la atacaban regimientos de culos de mujeres desnudas y tomó un rápida decisión. Jaromil tenía a la tarde la habitual lección de dibujo; la mamá se vistió rápidamente y se le adelantó.

«No soy ninguna puritana», dijo mientras se sentaba en el sillón del estudio, «pero usted bien sabe que Jaromil está entrando en una edad peligrosa.»

Con qué cuidado había preparado todo lo que tenía que decirle al pintor y qué poco había quedado de aquello. Las frases las había preparado en el ambiente de su casa, donde el suave verde del jardín penetra por las ventanas y aprueba siempre en silencio todos sus pensamientos. Pero aquí no había verdor, aquí estaban esos extraños cuadros en los caballetes y en el sillón se estiraba el perro con la cabeza entre las patas y la miraba con los ojos entreabiertos de una esfinge incrédula.

El pintor rechazó las objeciones de la mamá en pocas palabras y luego continuó: debía confesarle sinceramente a la mamá que no le interesaban para nada las calificaciones de Jaromil en las clases de dibujo del colegio, que sólo servían para destrozar el talento plástico de los niños. En los dibujos de su hijo, lo que le había llamado la atención era un tipo de imaginación especial, casi patológico.

«Fíjese qué curiosa coincidencia. En los dibujos que me enseñaron hace años, las personas tenían cabezas de perro. En los que me ha traído hace poco aparecen mujeres desnudas, pero todas sin cabeza. ¿No le parece a usted elocuente esa negativa constante a reconocerle al hombre su rostro humano, a reconocer lo humano del hombre?»

La madre se atrevió a responder que no creía que su hijo fuera tan pesimista como para negar lo humano del hombre.

«Por supuesto que no llegó hasta esos dibujos a través de ninguna meditación pesimista», dijo el pintor. «El arte se alimenta de fuentes diferentes de las de la razón. Lo de pintar personas con cabeza de perro o mujeres sin cabeza se le ocurrió a Jaromil de manera espontánea; posiblemente no supo cómo ni por qué. Ha sido el subconsciente el que le ha sugerido esas imágenes extrañas, y que, sin embargo, no carecen de sentido. ¿No le parece que existe alguna relación secreta entre esa visión suya y la guerra que sacude cada una de las horas de nuestra vida? ¿No le ha quitado la guerra al hombre su rostro y su cabeza? ¿No vivimos en un mundo en el que hombres sin cabeza no saben hacer otra cosa que desear un trozo de mujer sin cabeza? ¿No representa una visión realista del mundo el más tremendo de los engaños? ¿No es mucho más veraz el dibujo infantil de su hijo?»

Había venido a llamarle la atención al pintor y estaba ahora como una niña insegura, con miedo a que la reprendieran; no sabía qué decir y se callaba.

El pintor se levantó del sillón y fue hasta un rincón del estudio donde estaban apoyadas en la pared las telas sin enmarcar. Cogió una, le dio vuelta de cara a la habitación, retrocedió cuatro pasos y, en cuclillas, se puso a mirarla. «Venga aquí», le dijo a la mamá. Cuando se acercó (obediente) a él, le colocó una mano en la cadera y la atrajo hacia sí de forma que estaban los dos en cuclillas, uno junto al otro y la mamá observaba un extraño conjunto de colores marrones y rojos, que representaban algo como un paisaje, abandonado y quemado, lleno de fuegos humeantes que se podían interpretar también como manchas de sangre; en ese paisaje estaba grabada (a espátula) una figura, una extraña figura, como si estuviera tejida de cordeles blancos (el dibujo estaba formado por el color desnudo de la tela) que daba más la impresión de estar flotando que andando, que parecía transparentarse, más que estar presente.

La mamá tampoco esta vez supo qué decir, pero el pintor hablaba solo, hablaba de la fantasmagoría de la guerra que, al parecer, superaba en mucho a la fantasía de la pintura moderna, hablaba también del horroroso cuadro que ofrece un árbol con sus ramas entretejidas con trozos de cuerpos humanos, un árbol con dedos y desde cuyas ramas nos está mirando un ojo. Y después habló de que en esta época no le interesaba nada más que la guerra y el amor, el amor que se vislumbra tras el mundo sangriento de la guerra como la figura que la mamá veía en el cuadro. (La mamá ahora, por primera vez en el tiempo que había durado la conversación, creyó entender algo de lo que el pintor decía, porque ella también veía en el cuadro una especie de campo de batalla y también intuía que las líneas blancas formaban una figura.) Y el pintor le recordó el camino a lo largo del río donde se vieron por primera *vez* y donde volvieron a verse otras veces y le dijo que ella había aparecido entonces entre la niebla, el fuego y la sangre como el temeroso y blanco cuerpo del amor.

Y después tomó a la mamá, que estaba en cuclillas, la volvió hacia sí y la besó. La besó antes de que a ella se le hubiera podido ocurrir que iban a besarla. Éste fue, por lo demás, el carácter de todo aquel encuentro: los acontecimientos sorprendían a la madre totalmente desprevenida, siempre se anticipaban a la imagen y a la idea; el beso llegó antes de que pudiera pensar en él y la ulterior reflexión ya nada podía cambiar de lo que había pasado, de modo que sólo alcanzaba a registrar rápidamente que tal vez había pasado algo que no debiera haber pasado; pero ni siquiera en este sentido podía estar segura; y, por eso, dejó la solución para el futuro y se concentró en lo que estaba ocurriendo, tomándolo tal cual era.

Sintió en su boca la lengua de él y se percató, en una fracción de segundo, de que su propia lengua estaba asustada y retraída y de que el pintor debía sentirla como un trocito de tela húmeda; le dio vergüenza y en aquel momento se le ocurrió, casi con rabia, que no era nada extraño que la lengua se le hubiera transformado en un trocito de tela, cuando hacía ya tanto tiempo que no besaba a nadie; respondió con la punta de su lengua a la lengua del pintor y él la alzó del suelo, la llevó al sofá que estaba detrás (el perro, que no les quitaba los ojos de encima, saltó del sofá y se fue a tumbar junto a la puerta), la acostó allí, le acarició los senos y ella se sintió satisfecha y orgullosa; la cara del pintor le pareció joven y ardiente y pensó que hacía ya mucho tiempo que ella no se sentía joven ni ardiente y tenía miedo de ya no ser capaz de serlo, pero precisamente por eso, se decidió a actuar con juventud e impetuosidad, hasta que de repente comprendió (y otra vez el suceso llegó antes de que pensara en él) que era el tercer hombre que, en su vida, sentía ahora dentro de su cuerpo.

Entonces se dio cuenta de que no sabía en absoluto si lo había deseado o no y se le ocurrió que seguía siendo la misma niña tan tonta e inexperta y que si se le hubiera pasado por la cabeza que iba a querer besarla y hacerle el amor, nunca hubiera podido ocurrir lo que había ocurrido. Esta idea le servía de tranquilizadora disculpa, pues significaba que a la infidelidad matrimonial no la había impulsado la sensualidad sino la inocencia; a esta idea de la inocencia se mezcló en seguida la rabia hacia aquel que la mantenía permanentemente en un estado de inocente inmadurez; y esa rabia se cerró como una cortina sobre sus pensamientos, de modo que luego ya sólo oía su propia respiración acelerada y dejó de analizar lo que estaba haciendo.

Cuando sus respiraciones se calmaron, los pensamientos volvieron a despertarse y, para huir de ellos, hundió la cabeza en el pecho del pintor; se dejaba acariciar el cabello, respiraba el agradable olor de la pintura al óleo y esperaba a ver quién sería el primero en hablar.

No fue él ni ella, fue el timbre. El pintor se levantó, se abrochó rápidamente los pantalones y dijo:

—Jaromil.

Ella se asustó muchísimo.

—Quédate aquí tranquila —le dijo, le acarició la cabeza y salió del estudio.

Saludó al muchacho y lo hizo sentarse junto a la mesa de la primera habitación.

—Tengo una visita en el estudio, hoy nos quedaremos aquí. Enséñame lo que has traído.

Jaromil le entregó el cuaderno, el pintor examinó lo que Jaromil había dibujado en casa, luego colocó delante de él un frasco de tinta, le dio papel y un pincel, le indicó el tema y le dijo que se pusiera a dibujar.

Luego regresó al estudio, donde encontró a la madre vestida y preparada para marcharse.

—¿Por qué lo ha dejado aquí? ¿Por qué no le ha dicho que se fuera?

—¿Tanta prisa tienes en irte de mi lado?

—Esto es una locura —dijo la madre y el pintor se volvió a abrazarla; esta vez no intentó defenderse ni respondió a sus caricias; estaba en sus brazos como un cuerpo sin alma; y al oído de ese cuerpo inerte le susurró el pintor:

—Claro, es una locura. El amor o es loco o no existe. —Y la colocó en el sofá, la besó y le acarició los pechos.

Luego volvió otra vez junto a Jaromil, a ver lo que había dibujado. El tema que le había dado esta vez no tenía por objeto ejercitar la habilidad manual del muchacho; quería que le dibujase una escena de un sueño que hubiera tenido últimamente y que recordase. Y ahora, al ver su dibujo, comenzó a hablarle; lo más hermoso de los sueños son los increíbles encuentros de cosas y gentes que en la vida normal jamás se encontrarían; en un sueño, una barca puede entrar por la ventana de una habitación, en la cama puede estar acostada una mujer que hace ya veinte años que no vive y sin embargo se sube ahora a la barca y la barca se puede convertir inmediatamente en un ataúd y el ataúd puede navegar junto a las floridas orillas del río. Citó la famosa frase de Lautréamont acerca de la belleza que hay en *el encuentro de un paraguas y una máquina de coser sobre una mesa de disección* y luego dijo: «Pero este encuentro no es más hermoso que el de una mujer y un muchacho en la casa del pintor».

Jaromil se dio cuenta perfectamente de que su maestro se comportaba de un modo muy distinto al de otras veces, no le pasó inadvertido el fuego de su voz cuando se puso a hablar de los sueños y la poesía. No sólo le gustó lo que había dicho, sino que además le encantó haber sido él, Jaromil, el motivo de esa fogosa exposición y, sobre todo, se fijó bien en la última frase del pintor sobre el encuentro del muchacho y la mujer en la casa del pintor. Cuando el pintor le dijo que se quedara en la habitación delantera, Jaromil comprendió que en el estudio habría seguramente una mujer y que no debía ser una mujer cualquiera, cuando no se le permitía verla. Pero, sin embargo, el mundo de los mayores era algo aún tan distante para él, que no intentó en modo alguno descifrar aquel enigma; lo que más le interesaba era que el pintor, en su última frase, lo había colocado a él, a Jaromil, al mismo nivel que a aquella mujer, que era sin duda extraordinariamente importante para el pintor y que, precisamente a través de Jaromil, la presencia de esa mujer se hiciera más significativa y hermosa; y extrajo de ahí la conclusión de que el pintor lo quería, que veía en él a alguien que tenía algún significado en su vida, quizá alguna profunda y secreta semejanza interior que Jaromil, por ser todavía un muchacho, no podía distinguir claramente, mientras el pintor, maduro y sabio, la conocía. Esto le produjo un estado de sereno entusiasmo y cuando el maestro le encargó otra tarea más, se inclinó con ardor sobre el papel.

El pintor regresó al estudio y se encontró allí con la mamá llorando.

—¡Por favor, déjeme ir a casa!

—Vete, podéis iros los dos juntos; Jaromil está precisamente terminando sus deberes.

—Es usted un demonio —dijo entre lágrimas y el pintor la abrazó y la besó. Y luego volvió otra vez a la habitación de al lado, elogió lo que el muchacho había pintado (ése fue un día feliz para Jaromil) y lo mandó a casa. Volvió al estudio, colocó a la mamá llorosa sobre el viejo sofá manchado de pintura, besó su boca blanda y su cara mojada y volvió a hacer el amor con ella.

9

El amor de la madre y el pintor ya nunca se liberó del signo que había quedado marcado en su primer encuentro: no era un amor que ella hubiera soñado desde mucho tiempo atrás, mirándolo a los ojos con firmeza; era un amor inesperado, que la había asaltado desde atrás y por la espalda.

Este amor le recordaba nuevamente su falta de *preparación* amorosa: no tenía experiencia, no sabía lo que debía hacer ni decir; frente a la mirada original y exigente del pintor, se avergonzaba de antemano de cada uno de sus gestos y palabras; tampoco su cuerpo estaba preparado; por primera vez se arrepentía con dolor de lo mal que lo había cuidado tras el parto y le horrorizaba el aspecto de su vientre en el espejo, de aquella piel arrugada, tristemente flácida.

Siempre había deseado un amor en el que poder envejecer armónicamente, el cuerpo mano a mano con el alma (sí, un amor así lo había ansiado desde mucho tiempo atrás mirándolo a los ojos con ensoñación); pero ahora, en este difícil encuentro, al que se enfrentaba de repente, el alma le parecía penosamente joven y el cuerpo penosamente viejo, de modo que iba caminando por su aventura como si pisara con pie tembloroso un estrecho puente sin saber si sería la juventud del alma o la vejez del cuerpo la que provocaría la caída.

El pintor la rodeaba de extravagantes atenciones e intentaba atraerla hacia el mundo de su pintura y sus reflexiones. Esto a ella le satisfacía plenamente: era una prueba fehaciente de que su primer encuentro no había sido sólo un complot de dos cuerpos que hubieran aprovechado una ocasión oportuna. Claro que si el amor ocupa además del cuerpo el alma, esto requiere más tiempo: la mamá tenía que inventar la existencia de nuevas amigas para justificar (sobre todo ante la abuela y Jaromil) sus frecuentes ausencias de casa.

Mientras el pintor pintaba, ella se sentaba a su lado en una silla, pero esto no era bastante para él; le enseñó que la pintura, tal como él la concebía, era sólo uno de los métodos de extraer de la vida lo milagroso; y lo milagroso podía ser descubierto hasta por un niño en sus juegos o por un hombre corriente que anotase sus sueños. La mamá recibió papel y tintas de color; debía hacer gotas sobre el papel y soplarlas; la tinta corría por el papel en distintas direcciones, cubriéndolo con una red de colores; el pintor exponía sus obritas tras el cristal de la biblioteca y se jactaba de ellas ante sus visitas.

Una de las primeras veces que ella fue a verle, el pintor le dio, al despedirse, varios libros. La mamá tenía que leerlos en casa y tenía que leerlos en secreto, porque temía que el curioso Jaromil le preguntara de dónde había sacado aquellos libros o de que algún otro miembro de la familia le hiciera alguna pregunta por el estilo y a ella le fuera entonces difícil inventar una mentira adecuada; porque los libros, ya a primera vista, eran distintos de los que tenían en sus bibliotecas sus amigas o parientes. Por eso metía los libros en la cómoda, debajo de los sostenes y los camisones y los leía en los ratos en que estaba sola. Tal vez la sensación de hacer algo prohibido y el miedo a ser descubierta le impedían concentrarse en lo que leía, porque nos parece que no sacaba mucho en limpio de su lectura, que casi no entendía nada, a pesar de que muchas páginas las releía dos y hasta tres veces seguidas.

Llegaba luego a la casa del pintor con la angustia de una alumna que tiene miedo de salir a la pizarra, porque el pintor en seguida le preguntaba si le había gustado el libro y la mamá sabía que quería oír de ella algo más que una simple afirmación, sabía que el libro era para él un tema de conversación y que habría en el libro frases en las que quería ponerse de acuerdo con la mamá, verdades que quería compartir. La mamá sabía todo esto, pero ni aun así era capaz de entender qué era lo que en realidad decía el libro, qué era aquello tan importante que quería expresar. Como una alumna mentirosa, se disculpaba diciendo que había tenido que leer el libro en secreto para que no la descubrieran, y que por eso no había conseguido la necesaria concentración.

El pintor aceptó la disculpa y encontró una solución ingeniosa: cuando llegó Jaromil al día siguiente, le habló de las corrientes del arte moderno y le prestó, para que los estudiara, varios libros que el muchacho aceptó con entusiasmo. Cuando la mamá los vio por primera vez sobre la mesa de Jaromil y comprendió que era una especie de contrabando destinado a ella, se asustó. Hasta ahora todo el peso de su aventura recaía sobre ella misma, mientras que a partir de este momento su hijo (¡aquel modelo de pureza!) se había convertido, sin saberlo, en mensajero de su amor adúltero. Pero ya no había nada que hacer, los libros estaban sobre su mesa y la mamá no tenía más remedio que hojearlos, tomando como excusa la justa preocupación maternal.

En cierta ocasión se atrevió a decirle al pintor que los poemas que le había prestado le parecían inútilmente complicados y oscuros. Inmediatamente se arrepintió de sus palabras, pues el pintor consideraba una verdadera traición el más leve desacuerdo con sus ideas. La mamá intentó rápidamente arreglar el entuerto. Cuando el pintor se volvió enfadado hacia su cuadro, ella se quitó a escondidas la blusa y el sostén. Tenía unos pechos hermosos y lo sabía; los enseñaba con orgullo (aunque con cierta inseguridad) por el estudio, hasta que al final, cubierta a medias por el cuadro montado sobre el caballete, se encontró frente al pintor. El pintor, contrariado, paseaba el pincel por la tela y miró varias veces con enfado a la mamá, que espiaba detrás del cuadro. La mamá le quitó al pintor el pincel de la mano, se lo puso entre los dientes, le dijo una palabra que nunca había dicho a nadie, una palabra vulgar y obscena y la repitió varias veces en voz baja hasta que vio que el enfado del pintor se convertía en deseo amoroso.

No, no estaba acostumbrada a actuar así y hacía aquello con esfuerzo y sin naturalidad; pero ya desde el inicio de su relación comprendió que el pintor quería que sus manifestaciones amorosas fueran libres y sorprendentes, que se sintiera con él completamente libre e independiente, sin ataduras, sin convencionalismos, vergüenza, o cualquier clase de inhibición; le repetía con frecuencia: «No quiero que me des nada más que tu libertad, tu exclusiva y absoluta libertad», y pretendía cerciorarse constantemente de esa libertad. La mamá incluso había llegado a comprender que aquel comportamiento desinhibido podía ser hermoso, pero por eso tenía aún más miedo de no aprender nunca a comportarse así. Y cuanto más intentaba *aprender su libertad*, más se transformaba la libertad en una tarea difícil, en una obligación, en algo para lo que tenía que prepararse en casa (pensar con qué palabra, con qué deseo, con qué acción podría sorprender al pintor y manifestarle su espontaneidad), de modo que se inclinaba bajo el peso de la libertad como si fuera una carga.

«Lo peor no es que el mundo no sea libre, sino que la gente se haya olvidado de la libertad», le decía el pintor y a la mamá le parecía que se refería precisamente a ella, que pertenecía totalmente a aquel viejo mundo sobre el que el pintor afirmaba que había que rechazarlo por completo. «Si no podemos cambiar el mundo, cambiemos al menos nuestra propia vida y vivámosla con libertad», decía. «Si cada vida es única, saquemos de ello todas las conclusiones; rechacemos todo lo que no sea nuevo. Es necesario ser absolutamente moderno», citaba a Rimbaud y ella le escuchaba religiosamente, llena de fe en las palabras de él y llena de desconfianza en sí misma.

Se le ocurrió pensar que el amor del pintor por ella sólo podía basarse en alguna confusión y le preguntaba a veces por qué la quería. Él le contestaba que la amaba como el boxeador ama a la mariposa, como el cantante al silencio, como el ladrón a la maestra rural; le decía que la amaba como el carnicero ama los ojos atemorizados de la ternera y el rayo a la quietud de los tejados; le decía que la amaba como se ama a la mujer querida, arrancada de la estupidez de su hogar.

Ella lo escuchaba extasiada e iba a verlo en cuanto tenía un poco de tiempo. Era como una turista que, ante los paisajes más hermosos, por cansancio no pudiera disfrutarlos. No gozaba de su amor, pero sabía que era un amor grande y hermoso y que no debía perderlo.

¿Y Jaromil? Estaba orgulloso de que el pintor le prestara libros de su biblioteca (el pintor le recordó varias veces que nunca se los prestaba a nadie y que era el único que había alcanzado ese privilegio) y, como le sobraba tiempo, lo pasaba soñando sobre sus páginas. El arte moderno, por aquel entonces, no había pasado a ser propiedad de las masas burguesas y encerraba la atractiva fascinación de las sectas, una fascinación tan comprensible para un niño que estaba aún en esa edad en que se sueña con el romanticismo de los clanes y las hermandades. Jaromil ponía toda su atención en este encanto fascinante y leía los libros de un modo muy diferente al de su mamá, quien los leía minuciosamente desde la A hasta la Zeta, como si se tratara de manuales sobre los que debiera examinarse. Jaromil, que no tenía la amenaza de un examen, no leyó, en realidad, ninguno de los libros del pintor; más bien los hojeaba, se entretenía con ellos, se fijaba en alguna página, se detenía en algún verso, sin padecer porque el resto del poema no le dijera nada. Pero ese único verso o ese párrafo en prosa bastaban para hacerlo feliz no sólo por su belleza, sino, ante todo, porque le servían de entrada al reino de los elegidos, capaces de captar lo que para otros permanece oculto.

La mamá sabía que el hijo no se conformaba con el simple papel de mensajero y que leía con verdadero interés los libros que sólo en apariencia iban destinados a él; por eso comenzó a charlar con él de lo que ambos habían leído y le hacía preguntas que no se había atrevido a formularle al pintor. Pudo entonces comprobar sorprendida que el hijo defendía las ideas de los libros prestados con una firmeza aún más obstinada que la del pintor.

Así advirtió que en un libro de poemas de Éluard había subrayado con lápiz algunos versos: *Dormir, la luna en un ojo y el sol en el otro.* «¿Qué es lo que te gusta en ese verso? ¿Por qué tengo que dormir con la luna en un ojo? *Piernas de piedra con medias de arena.* ¿Cómo pueden ser de arena las medias?» Al hijo le pareció que la mamá se reía no sólo del poema, sino también de él y que creía que a su edad no era capaz de comprender nada y le respondió con brusquedad.

¡Dios mío, no había podido enfrentarse ni siquiera a un niño de trece años! Ese día se dirigió a la casa del pintor con la sensación de ser un espía camuflado bajo el uniforme de un ejército extranjero; temía que la descubrieran. Su comportamiento perdió el último resto de naturalidad y todo lo que hacía y decía se parecía a la actuación de una actriz aficionada que, paralizada por el temor, repite el texto con miedo a los silbidos del público.

Precisamente por aquellos días había descubierto el pintor la magia de la cámara fotográfica; enseñó a la mamá sus primeras fotos, bodegones de objetos extrañamente dispuestos, curiosas visiones de cosas abandonadas y olvidadas; luego la colocó bajo la luz de los cristales del techo y empezó a sacarle fotografías. La mamá sintió al principio un cierto alivio, porque no tenía que decir nada, se colocaba de pie o sentada, se sonreía, obedecía las órdenes del pintor y oía los elogios que, de vez en cuando, hacía de su rostro.

De repente al pintor se le iluminaron los ojos, tomó un pincel, lo mojó en pintura negra, dio vuelta con delicadeza a la cabeza de la madre y con dos líneas oblicuas le tachó la cara. «¡Te he tachado. He anulado la obra de Dios!», se rió y fotografió a la mamá en cuya nariz convergían dos rayas gruesas. Luego la llevó al cuarto de baño, le lavó la cara y la secó con una toalla.

«Hace poco te he tachado para poder hacerte de nuevo», dijo, y tomó de nuevo el pincel y empezó a pintarla. Trazaba círculos y rayas semejantes a antiguos jeroglíficos; «rostro-mensaje, rostro-carta», decía el pintor y volviendo a situarla bajo el techo luminoso la fotografiaba.

Luego la colocó en el suelo y puso junto a su cabeza un molde de escayola de una cabeza antigua al que pintó unas rayas semejantes a las de la cara de la mamá y fotografió entonces las dos cabezas, la viva y la inerte, y luego borró las rayas de la cara de la mamá y pintó otras y volvió a fotografiarla y la colocó después en el sofá y empezó a desnudarla, la mamá sentía miedo de que ahora le pintara los pechos y las piernas, e incluso propuso una objeción graciosa: le dijo que tal vez no debía pintarle el cuerpo (era realmente arriesgado para ella intentar decir algo gracioso, porque le daba miedo que la broma saliera mal y resultase de mal gusto) pero el pintor ya no la quería pintar y en lugar de pintarla le hizo el amor, sosteniendo entre sus manos su cara pintada, como si lo excitara de modo especial hacer el amor con una mujer que fuese su propia creación, su propia fantasía, su propia imagen, como un Dios que fornicara con una mujer a la que hubiera creado para sí mismo.

Y la mamá, realmente, no era en ese momento más que una invención y una imagen suya. Ella lo sabía y trataba de hallar fuerzas para soportarlo, sin que se notara que no era, en absoluto, la compañera del pintor, su milagrosa creación, un ser digno de ser amado, sino simplemente un reflejo inerte, un espejo obedientemente enfocado, una superficie pasiva sobre la que el pintor proyectara la figura de su deseo. Efectivamente, lo soportó, el pintor alcanzó el placer que buscaba y se apartó de su cuerpo, satisfecho. Al llegar a casa se sentía como si hubiera realizado un gran esfuerzo y por la noche, antes de dormir, lloró.

Cuando volvió al estudio algunos días más tarde, continuó la sesión de dibujo y fotografía. Esta vez el pintor desnudó sus pechos y se puso a dibujar en aquellas hermosas superficies abovedadas. Pero cuando la quiso desnudar por completo, la mamá, por primera vez, se opuso a los deseos de su amante.

¡Es difícil llegar a valorar en su justa medida la habilidad, las artimañas con las que hasta entonces había logrado, durante sus juegos amorosos con el pintor, ocultar su vientre! Muchas veces se dejaba puesta la faja, dando a entender que esta semidesnudez era más excitante, muchas veces logró que lo hicieran en la oscuridad, muchas veces apartó con suavidad las manos del pintor que intentaban acariciar su vientre y las colocó sobre sus pechos; y cuando ya había agotado todas las artimañas se escudaba en su timidez, que el pintor conocía y adoraba (a menudo le decía que ella era para él la imagen del color blanco y que la primera vez que pensó en ella la incorporó a su cuadro en forma de líneas blancas marcadas con la espátula).

Pero ahora tenía que permanecer de pie en medio del estudio, como una estatua viviente que él atraparía con los ojos y el pincel. Se defendió como pudo y cuando le dijo, igual que en la primera visita, que lo que pretendía hacer era una locura, él le respondió como entonces, sí, *el amor es una locura,* y le arrancó el vestido.

Y así se encontró en medio del estudio sin pensar más que en su vientre; tenía miedo de contemplarlo, pero lo veía ante sus ojos, tal como lo conocía por miles de miradas desesperadas al espejo; le parecía que no era más que vientre, más que una piel arrugada y fea y se sentía como una mujer en la mesa de operaciones, una mujer que no puede pensar en nada, que tiene que entregarse y sólo debe esperar que todo pase, confiar en que terminen la operación y el dolor, pero que por el momento sólo puede hacer una cosa: resistir.

Y el pintor tomó el pincel, lo mojó y se lo pasó por la espalda, por el vientre, por las piernas y luego se alejó y tomó la máquina de fotografiar; la llevó al cuarto de baño, donde se tuvo que acostar en la bañera vacía y él colocó encima de ella la serpiente metálica al final de la cual estaba la ducha de mano y le dijo que aquella serpiente metálica no escupía agua sino gas letal y que él estaba ahora acostado sobre el cuerpo de ella como el cuerpo de la guerra sobre el del amor; luego la levantó, la colocó en otro sitio y volvió a fotografiarla, y ella lo siguió obediente, sin intentar ocultar ya su vientre, pero lo seguía viendo delante de sus ojos y veía los ojos de él y el vientre de ella, su vientre y los ojos de él...

Y luego, cuando la situó, toda pintada, sobre la alfombra e hizo el amor con ella junto a la cabeza antigua de escayola, bella y fría, la mamá ya no pudo soportarlo y se puso a llorar en sus brazos, pero él posiblemente no comprendió el sentido de su llanto, pues estaba plenamente convencido de que su propia salvaje fascinación, convertida en un hermoso, constante y palpitante movimiento, no podía tener otra respuesta que un llanto de felicidad y placer.

La mamá se dio cuenta de que el pintor no había entendido el motivo de su llanto, se dominó y dejó de llorar. Pero, al llegar a casa se mareó en la escalera, cayó y se lastimó la rodilla. La abuela asustada la llevó a su habitación, le puso la mano en la frente y el termómetro bajo el brazo.

La mamá tenía fiebre. La mamá tenía los nervios destrozados.

10

Unos días más tarde, paracaidistas checos enviados desde Inglaterra mataron al protector alemán de Bohemia; se declaró el estado de sitio y en las esquinas aparecieron carteles con largas listas de fusilados. La mamá estaba en cama y todos los días venía el médico a ponerle una inyección en las nalgas. En aquella ocasión su marido se sentó al borde de la cama, le cogió la mano y la miró fijamente a los ojos; la mamá sabía que atribuía el estado de sus nervios a los horrores de la Historia y sintió, avergonzada, que lo estaba engañando mientras él era bueno con ella y quería ser su amigo en las horas difíciles.

También la criada Magda, que vivía en la casa hacía varios años y de quien la abuela, con el espíritu de las buenas tradiciones democráticas, decía que era más un miembro de la familia que una simple empleada, llegó un día a casa llorando, porque a su novio lo había detenido la Gestapo. Y efectivamente, algunos días más tarde su nombre apareció escrito en letras negras en un cartel rojo-oscuro, junto a los nombres de los demás muertos y a Magda le dieron algunos días de vacaciones.

A su regreso, contaba que la familia de su novio no había recibido ni siquiera la urna con las cenizas y que seguramente nunca podrían averiguar dónde estaban los restos de su hijo. Se puso a llorar otra vez y lo hacía casi todos los días. Solía llorar en su pequeña habitación, de modo que sus sollozos sólo se oían a través de la pared, pero algunas veces también sollozaba de repente durante la comida; desde que le había ocurrido aquella desgracia comía con la familia en la mesa grande (antes lo solía hacer sola en la cocina) y el carácter extraordinario de esta amabilidad volvía a recordarle todos los días a mediodía que estaba de luto y que daba lástima, de modo que se le enrojecían los ojos y desde el párpado le rodaba una lágrima que caía sobre los *knödels* en salsa; Magda trataba de ocultar las lágrimas y los ojos enrojecidos, agachaba la cabeza, quería que nadie la viera, pero, precisamente por eso, todos la miraban y siempre había alguien que pronunciaba unas palabras de consuelo a las que respondía llorando en voz alta.

Jaromil observaba todo esto como una escena emocionante de teatro; esperaba con ansia la lágrima en el ojo de la muchacha, su vergüenza intentando vencer la tristeza y finalmente la tristeza dominando a la vergüenza y la lágrima cayendo. Observaba (disimuladamente, porque tenía la impresión de hacer algo incorrecto) su cara y lo inundaba una tibia excitación y el deseo de llenar aquel rostro de cariño, acariciarlo y consolarlo. Y cuando a la noche se quedaba solo, cubierto por las mantas, se representaba la cara de ella con aquellos grandes ojos castaños y se imaginaba que la acariciaba y le decía *no llores, no llores, no llores,* porque no se le ocurrían otras palabras que fuese capaz de decirle.

Aproximadamente por esta época terminó la madre su tratamiento nervioso (una semana de cura de sueño en plan casero) y comenzó a moverse por la casa, a hacer las compras y a ocuparse de las tareas del hogar, a pesar de que seguía quejándose de que le dolía la cabeza y tenía palpitaciones. Un día se sentó junto a la mesita de su habitación y empezó a escribir una carta. Apenas escribió la primera frase se dio cuenta de que al pintor le parecería estúpida y sentimental y sintió miedo de lo que pudiera pensar; pero luego se tranquilizó: no pretendía ni deseaba obtener con aquellas palabras ningún tipo de respuesta, eran las últimas palabras que le iba a decir y esto le dio el valor necesario para continuar; con una sensación de alivio (y una extraña obstinación) construía las frases como si de verdad las construyera ella misma, ella, tal como había sido antes de conocerlo. Le escribía que lo amaba, y que nunca olvidaría la época milagrosa que había vivido con él, pero había llegado la hora de decirle la verdad: era diferente, muy distinta de lo que el pintor creía, era en realidad una mujer corriente y pasada de moda y le horrorizaba pensar que un día no podría mirar a los inocentes ojos de su hijo.

¿Es que se había decidido a contarle la verdad? ¡En absoluto! No le escribía que lo que llamaba felicidad de amar había sido para ella sólo un trabajoso esfuerzo, no le escribía cómo se había sentido avergonzada de su vientre desfigurado, ni que había tenido una crisis de nervios y se había lastimado una rodilla y había tenido que dormir durante una semana. No le escribía nada de eso porque una sinceridad semejante no correspondía a su propia forma de ser, porque quería volver a ser ella misma y sólo podía ser ella misma en la insinceridad; si le hubiera escrito todo con franqueza, le habría parecido que se había vuelto a acostar desnuda ante él, con el vientre arrugado. No, ya no quería que la viera, ni por fuera ni por dentro; deseaba encontrar nuevamente la tranquilidad de su decencia y para ello tenía que ser insincera y escribirle únicamente de su hijo y de sus sacrosantos deberes de madre. Al final de la carta ya estaba convencida de que no había sido su vientre ni la fatigosa carrera tras las ocurrencias del pintor lo que había provocado su crisis nerviosa, sino sus profundos sentimientos maternales, que se habían sublevado contra un amor grande, pero pecaminoso.

En aquel momento le parecía que no sólo estaba infinitamente triste, sino que además era una figura elevada, trágica y firme; la tristeza que pocos días antes sólo le causaba dolor, ahora, descrita con grandes palabras, le producía también un reconfortante deleite; era una tristeza hermosa y ella se veía iluminada por su resplandor melancólico y se encontraba tristemente hermosa.

¡Lo que son las casualidades! Jaromil, que en la misma época se pasaba días enteros observando el ojo lloroso de Magda, sabía bien de la hermosura de la tristeza y se sumergía en ella días enteros. Volvía a hojear el libro que le había prestado el pintor y leía sin parar los poemas de Éluard dejándose arrebatar por los versos subrayados: *Tenía en la tranquilidad de su cuerpo una pequeña bola de nieve del color del ojo;* o: *A lo lejos el mar que tu ojo baña;* y *Buenos días, tristeza, tú estás inscrita en los ojos que yo amo.* Éluard se convirtió en el poeta del cuerpo tranquilo de Magda y de sus ojos bañados por un mar de lágrimas; veía toda su vida encerrada en el encanto de un solo verso: *Tristeza hermoso rostro.* Claro, ésa era Magda: tristeza hermoso rostro.

Una noche se fueron todos al teatro y él se quedó solo con ella en casa; conocía de memoria las costumbres de la familia y sabía que, siendo sábado, Magda se bañaría. Como sus padres y la abuela planeaban la salida al teatro desde hacía una semana, tuvo tiempo de preparar todo; con algunos días de anticipación, había levantado en el cuarto de baño la tapita de la cerradura y la había pegado ligeramente por medio de un trozo de miga de pan sucia, de modo que se mantuviera levantada; quitó la llave de la cerradura para que no interfiriera la visión y se la guardó: nadie se dio cuenta de que se había perdido, porque los miembros de la familia no acostumbraban a cerrar con llave y la única que lo hacía era Magda.

La casa estaba silenciosa y vacía y a Jaromil le palpitaba el corazón. Estaba arriba, en su habitación, colocó delante de sí un libro abierto, por si alguien pudiera sorprenderlo y preguntarle qué estaba haciendo, pero no lo leía, se limitaba a escuchar. Por fin se oyó el sonido del agua corriendo por las cañerías y el ruido que hacía al caer en la bañera. Apagó la luz en la escalera y bajó de puntillas; tuvo suerte, el ojo de la cerradura permanecía descubierto y cuando se aproximó vio a Magda, inclinada sobre la bañera, ya desnuda, con los pechos desnudos, sólo en bragas. El corazón le golpeaba terriblemente porque veía lo que nunca había visto y sabía que en seguida vería aún más y que nadie podría impedírselo. Magda se irguió, se acercó al espejo (la veía de perfil), se miró un rato en él, se dio vuelta otra vez (la veía de frente) y fue hasta la bañera; se detuvo, se quitó las bragas, las tiró (seguía viéndola de frente) y luego se metió en la bañera.

Aun en la bañera Jaromil seguía viéndola, pero como el agua le llegaba hasta los hombros volvía *a ser sólo cara:* esa misma, conocida, triste cara, con el ojo bañado por el mar de lágrimas, pero al mismo tiempo una cara completamente distinta; se veía obligado a imaginarse (ahora, la próxima vez y para siempre) junto a ella los pechos desnudos, el vientre, los muslos, el trasero; era una cara *iluminada por la desnudez del cuerpo;* seguía produciéndole la misma ternura, pero esa ternura era ya distinta, porque a través de ella se extendían los rápidos latidos del corazón.

Y entonces, de repente, se percató de que Magda lo estaba mirando a los ojos. Tuvo miedo de que lo hubieran descubierto. Miraba al ojo de la cerradura y (en parte indecisa, en parte amable) se sonreía. Inmediatamente, se alejó de la puerta. ¿Lo había visto o no? Había comprobado muchas veces la situación y estaba seguro de que un ojo desde el otro lado de la puerta no podía ser visto. Pero entonces ¿cómo explicarse la mirada y la sonrisa de Magda? ¿O tal vez había mirado hacia allí sólo por casualidad y se había sonreído de la simple *idea* de que Jaromil pudiera estar mirando? De cualquier forma que fuera, el encuentro con la mirada de Magda lo había confundido hasta tal punto que ya no se atrevió a volver a acercarse a la puerta.

Pero cuando, pasado un rato, se tranquilizó, se le ocurrió una idea que superaba todo lo que hasta el momento había visto o vivido: el cuarto de baño no estaba cerrado y Magda no le había dicho que se iba a bañar. Podía hacer como que lo ignoraba y, como si nada ocurriera, entrar al cuarto de baño. Una vez más volvió a palpitarle con fuerza el corazón, se imaginaba cómo abría la puerta y decía: *sólo vengo a buscar un cepillo* y pasaba al lado de Magda, completamente desnuda, que no sabía qué decir; su hermosa cara se avergonzaba igual que se había avergonzado cuando durante la comida no había podido contener el llanto; y él pasaba al lado de la bañera hasta el lavabo sobre el que estaba el cepillo, lo cogía, se detenía luego junto a la bañera y se inclinaba sobre Magda, sobre su cuerpo desnudo que veía a través del filtro verdoso del agua y volvía a mirarla a la cara, aquella cara que se ruborizaba, y la acariciaba... Cuando se iba imaginando todo esto, lo iba envolviendo una nube de excitación que le impedía ver nada y no era ya capaz de pensar en nada.

Para que su entrada pareciera completamente natural, volvió a subir sigilosamente las escaleras y luego las bajó, pisando ruidosamente cada uno de los peldaños; sentía que le temblaba todo el cuerpo y le entró miedo de pensar que no iba a ser capaz de decir con voz serena y natural *sólo vengo a buscar el cepillo;* sin embargo, siguió adelante y cuando ya estaba casi al lado del cuarto de baño y el corazón le palpitaba de tal modo que casi no podía respirar, oyó: «¡Jaromil, me estoy bañando! ¡No entres!». Respondió: «No, si voy a la cocina», y realmente fue hacia el otro lado de la antesala, entró a la cocina, hizo como si cogiera algo y regresó de nuevo a su habitación.

Entonces se le ocurrió que las inesperadas palabras de Magda no eran motivo suficiente para una rendición tan precipitada, que podía haber dicho *Magda, yo sólo vengo a buscar el cepillo* y entrar, pues Magda no se lo hubiera dicho a nadie: Magda lo quería mucho, porque él siempre había sido bueno con ella. Y de nuevo se imaginó que estaba en el cuarto de baño y delante de él estaba Magda desnuda en la bañera y le decía *no te quedes aquí, vete en seguida,* pero no podía hacer nada, no podía defenderse, porque era tan impotente como lo había sido ante la muerte de su novio, porque estaba aprisionada en la bañera y él se inclinaba hacia su cara, hacia sus ojos grandes...

Sólo que esta posibilidad ya se había perdido para siempre y Jaromil ya sólo oyó después el suave sonido del agua que se iba de la bañera a las lejanas cañerías; la maravillosa oportunidad irremisiblemente perdida lo abrumaba, porque sabía que no iba a ser fácil que volviera a quedarse otra tarde solo con Magda en casa; y, si volviera a ocurrir, la llave debería estar ya en su sitio y Magda tendría la puerta cerrada. Se hallaba acostado en el sofá y estaba desesperado. Pero más que la oportunidad perdida, lo desesperaba su propia cobardía, su propia debilidad, su propio corazón estúpidamente palpitante, que le había arrebatado la presencia de ánimo necesaria y lo había estropeado todo. Lo inundó un profundo descontento hacia sí mismo.

Pero ¿qué hacer con semejante descontento? Es algo del todo distinto a la tristeza; es quizá lo contrario de la tristeza; cuando eran malos con él, Jaromil solía encerrarse en su habitación y llorar; pero ése era un llanto feliz, casi voluptuoso, eran casi lágrimas *de amor,* Jaromil tenía lástima de Jaromil y lo consolaba, contemplando su alma; pero este repentino descontento que le mostraba a Jaromil la ridiculez de Jaromil lo separaba de su alma, le producía un rechazo hacia ella. Era algo tan simple y lacónico como una ofensa, como una bofetada. Sólo podía salvarse con la huida.

Pero, si de repente descubrimos nuestra propia pequeñez, ¿hacia dónde podemos huir de ella? ¡De la *humillación* sólo se puede huir *ascendiendo!* Se sentó junto a su escritorio y abrió un libro (aquel libro precioso que el pintor le había confesado que no se lo prestaba más que a él) y se esforzó por concentrarse en los poemas que más le gustaban. Y allí estaba otra vez *a lo lejos el mar que baña tu ojo* y él volvía a ver ante sí a Magda, estaba allí también la bola de nieve en la tranquilidad de su cuerpo y el ruido del agua al salpicar llegaba hasta el poema como el sonido del río a través de una ventana cerrada. Lo inundó la nostalgia y cerró el libro. Entonces tomó papel y lápiz y comenzó a escribir. Tal como lo había visto en los poemas de Éluard, de Nezval, de Biebl, de Desnos, escribía versos cortos, unos debajo de los otros, sin ritmo ni rima. Eran variaciones sobre lo que había leído, pero en esas variaciones estaba el suceso que le acababa de ocurrir, estaba la *tristeza que se deshace y se convierte en agua,* estaba también el *agua verde* cuya superficie *sube más y más hasta llegar a mis ojos,* y estaba, por fin, el cuerpo, el *cuerpo triste,* el cuerpo en el agua, hacia el cual *voy, voy a través del agua interminable.*

Leyó y releyó muchas veces su poema con voz patética, declamatoria, y se sintió entusiasmado. En el fondo del poema estaba reflejada Magda en la bañera y él con la cara oprimida contra la puerta; no se encontró, por tanto, *fuera de los límites* de su vivencia; pero estaba muy alto *por encima de ella;* el descontento consigo mismo se había quedado *abajo;* allá abajo las manos le sudaban de miedo y la respiración se le aceleraba; aquí *arriba,* en el poema, se hallaba muy por encima de sus miserias; la historia del ojo de la cerradura y de su propia cobardía se había convertido en una simple rampa de lanzamiento sobre la cual volaba ahora; ya no permanecía sometido a aquella vivencia sino que la vivencia estaba sometida a lo que había escrito.

Al día siguiente le pidió a la abuela que le dejara la máquina de escribir; copió el poema en un papel especial y resultaba todavía más hermoso que cuando lo declamaba en voz alta, porque había dejado de ser una simple combinación de palabras y se había transformado en una *cosa;* su independencia se había hecho aún más patente; las palabras corrientes vienen al mundo para perecer inmediatamente después de haber sido pronunciadas, porque sirven sólo para la comunicación inmediata; están sometidas a las cosas, son sólo su denominación; pero ahora estas palabras se habían convertido en cosas y no estaban sujetas a nada; no estaban destinadas al entendimiento inmediato y a la rápida extinción sino a perdurar.

Lo que Jaromil había vivido el día anterior estaba también contenido en el poema, pero moría en él poco a poco, como muere la semilla en el fruto. *Estoy bajo el agua y los latidos de mi corazón producen círculos en la superficie;* en ese verso estaba presente el muchacho tembloroso ante la puerta del cuarto de baño, pero poco a poco iba desapareciendo; el verso subía más alto que él y permanecía. *Ay, mi amor mi amor acuático,* decía otro verso y Jaromil sabía que su amor acuático era Magda, pero, al mismo tiempo, sabía que en esas palabras nadie podría encontrarla, que estaba perdida en ellas, desaparecida, sepultada; el poema que había escrito era algo totalmente independiente, autónomo e incomprensible, tan independiente e incomprensible como la propia realidad, que no se pone de acuerdo con nadie y simplemente es; la independencia del poema le brindaba a Jaromil un refugio maravilloso, la deseada posibilidad de una *segunda* vida; tanto le gustó que al día siguiente se puso a escribir más versos y poco a poco se aficionó a esta actividad.

11

A pesar de que se ha levantado de la cama y anda ya por la casa, reponiéndose de su enfermedad, no es feliz. Había abandonado el amor del pintor, pero no había recuperado a cambio el amor del marido. ¡El padre de Jaromil está tan poco en casa! Ya se habían acostumbrado a que volviera tarde todas las noches, a que con frecuencia les comunicara su ausencia durante varios días, porque tenía muchos viajes de negocios, pero esta vez no había dicho absolutamente nada, a la noche no había vuelto a casa y la madre no tiene de él ninguna noticia.

Jaromil ve tan poco a su padre que ya ni se da cuenta de su ausencia; y medita en su habitación sobre los versos: para que un poema sea un auténtico poema debe ser leído por otra persona; sólo así demuestra que es algo más que un simple diario cifrado y es capaz de llevar vida autónoma, independiente de quien lo ha escrito. Al principio, se le ocurrió enseñarle los versos al pintor, pero eran para él demasiado importantes como para correr el riesgo de ofrecérselos a un juez tan severo. Deseaba que los viera alguien que se sintiera por lo menos tan entusiasmado como él mismo e inmediatamente comprendió quién estaba predestinado a ser el primer lector de su poesía; lo vio andar por la casa con los ojos tristes y la voz dolorida y se le antojó que venía directamente al encuentro de sus versos; le dio a la mamá unos cuantos, pulcramente pasados a máquina y corrió a su habitación —estaba muy emocionado— a esperar que los leyera y lo llamase.

Ella los leyó y lloró. Tal vez ni siquiera se daba cuenta del motivo de su llanto, pero no es difícil adivinarlo; vertía unas cuatro clases de lágrimas:

en primer lugar, le saltó a la vista la semejanza de los versos de Jaromil con los que solía prestarle el pintor y le brotaron lágrimas de pena por el amor perdido;

luego percibió cierta tristeza general que emanaba de los versos del hijo, se acordó de que hace ya dos días que su marido falta de casa sin avisar y le brotaron lágrimas de ofensiva humillación;

pero inmediatamente después empezaron a correr lágrimas de consuelo, porque el hijo, al traerle —confuso y devoto— sus poemas, ponía con su sensibilidad un bálsamo sobre todas sus heridas;

y tras leer varias veces cada uno de los poemas, asomaron a sus ojos lágrimas de emocionada admiración, porque los versos le parecían incomprensibles y creyó que había en ellos, por eso mismo, más de lo que ella podía comprender, y que era, por lo tanto, madre de un niño prodigio.

Luego lo llamó, pero cuando lo tuvo frente a sí sintió la misma sensación que cuando el pintor le preguntaba por los libros que le había prestado; no sabía qué decirle sobre los versos; lo veía ante ella con la cabeza inclinada, esperando ansioso y no sabía hacer nada más que abrazarlo y besarlo. Jaromil estaba asustado y por eso se sintió a gusto ocultando la cara en el hombro de la mamá, y la mamá, cuando sintió aquella figura infantil entre sus brazos, alejó de sí el fantasma sombrío del pintor, cobró ánimos y comenzó a hablar. Pero fue incapaz, de todos modos, de eliminar el temblor de su voz y la humedad de sus ojos y eso fue para Jaromil más importante que las palabras que decía; ese temblor y ese llanto eran para él la garantía suprema del poder que ejercían sus versos; un poder real, físico.

Se hacía de noche. El padre de Jaromil no regresaba y a la madre se le ocurrió que el rostro de Jaromil tenía una belleza tierna con la cual no se podían comparar ni el marido ni el pintor; esta idea indecorosa la atacaba con tal fuerza que no era capaz de liberarse de ella; comenzó a contarle cómo, durante el embarazo, miraba suplicante a la estatua de Apolo. «Y ya ves, de verdad eres tan bello como Apolo, te pareces a él. Ya ves que no es una simple superstición, que lo que piensa la madre cuando está embarazada se refleja después en el hijo. Hasta la lira la has heredado de él.»

Y después le contó que la literatura había sido siempre su gran amor, hasta había ido a la universidad a estudiar literatura y sólo el matrimonio (no dijo el embarazo) le había impedido dedicarse a su vocación más profunda; cuando veía hoy a Jaromil convertido en un poeta (efectivamente, ella fue la primera que le otorgó este pomposo título) representaba para ella una sorpresa inesperada, pero, al mismo tiempo, algo que esperaba desde hacía mucho tiempo.

Aquel día dialogaron largamente y encontraron por fin la mamá y el hijo —aquellos dos amantes fracasados— consuelo mutuo.

Segunda parte
o
Xavier

Aún oía, procedente del interior del edificio, el ruido del recreo a punto de finalizar: el viejo profesor de matemáticas va a entrar en clase a torturar a sus discípulos trazando números sobre la negra pizarra; el zumbido de una mosca vagabunda llenará el espacio infinito entre la pregunta del profesor y la respuesta del alumno... ¡Pero él ya estará lejos!

Había transcurrido un año desde el fin de la guerra; era primavera y brillaba el sol; caminaba por las calles hacia el Vltava y repasaba lentamente la ribera del río. El universo de las cinco horas de clase quedaba ya lejos y sólo lo unía a él la pequeña cartera marrón en la que llevaba un par de cuadernos y un libro de texto.

Llegó hasta el puente de Carlos. La doble fila de estatuas sobre el agua lo invitaba a cruzar hacia la otra orilla. Casi siempre que escapaba del colegio (y lo hacía con frecuencia y con gusto) el puente de Carlos era para él una verdadera atracción y hacia él se dirigía. Sabía que hoy también acabaría yendo y que volvería a detenerse en la parte donde bajo el puente ya no hay agua sino la ribera del río y en ella una vieja casa amarilla; la ventana del tercer piso se halla precisamente a la altura del pretil del puente y a la distancia de un salto; le gustaba contemplarla (siempre cerrada) y pensar quién viviría tras ella.

Era la primera vez (quizá por ser un día excepcionalmente soleado) que encontró la ventana abierta. A un lado colgaba una jaula con un pájaro. Se detuvo a observarla, de un estilo rococó, hecha de alambre blanco, artísticamente retorcido; y entonces se dio cuenta de que en la oscuridad de la habitación se recortaba una figura: a pesar de hallarse de espaldas, advirtió que era una mujer y deseó que se diera vuelta para contemplar su cara.

La figura se movió, pero hacia atrás, desapareciendo en la oscuridad. La ventana estaba abierta y él interpretó que era una invitación, una orden que le llegaba como silenciosa confidencia.

No pudo resistir más. Saltó sobre el pretil. La ventana estaba separada del puente por un hueco profundo acabado en un duro empedrado. La cartera le molestaba; la lanzó a través de la ventana a la habitación oscura y luego saltó tras ella.

2

La alta ventana rectangular por la que Xavier había saltado alcanzaba unas dimensiones tales que con los brazos extendidos llegaba a tocar las paredes laterales y eran apenas tan altas como él. Examinó la habitación de atrás hacia delante (como hacen los que se interesan siempre, en primer lugar, por las distancias) y por eso lo primero que vio fue la puerta en la parte trasera; luego a la izquierda, junto a la pared, un armario panzudo, a la derecha una cama de madera con la cabecera labrada y en medio una mesa redonda, cubierta por un mantel de ganchillo, sobre el que había un florero con flores; sólo al final se fijó en su cartera, que estaba bajo la mesa, junto a los flecos de una alfombra barata.

Quizá en el preciso momento en el que la vio e intentó saltar para cogerla, sobre el fondo en penumbras se abrió la puerta y apareció una mujer. Lo vio de inmediato; la habitación estaba a oscuras y el rectángulo de la ventana como si allí fuera de noche y al otro lado de día; al hombre que se hallaba en el marco de la ventana lo vio la mujer como una silueta negra sobre el fondo dorado de la luz; era un hombre entre el día y la noche.

Si la mujer, deslumbrada por la luz, no podía distinguir los rasgos de la cara del hombre, Xavier, en cambio, se encontraba en una situación un poco mejor; sus ojos ya se habían acostumbrado a la oscuridad y era capaz de captar, con bastante exactitud, la blandura de los rasgos de la mujer y la melancolía de su cara: su palidez resplandecía aún en la más profunda oscuridad; se quedó de pie junto a la puerta mirando a Xavier; no tenía la suficiente naturalidad para manifestar en voz alta el susto que se había llevado, ni tenía tanta presencia de ánimo como para dirigirle la palabra.

Por fin, tras largo rato de mirarse a la cara en la penumbra, Xavier habló:

—Tengo aquí mi cartera.

—¿Su cartera? —contestó y, como si el sonido de la voz de Xavier la hubiera liberado de la inmovilidad inicial, cerró la puerta del fondo.

Xavier se puso en cuclillas sobre el marco de la ventana y señaló hacia donde estaba la cartera:

—Tengo ahí cosas muy importantes. El cuaderno de matemáticas, el libro de ciencias naturales y el cuaderno de ejercicios de lengua. En ese cuaderno llevo también el último ejercicio que he realizado: *Ha llegado la primavera,* me ha dado bastante trabajo y no me gustaría tener que volver a inventármelo.

La mujer dio unos pasos hacia el interior de la habitación y Xavier pudo verla mejor iluminada. Su impresión inicial era exacta: blandura y melancolía. Vio navegar en su rostro en sombras dos grandes ojos y le vino a la mente otra palabra más; susto; pero no susto por su aparición inesperada, sino un susto antiguo, que permanecía en la cara de la mujer en forma de dos grandes ojos inmóviles, en forma de palidez, en forma de gestos que parecían estar siempre pidiendo disculpas.

¡Sí, efectivamente, aquella mujer pedía disculpas!

—Perdone —dijo—, no sé cómo ha podido ocurrir que su cartera esté en nuestra habitación. Acabo de hacer la limpieza y no he encontrado nada extraño.

—Y sin embargo —dijo Xavier, en cuclillas en la ventana y señalando con el dedo hacia abajo—: para gran alegría mía, la cartera está aquí.

—Yo también estoy muy contenta de que la haya encontrado —dijo ella y sonrió.

Estaban ahora de pie el uno frente al otro y entre ellos sólo estaba la mesa con el mantel de ganchillo y el florero de cristal con sus flores de papel encerado.

—Sí, hubiera sido un fastidio no encontrarla —respondió Xavier—. El profesor de checo no me puede ni ver y si extraviara el cuaderno de ejercicios podría incluso perder el curso.

En el rostro de la mujer apareció la compasión; sus ojos se hicieron de repente tan grandes que Xavier no veía otra cosa, como si el resto de la cara y el cuerpo fueran sólo un simple acompañamiento de los mismos, su envoltorio; ni siquiera sabía cómo eran los distintos rasgos de la cara de la mujer y las proporciones de su cuerpo, todo eso sólo quedaba registrado en el borde de la retina; la impresión que le producía la figura era, en realidad, sólo la impresión de aquellos ojos inmensos que inundaban el resto del cuerpo con una claridad de color castaño.

Hacia aquellos ojos avanzó ahora Xavier, bordeando la mesa. «Soy un viejo repetidor», dijo y le pasó a la mujer el brazo por el hombro (¡Ay, aquel hombro era blando como un pecho!): «Créame», continuó, «no hay nada más triste que volver al cabo de un año a la misma clase y sentarse de nuevo en el mismo pupitre...»

Luego vio que aquellos ojos castaños se elevaban hacia él y lo inundó una ola de felicidad; Xavier supo que ahora ya podía bajar la mano y tocar el pecho y el vientre y lo que quisiera, porque el susto, que ocupaba autoritariamente a la mujer, la ponía, sumisa, en sus brazos. Pero no lo hizo; sostuvo en la palma de la mano su hombro, ese hermoso y redondeado montículo del cuerpo, y le pareció que aquello era suficientemente maravilloso, suficientemente pleno; no ansiaba nada más.

Permanecieron un rato inmóviles y luego la mujer hizo un gesto de fijar su atención en algo: «Tiene que irse en seguida. ¡Mi marido ha vuelto!».

Nada era más sencillo que recoger la cartera y saltar por la ventana al puente, pero Xavier no lo hizo. Recorrió todo su cuerpo la sensación gozosa de que aquella mujer se hallaba en peligro y él debía quedarse.

—¡No puedo dejarla aquí sola!

—¡Mi marido, váyase! —le rogó la mujer angustiada.

—¡No, me quedaré con usted! ¡No soy un cobarde! —dijo Xavier, mientras se oían ya los pasos en la escalera.

La mujer intentaba empujar a Xavier hacia la ventana, pero él sabía que no debía abandonar a la mujer en un momento en que corría peligro. Se oyó el chirrido de la puerta desde las profundidades de la casa y Xavier en el último momento se tiró al suelo y se metió debajo de la cama.

3

El espacio entre el suelo y el techo, formado por cinco tablillas por entre las que asomaba un jergón de paja lleno de desgarrones, no era mayor que el de un ataúd; pero a diferencia de éste era un espacio oloroso (se percibía el olor de la paja), muy sonoro (en el suelo se marcaba perfectamente el ruido de los pasos) y lleno de visiones (justamente encima de sí veía el rostro de aquella mujer a quien sabía que no podía abandonar, un rostro que se proyectaba sobre la tela oscura del jergón, un rostro atravesado por tres briznas de paja que salían de la tela).

Los pasos eran pesados y al volver la cabeza pudo ver en el suelo un par de botas que taconeaban por la habitación. Y oyó luego una voz de mujer y no pudo impedir que lo invadiera un sentimiento suave, pero hiriente, de lástima; aquella voz sonaba igual de melancólica, asustada y atrayente que un momento antes, cuando le hablaba a él. Pero Xavier fue sensato y superó un repentino ataque de celos; comprendió que aquella mujer estaba en peligro y se defendía con las armas que tenía: su rostro y su tristeza.

Luego oyó la voz del hombre y le pareció que aquella voz se parecía a las botas negras que había visto andar por el piso. Y luego oyó cómo la mujer repetía *no, no, no* y cómo un par de pasos se acercaban tambaleando a su escondite y cómo luego, el bajo techo bajo el cual yacía, descendía aún más hasta llegar casi a tocar su cara.

Y se volvió a oír otra vez cómo la mujer decía *no, no, no, ahora no, ahora no, por favor,* y Xavier vio la cara de ella tan sólo a un centímetro de sus ojos, sobre la gruesa tela del jergón, y le pareció que aquella cara le confesaba sus humillaciones.

Quería erguirse dentro de su ataúd, quería salvar a aquella mujer, pero sabía que no debía hacerlo. Y tenía el rostro de la mujer tan cerca de él, se inclinaba, y le suplicaba por favor, y de aquel rostro salían tres briznas de paja, como tres flechas que atravesasen aquel rostro. Y el techo que estaba encima de Xavier comenzó a moverse rítmicamente y las briznas clavadas en el rostro de la mujer como tres flechas tocaban rítmicamente la nariz de Xavier y le hacían cosquillas, hasta que Xavier, de pronto, estornudó.

Arriba, el movimiento se detuvo de repente. La cama quedó inmóvil; no se oía ni respirar y Xavier también quedó paralizado. Transcurrió un segundo hasta que se oyó:

—¿Qué ha sido eso?

—No he oído nada, querido —respondió la voz de la mujer.

Y volvió a hacerse el silencio y luego se volvió a oír la voz del hombre:

—¿De quién es esa cartera? —Y se oyó de nuevo el resonar de los pasos y se vio a las botas recorriendo la habitación.

Vaya, el hombre se había acostado con las botas puestas, pensó Xavier y se indignó; comprendió que había llegado su momento. Apoyándose en un codo se asomó por debajo de la cama, para ver lo que ocurría en la habitación.

—¿A quién tienes aquí? ¿Dónde lo has metido? —gritaba el hombre y Xavier vio por encima de las botas negras los pantalones de montar azul oscuro y la camisa azul oscura del uniforme de la policía. El hombre echó una mirada por toda la habitación y se lanzó luego hacia el armario, que por su tamaño parecía que pudiera esconder al amante.

En aquel momento Xavier saltó de debajo de la cama silencioso como un gato, ágil como una pantera. El hombre del uniforme abrió el armario repleto de trajes y metió la mano dentro. Pero Xavier ya estaba detrás de él y mientras el hombre volvía a meter una y otra vez el brazo en la oscuridad de los trajes para tocar al amante oculto, Xavier lo agarró por detrás del cuello de la camisa, y lo empujó violentamente adentro del armario. Cerró la puerta con llave, sacó la llave, se la metió en el bolsillo y se volvió hacia la mujer.

4

Estaba frente a aquellos dos grandes ojos castaños y detrás de sí oía golpes en el interior del armario, un ruido y unos gritos tan amortiguados por la sordina de los trajes, que el sonido de los golpes impedía que las palabras llegaran a entenderse.

Se sentó junto a los grandes ojos, pasó su brazo por la espalda y al sentir en la mano la piel desnuda, se dio cuenta de que la mujer estaba vestida sólo con una ligera combinación, debajo de la cual se erguían sus pechos desnudos, blandos y suaves.

Los golpes seguían sonando en el armario y Xavier cogía a la mujer de los hombros con las dos manos e intentaba reconocer los detalles de sus rasgos, que seguían perdidos en el desbordamiento de sus ojos. Le decía que no tuviera miedo, le enseñaba la llave para demostrarle que el armario estaba bien cerrado, le recordaba que la prisión de su marido era de roble y que el preso no podía abrirla ni forzarla. Y luego empezó a besarla (con las manos seguía cogiendo sus hombros blandos y desnudos, tan inmensamente amorosos que le daba miedo bajar las manos y tocar sus pechos, como si no se sintiera seguro de poder resistir al vértigo) y le volvió a parecer que, con los labios en su rostro, se hundía en aguas inmensas.

«¿Qué vamos a hacer ahora?», oyó la voz de ella.

Él le acarició el hombro y le respondió que no se preocupara, que se hallaban a gusto, que era feliz como no lo había sido nunca y que los golpes en el armario le importaban lo mismo que el sonido de una tormenta reproducido por el tocadiscos o el ladrido de un perro atado a su caseta en la otra parte de la ciudad.

Para demostrar su dominio de la situación, se levantó y con aire de suficiencia revisó toda la habitación. Luego sonrió, al ver en la mesa una porra de color negro. La tomó, se acercó al armario y, en respuesta a los golpes de dentro, golpeó varias veces el armario con la porra.

—¿Qué vamos a hacer? —preguntó de nuevo la mujer y Xavier respondió:

—Marcharnos.

—¿Y él, qué? —volvió a preguntarle la mujer.

—Un hombre puede aguantar sin comer dos o tres semanas —contestó Xavier—. A nuestro regreso, dentro de un año, en el armario habrá un esqueleto con botas y uniforme —y se acercó otra vez al ruidoso armario, lo golpeó con la porra y se rió y miró a la mujer, deseando que se riera con él.

Pero la mujer no se rió y le preguntó:

—¿Adónde iremos?

Xavier le dijo adónde irían. Ella le contestó que en esta habitación estaba en su casa, mientras donde Xavier quería llevarla no tenía ni su cómoda, ni el pájaro con su jaula. Xavier le contestó que un hogar no era una cómoda ni un pájaro en una jaula, sino la presencia de la persona que amamos. Y luego le dijo que él no tenía hogar o, mejor dicho, que su hogar estaba en sus pasos, en su caminar, en sus viajes. Que su hogar estaba allí donde se abrían horizontes desconocidos. Que sólo podía vivir pasando de un sueño a otro, de un paisaje a otro y que si permaneciera demasiado tiempo ante un mismo decorado se moriría del mismo modo que moriría su marido si permaneciera más de catorce días dentro del armario.

Y al decir estas palabras, de repente, los dos se dieron cuenta de que en el armario se había hecho el silencio. El silencio era tan llamativo que los despertó a los dos. Era como el momento que sigue a la tormenta; el canario comenzó a cantar en la jaula y en la ventana reverberaba el color amarillento del sol poniente. Era todo tan hermoso como una invitación a viajar. Era hermoso como el perdón de Dios. Era hermoso como la muerte del policía.

La mujer acarició la cara de Xavier y ésa fue la primera vez que lo tocó; también fue la primera vez que Xavier la vio con sus contornos fijos, no difusos. Le dijo: «Sí. Nos iremos. Nos iremos a donde quieras. Espera un momento, que recoja un par de cosas para el camino».

Volvió a acariciarlo, le sonrió y se alejó hacia la puerta. La miró con ojos llenos de repentina paz; contempló su paso suave y fluido como el paso del agua transformada en cuerpo.

Luego se tendió en la cama y se sintió bien. El armario seguía en silencio, como si el hombre de dentro se hubiera dormido o ahorcado. Aquel silencio estaba lleno de espacio que entraba a la habitación por la ventana, junto con el rumor del Vltava y el lejano griterío de la ciudad, un griterío tan lejano que se parecía a las voces de un bosque.

Xavier volvió a sentirse lleno de caminos. Y no hay nada más hermoso que el momento que precede al viaje, el momento en que el horizonte de mañana nos viene a visitar y a contarnos sus promesas. Xavier estaba acostado en las sábanas arrugadas y todo fluía para él en una maravillosa unidad: una blanda cama parecida a una mujer, una mujer parecida al agua, el agua que imaginaba debajo de la ventana, parecida a un lecho de agua.

Luego vio aún cómo se volvía a abrir la puerta y entraba la mujer. Llevaba un vestido azul. Azul como el agua, azul como el horizonte en que se sumergiría mañana, azul como el sueño en el que lenta pero irresistiblemente estaba cayendo.

Sí. Xavier se durmió.

5

Xavier no duerme por acumular fuerzas para la vigilia. No, desconoce ese monótono péndulo sueño-vigilia, que oscila trescientas sesenta y cinco veces por año.

El sueño no es para él lo contrario de la vida; el sueño es para él la vida y la vida es sueño. Pasa de un sueño a otro, como si pasara de una vida a otra.

Es de noche, es noche cerrada, pero desde lo alto aparecen de repente dos haces de luz. Es la luz de dos lámparas; en esos dos círculos recortados en la oscuridad se ven caer gruesos copos.

Entró corriendo por la puerta de un edificio bajo, pasó rápidamente por la sala y llegó al andén donde se hallaba un tren con las ventanas iluminadas, dispuesto para partir; junto a él se paseaba un viejo con una linterna y cerraba las puertas de los vagones. Xavier saltó rápidamente al tren cuando el anciano levantaba ya la linterna; desde el otro extremo del andén se oyó el prolongado sonido de un silbato y el tren arrancó.

6

Se detuvo en la plataforma del vagón e inspiró profundamente para tranquilizar su respiración acelerada. Otra vez había llegado en el último momento y llegar en el último momento lo llenaba de orgullo: todos los demás llegaban a tiempo, de acuerdo con un plan preparado de antemano, de modo que vivían toda la vida sin sorpresas, como si estuvieran copiando un texto determinado por un maestro. Los intuía en los compartimientos del vagón, sentados en sus asientos reservados con anterioridad, manteniendo conversaciones previamente conocidas, hablando de las casas de montaña en las que iban a pasar la semana, de los horarios que habían aprendido a respetar ya en el colegio, para poder luego vivir a ciegas, de memoria y sin un solo error.

En cambio, Xavier había llegado de improviso, en el último momento, gracias a una ocurrencia repentina y a una decisión inesperada. Estaba ahora de pie en la plataforma del vagón y se extrañaba de su propia actitud al participar en una excursión escolar con sus aburridos compañeros de curso y los profesores calvos por cuyas barbas se paseaban los piojos.

Se puso a recorrer el vagón: los muchachos estaban en el pasillo echando su aliento en los cristales helados y apoyando el ojo en el redondel del cristal; otros se hallaban recostados perezosamente en los asientos, con los esquís apoyados en el portaequipajes, en cruz sobre las cabezas; en algún sitio jugaban a las cartas y en otro compartimiento cantaban una canción estudiantil interminable compuesta de una melodía primitiva y cuatro palabras que se repetían constantemente, cien veces, mil veces: *se murió el canario, se murió el canario, se murió el canario...*

Se detuvo en este compartimiento y miró hacia adentro: había tres chicos del curso siguiente y junto a ellos una muchacha rubia, compañera suya de curso, que al verlo se puso colorada, pero no dejó que se notase nada, como si tuviera miedo de ser sorprendida y por eso seguía abriendo la boca y, mirando con grandes ojos a Xavier, cantaba: *se murió el canario, se murió el canario, se murió el canario...*

Xavier se separó de la muchacha rubia y pasó por otros compartimientos, en los que se cantaban otras canciones estudiantiles y se jugaba a otros juegos; luego vio a un hombre en uniforme de revisor que venía hacia él, deteniéndose en cada uno de los compartimientos y pidiendo los billetes; el uniforme no era suficiente para confundirlo, reconoció bajo la visera de la gorra al viejo profesor de latín y se dio cuenta de que no podía arriesgarse a toparse con él, en primer lugar porque no tenía billete y en segundo lugar porque hacía mucho tiempo (ni siquiera se acordaba cuánto) que no había estado en la clase de latín.

Aprovechó entonces el momento en que el profesor se inclinaba hacia el interior de uno de los compartimientos y se deslizó pasando tras él, hacia la plataforma, en la que dos puertas conducían a dos pequeñas cabinas; el lavabo y el retrete. Abrió la puerta del lavabo y encontró, fuertemente abrazados, a la profesora de checo, una mujer severa de unos cincuenta años, con un compañero suyo que solía sentarse en el primer banco y a quien Xavier, las raras veces que iba a clase, pasaba totalmente por alto. Al verlo, los dos amantes se separaron rápidamente y se inclinaron sobre el lavabo; bajo el minúsculo chorrito de agua que goteaba del grifo, se frotaban las manos con ahínco.

Xavier no quería interrumpirlos y volvió a salir a la plataforma; allí se encontró frente a frente con la compañera rubia, que lo miraba fijamente con sus grandes ojos azules; su boca ya no se movía y ya no cantaba la canción aquella del canario, cuyo estribillo Xavier creía interminable. ¡Ah!, pensó, ¡qué locura, creer que exista una canción que no termine! ¡Como si todo en este mundo no fuera ya traición desde el comienzo!

Con esta idea miró a los ojos a la rubia y supo que no debía aceptar ese juego falso que quiere hacer pasar lo perecedero por eterno y lo pequeño por grande, que no debía aceptar ese juego falso que se llama amor. Por eso se dio media vuelta y volvió a entrar en el pequeño lavabo en el que la profesora de checo estaba ya otra vez junto al pequeño compañero de Xavier y lo tenía agarrado por las caderas.

«Oh, no, por favor, no vuelvan a lavarse las manos», les dijo Xavier. «Ahora me las voy a lavar yo», y pasó junto a ellos con discreción, abrió el grifo y se inclinó sobre el lavabo, buscando así una relativa soledad para sí mismo y para los dos amantes que estaban de pie, confusos, detrás de él. «Nos vamos a otro lado», oyó luego el murmullo decidido de la profesora de checo, el ruido de la puerta y los pasos de cuatro pies que entraban en el retrete de al lado. Se quedó solo, se apoyó satisfecho en la pared y se entregó a dulces pensamientos sobre la pequeñez del amor, dulces pensamientos tras los cuales se vislumbraban dos grandes ojos azules suplicantes.

7

Después el tren se detuvo, se oyó el sonido del silbato, el vocerío de los jóvenes, abrir y cerrar de puertas, el taconeo de las botas; Xavier surgió de su escondite y se sumó al grupo de alumnos que se amontonaban para bajar del tren. Y luego aparecieron las montañas, la luna grande y la nieve resplandeciente; iban en medio de una noche clara como el día. Caminaban en larga procesión, y en vez de cruces se alzaban los pares de esquís como objetos de culto, como símbolos de los dedos cruzados en juramento.

Era una larga procesión en la que Xavier iba con las manos en los bolsillos porque era el único que no llevaba los esquís, símbolo del juramento; oía las conversaciones de los estudiantes, ya bastante cansados; luego se dio vuelta y vio a la muchacha rubia, frágil, pequeña, atrás de todo, tropezando y hundiéndose en la nieve bajo el peso de los grandes esquís y después de un rato volvió a darse vuelta y vio al viejo profesor de matemáticas que le cogía los esquís, los ponía junto a los suyos a sus espaldas y con la mano libre la tomaba por el brazo y la ayudaba a andar. Era una escena triste en la que la endeble vejez se compadecía de la endeble juventud; al contemplar la escena se sentía reconfortado.

Luego, al principio de lejos y después cada vez más cerca, se oyó música bailable; apareció delante de ellos un restaurante y unas barracas de madera en las que se fueron a alojar los compañeros de Xavier. Pero Xavier no tenía aquí ninguna habitación reservada y no debía guardar los esquís ni cambiarse de indumentaria. Por eso entró en seguida en el salón, donde había una pista de baile, una orquesta de jazz y unos cuantos clientes en las mesas. Inmediatamente se fijó en una mujer con un suéter rojo-oscuro y unos pantalones ajustados; alrededor de ella estaban sentados varios hombres con jarras de cerveza, pero Xavier vio que aquella mujer era elegante y orgullosa y que se aburría con ellos. Se acercó a ella y la invitó a bailar.

Bailaban juntos en medio del salón los dos solos; y Xavier vio que la mujer tenía el cuello maravillosamente marchito, la piel alrededor de los ojos maravillosamente ajada y que alrededor de su boca había dos maravillosas y profundas arrugas, y se sintió feliz de tener entre sus brazos tantos años de vida, de tener él, un estudiante, entre sus brazos, una vida casi completa. Se sintió orgulloso de bailar con ella y pensó que al poco rato entraría la rubita y lo vería, muy alto por encima de ella, como si la edad de su compañera de baile fuera un monte muy alto y la joven muchacha se estirase hacia aquel monte como una brizna de hierba suplicante.

Y en efecto: empezaron a entrar en el salón los alumnos y las alumnas que habían cambiado sus pantalones de esquiar por faldas y se sentaron todos junto a las mesas libres, de modo que ahora Xavier bailaba con la mujer rojo oscura rodeado de un público numeroso; junto a una de las mesas vio a la rubita y se alegró: estaba vestida con mucho más esmero que los demás; llevaba un vestido precioso que no conjugaba demasiado con aquel sucio restaurante, un vestido blanco, ligero, con el cual era aún más frágil y aún más vulnerable. Xavier sabía que se lo había puesto por *él* y en este momento ya estaba totalmente decidido a no renunciar a ella, a vivir esta noche para ella y por ella.

8

Le dijo a la mujer del suéter rojo oscuro que no quería seguir bailando: le fastidiaban las caras que lo miraban desde las jarras de cerveza. La mujer rió, estaba de acuerdo; a pesar de que la orquesta no había terminado de tocar y de que en la pista se hallaban ellos solos, dejaron de bailar (todo el bar vio que dejaban de bailar) y se fueron de la pista agarrados de la mano, pasando junto a todas las mesas, hasta la planicie nevada.

Los envolvía un aire helado y Xavier pensó que al poco rato saldría al aire helado la frágil niña enferma con su vestido blanco. Volvió a coger a la mujer rojo-oscura del brazo y la llevó por la planicie blanca, y le pareció que era un flautista que atraía a las ratas y que la mujer era la flauta en la que él tocaba.

Pasado un rato se abrió la puerta del restaurante y salió la rubita y estaba aún más frágil que antes, su vestido blanco se perdía en la nieve y parecía la nieve andando por la nieve. Xavier apretó contra su cuerpo a la mujer del suéter rojo-oscuro, abrigada y maravillosamente vieja, la besó, metió las manos por debajo del suéter mientras con el rabillo del ojo observaba a la niña que se parecía a la nieve que lo miraba y sufría.

Y luego derribó a aquella mujer mayor sobre la nieve y se revolcó sobre ella y supo que ya llevaban mucho tiempo fuera y que hacía frío y que el vestido de la muchacha era fino y que la helada le llegaba a las piernas y a la rodilla y le tocaba los muslos y la acariciaba más y más arriba, hasta llegar a su regazo y a su vientre. Luego se levantaron y la mujer lo condujo a una de las casas, donde tenía su habitación.

La ventana de la habitación, que estaba en la planta baja, sobrepasaba en un metro la altura de la planicie nevada y Xavier vio que la muchacha rubia estaba a unos pocos pasos y que lo miraba a través de la ventana; él tampoco quería abandonar a aquella niña cuya imagen lo llenaba por completo y por eso encendió la luz (la mujer se rió con lascivia de que necesitara luz), tomó a la mujer por la mano, la llevó hasta la ventana y junto a la ventana la abrazó y le quitó el suéter peludo (un suéter caliente para un cuerpo anciano) y pensó en la muchacha que ya tenía que estar completamente aterida, tan aterida que ya no sentía su cuerpo, que ya era sólo un alma, un alma triste y dolorida temblando en su cuerpo totalmente helado que ya no sentía nada, que ya había perdido el sentido del tacto y no era más que un envoltorio muerto para el alma flotante que Xavier amaba tanto, sí, que amaba tanto.

¡Quién sería capaz de soportar un amor tan enorme! Xavier sintió que sus manos perdían fuerza, que ya no eran capaces de levantar el suéter peludo hasta dejar al descubierto los pechos de la anciana, sintió debilidad en todo su cuerpo y se sentó en la cama. Es difícil describir lo bien que se sentía, lo contento y feliz que estaba. Cuando una persona se siente muy feliz, la invade el sueño como recompensa. Xavier se sonrió y se hundió en un sueño profundo, en una hermosa noche dulce en la que brillaban dos ojos helados, dos lunas ateridas...

9

Xavier no vive una sola vida, que va desde el nacimiento hasta la muerte como un largo hilo mugriento; no vive su vida, la duerme; en esa vida-sueño salta de un sueño a otro; sueña, en el sueño se duerme y tiene otro sueño, de modo que su sueño es como una caja en la que hay otra más pequeña y en ésa otra y otra.

Por ejemplo, en este momento está durmiendo al mismo tiempo en la casa junto al puente de Carlos y en la casa de la montaña; esos dos sueños resuenan como dos tonos largamente mantenidos en un órgano; y junto a los dos suena ahora un tercero:

Está de pie y mira. La calle permanece vacía, sólo de vez en cuando pasa una sombra que se pierde rápidamente al doblar la esquina o al cruzar un portal. Él tampoco quiere que se fijen en él; camina por perdidas callejuelas del suburbio y del otro lado de la ciudad oye el ruido de un tiroteo.

Finalmente entró en una casa y bajó por la escalera; en el sótano había varias puertas; buscó durante un rato la que correspondía y luego golpeó; primero tres veces, luego, tras una pausa, una vez y, después de otra pausa, otras tres veces.

10

Se abrió la puerta y un hombre joven vestido de mono azul lo invitó a pasar. Atravesaron varias habitaciones en las que había trastos, vestidos en las perchas y fusiles apoyados en las esquinas y luego un corredor largo (debían haber traspasado ya las dimensiones de la casa) hasta una pequeña sala subterránea en la que estaban sentados unos veinticinco hombres.

Se sentó en una silla vacía y lanzó una mirada a los presentes, de los que sólo conocía a algunos. Ocupaban la cabecera de la mesa tres hombres; uno de ellos, con una boina en la cabeza, estaba hablando; hablaba de una fecha próxima y secreta en la que todo debía decidirse; para entonces, todo tenía que estar preparado conforme a los planes: las octavillas, la radio, los periódicos, el correo, el telégrafo, las armas. Les preguntó a cada uno de los presentes si habían cumplido con las misiones encargadas para el éxito de esa fecha. Se volvió finalmente hacia Xavier y le preguntó si había traído la lista.

Fue un momento terrible. Para guardar el secreto, Xavier había copiado hacía ya mucho tiempo la lista en la parte trasera de su cuaderno de checo. Este cuaderno estaba con los demás cuadernos y los libros en su cartera. Pero ¿dónde tenía la cartera? ¡No la tenía!

El hombre de la boina repitió la pregunta.

¿Dios mío, dónde está la cartera? Xavier se esforzaba por recordarlo y desde el fondo de su memoria emergía un recuerdo confuso e imposible de retener, una ráfaga de aire dulce lleno de felicidad; quería retener aquel recuerdo, pero ya no tenía tiempo, porque todos habían vuelto sus caras hacia él y esperaban su respuesta. Tuvo que reconocer que no tenía la lista.

Las caras de aquellos hombres, a los que se había sumado como un amigo más, se pusieron serias y el hombre de la boina le dijo, con voz helada, que si los enemigos se apoderaban de la lista, la fecha en la que habían puesto todas sus esperanzas se malograría y no sería más que una fecha como todas las demás fechas, vacía y muerta.

Pero, antes de que Xavier tuviera tiempo de responder nada, se abrió una puerta tras la cabecera de la mesa y apareció un hombre que silbó. Todos sabían que era la señal de alarma; antes de que el hombre de la boina fuera capaz de dar la primera orden, habló Xavier: «Dejadme que vaya delante», dijo, porque sabía que el camino que les esperaba era difícil y que quien fuera primero arriesgaría su vida.

Xavier sabía que había olvidado la lista y debía pagar su culpa. Pero no era sólo el sentimiento de culpa lo que lo empujaba hacia el peligro. Le fastidiaba la pequeñez que hacía de la vida una semivida y de las personas semipersonas. Quería poner su vida sobre la balanza en cuyo otro platillo está la muerte. Quería que cada uno de sus actos, que cada uno de sus días, que cada hora y cada segundo fueran capaces de dar su talla frente a la medida máxima que es la muerte. Por eso quiso ser el primero, ir por la cuerda sobre el precipicio, tener alrededor de la cabeza el halo de los disparos y crecer así ante los ojos de todos y ser inmenso como es inmensa la muerte...

El hombre de la boina lo miró con ojos severos, fríos, en los que brilló la luz de la comprensión. «Está bien, ve», le dijo.

11

Salió por la puerta de hierro y se encontró en un patio estrecho. Estaba oscuro. A lo lejos sonaban los disparos y al mirar hacia arriba vio sobre los tejados los haces luminosos de los reflectores. Enfrente de él una estrecha escalera de hierro conducía hasta el tejado de un edificio de cinco plantas. Saltó hacia la escalera y trepó rápidamente hacia arriba. Los demás corrieron tras él hacia el patio y se apretaron contra las paredes. Esperaron que llegase al tejado y les diera la señal de vía libre.

Después cruzaron por los tejados, gateando sigilosamente, y Xavier marchaba delante; arriesgaba su vida y protegía a los demás. Avanzaba con cuidado, avanzaba sigilosamente, avanzaba como un felino y sus ojos veían a través de la oscuridad. En un sitio determinado se detuvo y llamó junto a sí al hombre de la boina para enseñarle, muy por debajo de donde se encontraban, un montón de pequeñas figuras negras con armas cortas, mirando hacia todas partes para ver si daban con ellos. «Continúa guiándonos», le dijo el hombre a Xavier.

Y Xavier iba, saltando de tejado en tejado, bajando por pequeñas escaleras metálicas, escondiéndose detrás de las chimeneas y evitando los molestos reflectores que iluminaban a cada momento las casas, los bordes de los tejados y los desfiladeros de las calles.

Era un bonito viaje de hombres callados, convertidos en una bandada de pájaros que sobrevolaba allá en lo alto al enemigo que los perseguía y se elevaba sobre los aleros de los tejados hasta la otra parte de la ciudad, donde ya no había peligro. Era un hermoso y largo viaje, pero un viaje ya tan largo que Xavier empezó a sentir cansancio; ese cansancio que embota los sentidos y llena la mente de alucinaciones; le pareció oír el sonido de una marcha fúnebre, la famosa *Marcha fúnebre* de Chopin, que tocan las orquestas de pueblo en los cementerios.

No aminoró su paso, trató con todas sus fuerzas de aguzar sus sentidos y apartar de sí aquella funesta alucinación. En vano; seguía oyendo la música como un presagio de su inminente final, como si quisiera en este momento de lucha envolverlo en el velo negro de la muerte futura.

¿Por qué luchaba tanto contra esa alucinación? ¿Acaso no deseaba que la grandeza de la muerte hiciera inolvidables e inmensos sus pasos por los tejados? ¿Acaso no era la música fúnebre que llegaba hasta él como un augurio, el más bello acompañamiento de su valor? ¿Acaso no era hermoso que su lucha fuera un entierro y su entierro una lucha, que la vida y la muerte se unieran aquí de manera tan maravillosa?

No, Xavier no sentía horror de que la muerte hubiera llamado a su puerta, sino de no poder confiar, en ese preciso momento, en sus sentidos, de no ser capaz (él, que respondía por la seguridad de sus compañeros) de advertir los peligros con que los amenazaban los enemigos, ya que tenía los oídos tapiados por la líquida melancolía de una marcha fúnebre.

Pero ¿acaso es posible que una alucinación tenga un aspecto tan real como para que se oiga la *Marcha* de Chopin con todos sus errores de ritmo y las notas falsas de los trombones?

12

Abrió los ojos y vio la habitación con el armario destartalado y la cama, en la que estaba acostado. Con satisfacción comprobó que había dormido con la ropa puesta y que por lo tanto no tenía que vestirse; lo único que tuvo que hacer fue meter los pies en los zapatos tirados bajo la cama.

Pero ¿de dónde viene esa melancólica orquesta, cuyos tonos suenan tan reales?

Se acercó a la ventana. A poca distancia delante de él, en un paisaje del que la nieve había desaparecido ya casi por completo, un grupo de gente vestida de negro permanecía inmóvil, de espaldas a él. Estaban abandonados y tristes, tristes como el paisaje circundante; de la nieve blanca sólo quedaban trozos y franjas sucias sobre la tierra húmeda.

Abrió la ventana y se inclinó hacia afuera. Ahora comprendió mejor la situación. La gente vestida de negro estaba reunida alrededor de una fosa, en la que reposaba un féretro. Al otro lado de la fosa, otras personas vestidas de negro tenían en su boca instrumentos de viento y en esos instrumentos había pequeños atriles con partituras hacia los cuales los músicos dirigían sus miradas: tocaban la *Marcha fúnebre* de Chopin.

La ventana se hallaba a menos de un metro sobre la tierra. Xavier saltó fuera y se acercó al grupo fúnebre. En aquel momento dos fuertes campesinos pasaron una cuerda por debajo del féretro, lo levantaron y lo fueron bajando lentamente. Un hombre y una mujer viejos que integraban el grupo de personas vestidas de negro comenzaron a sollozar y las demás personas los cogieron de los brazos y los tranquilizaron.

Luego el féretro tocó el fondo y las personas vestidas de negro pasaron a su lado echando un puñado de tierra sobre él. Xavier fue el último en agacharse, cogió un puñado de tierra con trocitos de nieve y la dejó caer.

Era el único del grupo de quien nadie sabía nada y era el único que lo sabía todo. Él era el único que sabía por qué había muerto la muchacha rubia, el único que sabía que la mano de hielo le había subido por las piernas hasta el vientre y hasta los pechos, él era el único que conocía la causa de su muerte. Él era el único que sabía por qué ella había deseado que la enterraran precisamente aquí, donde más había sufrido y donde había deseado morir, porque había visto al amor que la traicionaba y se le iba.

Él era el único que sabía todo; los demás estaban allí como un público ignorante o como una víctima que no comprende nada. Los veía con el lejano paisaje montañoso al fondo y le parecía que se perdían en infinitas distancias, como se perdía la muerte en el inmenso barro; y que él mismo (que todo lo sabe) era aún más extenso que aquel lejano paisaje húmedo, de modo que todos los parientes, la muerta, los enterradores con sus palas y hasta el prado y los montes, entraban en su interior y se perdían en él.

Lo llenaban por completo el paisaje, el luto de los parientes y la muerte de la muchacha rubia, y sentía que todos ellos hacían que se expandiera, como si dentro de él creciese un árbol; sentía que era grande y le parecía que su propia figura real era sólo una máscara, un disfraz, una careta de humildad; con esta careta de su propio personaje se acercó entonces a los padres de la muerta (el rostro del padre le recordaba los rasgos de la muchacha rubia; estaba congestionado por el llanto) y les expresó sus condolencias; le dieron la mano con un gesto ausente y él sintió las manos de ellos frágiles e insignificantes.

Luego se quedó apoyado en la pared de la barraca en la que había dormido durante tanto tiempo, mirando a los que habían participado en el entierro, que se iban alejando en pequeños grupos y se perdían lentamente en las distancias húmedas. De repente sintió que alguien lo acariciaba; ¡ah, sí!, sintió en su rostro la caricia de una mano. Estaba seguro de que comprendía el sentido de esa caricia y la percibía agradecido; sabía que era la mano del perdón; que la muchacha rubia le daba a entender que no había dejado de quererlo y que el amor persiste más allá de la tumba.

13

Caía a través de sus sueños.

El momento más hermoso era cuando un sueño todavía duraba, pero ya alumbraba tras el otro, en el que se despertaba.

Las manos que lo acariciaban en el momento en que se hallaba inmerso en el paisaje montañoso, pertenecían ya a la mujer del sueño en el que volvía a caer, pero Xavier aún no sabía nada de eso, de modo que aquellas manos existen ahora por sí mismas; son unas manos mágicas en un espacio vacío; unas manos entre dos historias, entre dos vidas; unas manos que no habían sido deterioradas por un cuerpo ni por una cabeza.

¡Ojalá dure eternamente esta caricia de las manos sin cuerpo!

14

Además de las manos, sintió luego el contacto de unos grandes senos blandos que se apoyaban en su pecho y vio la cara de una mujer morena y oyó su voz:

—¡Despierta, por Dios, despierta!

Estaba tumbado sobre una cama con las sábanas arrugadas y tenía alrededor una habitación a oscuras con un gran armario. Xavier se acordó de que estaba en la casa del puente de Carlos.

—Sé que te gustaría seguir durmiendo durante mucho tiempo —le dijo la mujer como si se disculpara—, pero tuve que despertarte porque tengo miedo.

—¿De qué tienes miedo? —le preguntó Xavier.

—¡Dios mío, tú no sabes nada! —dijo la mujer—. Presta atención.

Xavier se calló e hizo un esfuerzo por escuchar atentamente; a lo lejos se oían disparos.

Saltó de la cama y se acercó a la ventana; por el puente de Carlos paseaban grupos de hombres vestidos con monos azules, con las metralletas en bandolera.

Era como un recuerdo que atravesara varias paredes; Xavier sabía lo que significaban los grupos de hombres armados que guardaban el puente, pero tenía la sensación de que no era capaz de acordarse de algo, de algo que le aclarase la relación que él podía tener con lo que estaba viendo. Sabía que él formaba parte de esta escena y que sólo por error había salido de ella, como el actor que olvida entrar a tiempo en escena y ve que la obra se desarrolla sin él, extrañamente mutilada. Pero luego, de repente, se acordó.

Y en el momento en que se acordó, echó un vistazo por la habitación y respiró aliviado: la cartera seguía allí, apoyada en la pared, en un rincón; nadie se la había llevado. Se acercó a ella de un salto y la abrió. No faltaba nada: el cuaderno de matemáticas, el cuaderno de checo, el libro de ciencias naturales. Sacó el cuaderno de checo, lo abrió por la última hoja y respiró con alivio por segunda vez: la lista que le había pedido el hombre de pelo negro estaba allí, cuidadosamente copiada con letra pequeña y prolija y Xavier se alegró una vez más de su idea de disimular este importante documento en un cuaderno escolar, en el que por la otra cara había escrito un ejercicio de lengua sobre el tema «Ha llegado la primavera».

—¿Qué estás buscando ahí, por favor?

—Nada —dijo Xavier.

—Te necesito, necesito tu ayuda. Ya ves lo que está pasando. Van casa por casa, detienen a la gente y la fusilan.

—No tengas miedo —rió—, no va a haber ningún fusilamiento.

—¿Cómo puedes saberlo? —protestó la mujer.

¿Cómo podía saberlo? Lo sabía perfectamente: la lista de todos los enemigos del pueblo, que debían ser fusilados el primer día de la revolución, la tenía en su cuaderno: efectivamente, no podía haber ningún fusilamiento. Por lo demás, la angustia de la hermosa mujer no le importaba; oía el tiroteo, veía a los hombres que custodiaban el puente y sólo pensaba en que la fecha que con tanto entusiasmo había preparado con sus compañeros de lucha había llegado de repente y lo había sorprendido durmiendo; estaba en otro sitio, en otra habitación y en otro sueño.

Quiso salir corriendo, quiso presentarse inmediatamente a aquellos hombres de los monos azules, quiso entregar la lista que nadie más que él tenía y sin la cual la revolución estaba ciega, sin saber a quién detener y a quién fusilar. Pero luego se dio cuenta de que no era posible: no conocía la consigna establecida para este día, hacía tiempo que lo consideraban un traidor y nadie le hubiera creído. Estaba en otra vida, en otra historia, y no era capaz de poner a salvo, desde esta vida, aquella otra en la que ya no estaba.

—¿Qué te ocurre? —insistió angustiada la mujer.

Y a Xavier se le ocurrió que si no podía salvar aquella vida perdida, debía ennoblecer esta en la que vivía precisamente ahora. Echó una mirada al hermoso cuerpo de la mujer y en aquel momento se percató de que debía abandonarla, porque la vida estaba allí afuera, más allá de la ventana, desde donde se oía un tiroteo que parecía el canto del ruiseñor.

—¿Adónde quieres ir? —gritó la mujer.

Xavier sonrió y señaló hacia fuera de la ventana.

—¡Me habías prometido llevarme contigo!

—De eso hace ya mucho tiempo.

—¿Quieres traicionarme? —Se arrodilló ante él y le abrazó las piernas.

La miraba y sentía que era hermosa y que era amargo separarse de ella. Pero el mundo, más allá de la ventana, era aún más hermoso. Y si por culpa de él abandonaba a la mujer amada, entonces ese mismo mundo vería aumentado su valor con todo el precio del amor traicionado.

—Eres hermosa —le dijo—, pero tengo que traicionarte.

Después se arrancó de su abrazo y se alejó en dirección a la ventana.

Tercera parte
o
El poeta se masturba

Aquel día en que Jaromil le mostró sus poesías, la mamá ya no vio a su marido y tampoco lo vio los días siguientes.

En cambio recibió de la Gestapo una nota oficial, en la que se le comunicaba la detención de su marido. Al terminar la guerra, llegó otra nota oficial, anunciándole que su marido había muerto en un campo de concentración.

Si su matrimonio había sido lamentable, su viudez era grande y gloriosa. Tenía una fotografía del marido de la época en que se habían conocido, le puso un marco dorado y la colgó en la pared.

Luego, con gran entusiasmo para los praguenses, la guerra terminó, los alemanes abandonaron Bohemia y para la mamá comenzó una vida adornada por la severa belleza del renunciamiento; el dinero que había heredado tiempo atrás de su padre ya no tenía valor, de modo que prescindió de la criada, después de la muerte de Alik se negó a comprar otro perro y tuvo que buscar empleo.

Y aún hubo más cambios: su hermana se decidió a dejar su apartamento en el centro de Praga al hijo recién casado y se vino a vivir con su marido y el hijo menor a las habitaciones de la planta baja de la casa de la familia, mientras que la abuela se trasladó al primer piso junto con la madre viuda.

La mamá despreciaba a su cuñado desde el día en que le oyó decir que Voltaire era un físico que había descubierto los voltios. Su familia era bulliciosa y se encerraba satisfecha en el mundo de sus primitivas diversiones; la vida alegre de las habitaciones de abajo estaba separada por un trazo grueso del territorio de la melancolía que se extendía en el piso de arriba.

Y, sin embargo, por aquella época la mamá andaba más erguida que en las épocas de abundancia. Como si llevara sobre la cabeza (siguiendo el ejemplo de las mujeres de Dalmacia, que llevan así los cestos con uvas) una urna invisible con las cenizas de su marido.

2

En el cuarto de baño, en el estante debajo del espejo hay frascos de perfumes y tubos de cremas, pero la mamá ya casi no los utiliza para cuidar su piel. Si se detiene ante ellos con tanta frecuencia es porque le recuerdan a su padre muerto, su perfumería (hace ya tiempo que pertenece al cuñado, por quien tiene tan poco afecto) y los muchos años de vida sin preocupaciones en aquella casa.

Sobre el pasado, transcurrido con sus padres y su marido, incide la luz nostálgica de un sol poniente. Esa luminosidad nostálgica le hace daño; siente que sólo ahora es capaz de valorar la belleza de aquellos años, cuando ya se han ido, y se reprocha haber sido una esposa ingrata. Su marido había corrido los mayores peligros, tenía multitud de preocupaciones y, para que ella conservara su tranquilidad, no le había dicho ni una palabra; no ha llegado a saber hasta el día de hoy por qué lo detuvieron, en qué grupo de la resistencia trabajaba ni cuál era su misión; no sabe absolutamente nada y cree que ése era un castigo ignominioso por haber sido una mujer limitada y no haber sabido ver en la actitud del marido más que frialdad de sentimientos. Cuando piensa que le ha sido infiel precisamente en el momento en que él corría los mayores peligros, casi se despreciaba a sí misma.

Ahora se mira al espejo y comprueba con sorpresa que su cara sigue siendo joven, incluso, piensa, inútilmente joven, como si el tiempo se hubiera olvidado de la piel de su cuello, por error y sin motivo. No hace mucho oyó decir que alguien la había visto en la calle con Jaromil y había creído que eran hermanos;

la historia le pareció cómica. Claro que le produjo satisfacción; desde entonces disfrutaba aún más yendo con Jaromil al teatro y a los conciertos.

¿Qué le quedaba, además de él?

La abuela iba perdiendo la memoria y la salud, pasaba el tiempo sentada en la casa remendando los calcetines de Jaromil y planchando los vestidos de su hija. Estaba llena de nostalgias y recuerdos, llena de solícitos cuidados. Creaba a su alrededor un ambiente lleno de tristeza y cariño y reforzaba el carácter femenino del ambiente (el ambiente de una doble viudez) que rodeaba a Jaromil en su casa.

3

En las paredes de su habitación ya no aparecían colgados los cuadritos con sus frases infantiles (la mamá los había guardado en el armario, con bastante pena de su parte), sino veinte pequeñas reproducciones de cuadros cubistas y surrealistas que él había recortado de distintas revistas y pegado sobre cartón. En medio de ellas colgaba de la pared el auricular de un teléfono con un trozo de cable cortado (en una oportunidad vinieron a arreglar el teléfono y Jaromil encontró en el auricular descompuesto aquel objeto que, desgajado de su circunstancia diaria, poseía un poder mágico y tenía derecho a ser denominado *objeto surrealista*). Pero el cuadro al que miraba con mayor frecuencia estaba dentro del marco del espejo que colgaba de la misma pared. No había nada que hubiera estudiado con mayor esmero que su propia cara, nada lo hacía sufrir más y en nada tenía puesta (aunque después de un enorme esfuerzo) tanta fe: se parecía a la cara de la mamá, pero, como Jaromil era hombre, la delicadeza de sus rasgos se notaba mucho más: tenía una nariz hermosa y fina y un mentón pequeño un tanto replegado. Ese mentón le hacía sufrir mucho; había leído en un conocido ensayo de Schopenhauer que el mentón replegado es algo especialmente repulsivo, pues es precisamente el mentón saliente lo que diferencia al hombre del simio. Luego había descubierto una fotografía de Rilke y había comprobado que éste también tenía la misma forma de mentón, lo cual constituía para él un consuelo reconfortante. Se miraba al espejo durante mucho tiempo y vacilaba con desesperación en ese inmenso espacio que separa al mono de Rilke.

A decir verdad, el mentón estaba muy poco replegado y la mamá tenía razón al considerar infantil y encantadora la cara de su hijo. Pero esta circunstancia era precisamente lo que disgustaba a Jaromil más que el mentón: la delicadeza de sus rasgos lo hacía varios años más joven y como sus compañeros de curso eran un año mayores que él, su aspecto infantil se hacía aún más notorio, imposible de disimular, se hablaba de ello varias veces al día y Jaromil no lograba olvidarlo ni por un momento.

¡Qué carga era para él llevar aquella cara! ¡Qué pecado era el ligero trazado de sus rasgos!

(Jaromil soñaba algunas veces cosas horribles, que tenía que levantar un objeto muy liviano, una taza de té, una cuchara, una pluma, y que no podía, que cuanto menos pesado era el objeto, más débil era él, que *sucumbía bajo su levedad*, estos sueños le atormentaban terriblemente y se despertaba empapado en sudor; a nosotros nos parece que soñaba con su rostro leve, dibujado con trazos finísimos, que intentaba inútilmente levantar y arrojar lejos de sí.)

4

En las casas en las que nacieron los poetas, mandan las mujeres: la hermana de Trakl, las hermanas de Esenin y Maiakovski, las tías de Blok, la abuela de Hölderlin y la de Lermontov, el ama de Pushkin y ante todo las madres, las madres de los poetas, tras las cuales palidece la sombra del padre. Lady Wilde y Frau Rilke vestían a sus hijos con ropas de niñas. ¿Le llama a usted la atención que el muchacho se mire angustiado al espejo? *Es hora de* *hacerse hombre*, escribe Jiri Orten* en su diario. A lo largo de toda su vida, el poeta buscará la virilidad de los rasgos en su cara.

Cuando pasaba largo tiempo mirándose al espejo, lograba finalmente ver lo que buscaba: una mirada dura o un rictus cruel en la boca; claro que para conseguirlo tenía que forzar una determinada sonrisa o, mejor dicho, una mueca, de manera que el labio inferior quedara artificialmente estirado. También trataba de cambiar su cara mediante el peinado: intentaba levantar los cabellos que caían sobre su frente, de modo que formaran una mata espesa, salvaje; pero todo era inútil, aquel pelo que la mamá adoraba por encima de todo, hasta el punto de llevar un rizo en un relicario, era lo peor que se podía imaginar: amarillo como las plumas de los pollitos recién nacidos y finos como la pelusilla de los vilanos; no había modo de darle forma; la mamá le acariciaba el pelo con frecuencia y le decía que eran los cabellos de un ángel. Pero Jaromil odiaba a los ángeles y amaba a los diablos; hubiera deseado teñirse el pelo de negro; pero no se atrevía porque teñirse el pelo era aún más afeminado que tenerlo rubio; la única solución que encontró fue dejárselo muy largo y llevarlo despeinado.

Aprovechaba cualquier oportunidad para controlar y arreglar su aspecto; cada vez que pasaba frente a un escaparate, lanzaba una mirada fugaz. Cuanta más atención le dedicaba, más familiar se le hacía su apariencia, y, con ello, más se convertía para él en algo difícil y penoso. Veamos:

Vuelve del colegio a casa. La calle está vacía pero desde lejos ve venir hacia él a una mujer joven desconocida. Se van acercando irremisiblemente el uno al otro. Jaromil ve que la mujer es hermosa y piensa en su propia cara. Intenta reproducir la dura sonrisa que tiene ensayada, pero se da cuenta de que no es capaz. Piensa cada vez más en su cara, cuya femenina puerilidad lo pone en ridículo ante los ojos de las mujeres, se concentra completamente en su carita diminuta que se tensa, se petrifica y (¡horror!) ¡se ruboriza! Aprieta entonces el paso para disminuir la posibilidad de que la mujer se fije en él, porque si una mujer

* Jiri Orten, poeta checo muerto en 1941 a la edad de veintidós años. *(N. del E.)*

99

bonita lo sorprendiera sonrojándose no sería capaz de soportar la vergüenza.

5

Las horas que pasaba frente al espejo lo arrastraban a la más profunda desesperación; por suerte había otro espejo que lo elevaba a las estrellas. El espejo que lo elevaba hasta el cielo era el de sus versos; ansiaba escribir los que aún no había hecho y recordaba los que había escrito con el placer con que se recuerda a las mujeres; y no sólo era el creador de aquellos versos, sino también el teórico y el historiador; escribía ensayos sobre lo que había escrito, dividía sus obras en distintos periodos, inventaba denominaciones para aquellos periodos, de manera que en el plazo de dos o tres años había aprendido a ver su poesía como un hecho histórico digno de un historiador.

Ahí estaba su consuelo: allí *abajo*, donde vivía su vida cotidiana, donde iba al colegio y almorzaba con la mamá y la abuela, se extendía un vacío desarticulado; en cambio, en los poemas, *arriba*, colocaba hitos marcadores, carteles con letreros, aquí el tiempo estaba articulado y era entretenido, pasaba de una etapa poética a otra y podía (mirando con el rabillo del ojo hacia abajo, hacia aquel espantoso remanso sin acontecimientos) comunicarse a sí mismo con enorme entusiasmo la llegada de un nuevo periodo que iría a abrir insospechados horizontes a su fantasía.

Y podía así también, a pesar de la insignificancia de su apariencia (y de su propia vida) tener conciencia clara y serena de la riqueza excepcional que se encontraba dentro de él; o digámoslo con otras palabras: de que era un *elegido*.

Aclaremos esta palabra:

Aunque con escasa frecuencia, porque la mamá no lo deseaba, Jaromil seguía visitando al pintor; es cierto que hacía ya tiempo que no dibujaba, pero en una ocasión se había decidido a enseñarle sus versos y desde entonces le enseñaba todos los que escribía. El pintor los leía con gran interés y algunas veces se quedaba con ellos para enseñárselos a sus amigos; esto elevaba a Jaromil a las mayores alturas de la felicidad, porque el pintor, que había sido tiempo atrás tan escéptico respecto a sus dibujos, seguía gozando para él de una autoridad indiscutible; estaba convencido de que existía (guardado en la conciencia de los iniciados) un criterio objetivo para la valoración artística (del mismo modo que se guarda en el museo de Sèvres el metro patrón en platino) y estaba seguro de que el pintor lo conocía.

Pero había algo que le llamaba la atención: Jaromil no podía saber nunca de antemano cuál de sus versos le gustaría al pintor y cuál no; una vez elogiaba un poema que Jaromil había escrito sin demasiado entusiasmo y otra abandonaba por aburrimiento la lectura de un poema que había compuesto con sumo interés. ¿Qué explicación había? Si Jaromil no era capaz de reconocer por sí mismo el valor de lo que escribía, ¿no significaba que los valores que creaba los creaba espontáneamente, instintivamente, independientemente de su voluntad, de sus conocimientos y, por tanto, sin ningún mérito (del mismo modo que en otro tiempo había encantado al pintor con su mundo de hombres-perros descubiertos de forma totalmente casual)?

«¡Por supuesto!», le dijo el pintor una vez en que abordaron el tema. «La imagen fantástica que has depositado en el poema ¿puede haber sido el resultado de tus meditaciones? De ninguna manera: se te ocurrió de repente, inesperadamente; el autor de esa imagen no eres tú, sino más bien alguien dentro de ti; alguien que hace poesía dentro de ti. Ese alguien que hace poesía es la poderosa corriente del inconsciente que atraviesa a cada hombre; no es ningún mérito tuyo particular el que esta corriente, dentro de la cual todos somos iguales, te haya elegido a ti como instrumento.»

El pintor le había dicho aquello con la intención de darle una lección de humildad, pero Jaromil encontró inmediatamente la brillante semilla de su orgullo: bueno, no ha sido él quien ha creado las imágenes del poema, pero hay algo secreto que ha elegido precisamente su mano para que escriba; podía por lo tanto jactarse de algo mucho más importante que el *mérito*, podía jactarse de ser un *elegido*.

A decir verdad, nunca había olvidado lo que le había dicho la señora en el balneario: *este niño tiene un gran futuro*. Creía en ese tipo de frases como en verdaderas predicciones. El futuro era para él una distancia desconocida más allá del horizonte en la que la imagen imprecisa de la revolución (el pintor le decía a menudo que era imprescindible) se mezclaba con la imagen imprecisa de la libertad y la vida bohemia de los poetas; sabía que este futuro lo llenaría con su fama y esta idea le daba seguridad, una seguridad que coexistía dentro de él (por su cuenta y sin unirse a ella) juntamente con todas las inseguridades que le atormentaban.

6

¡Ah, las largas tardes vacías cuando Jaromil se encierra en su habitación y se mira, en los dos espejos, primero en uno y después en otro!

¿Cómo es posible? ¡Él había leído en todas partes que la juventud es el periodo en que la vida se manifiesta en toda su plenitud! ¿De dónde procede, entonces, esa deficiencia de materia vital? ¿De dónde sale ese *vacío*?

Aquella palabra era desagradable como una derrota. Y había todavía otras palabras que nadie debía pronunciar en su presencia (al menos cuando estaba en la casa, en aquella metrópoli del vacío). Por ejemplo, la palabra *amor* o la palabra *chicas*. ¡Qué odio sentía por las tres personas que ocupaban las habitaciones del piso inferior! Con frecuencia tenían visitas que se quedaban hasta muy entrada la noche y se oían voces ebrias y, entre ellas, voces chillonas de mujer que destrozaban el alma de Jaromil mientras se envolvía con las mantas sin poder dormir. Su primo tenía sólo dos años más que él, pero esos dos años se levantaban entre ellos como unos Pirineos que separasen dos edades distintas; el primo, que estaba ya en la universidad, traía a la casa (con la amable comprensión de sus padres) a hermosas muchachas y no prestaba demasiada atención a Jaromil; al tío lo veía pocas veces (estaba muy ocupado con los negocios que había heredado) pero en cambio la voz de la tía resonaba por la casa; cada vez que encontraba a Jaromil le hacía la misma pregunta: «*¿Qué tal con las chicas?*». Jaromil hubiera deseado escupirle en la cara, porque la pregunta, amable y jovial, descubría todas sus miserias. No es que no tuviera relación alguna con las chicas, es que las relaciones eran muy pocas y las distintas citas estaban separadas unas de otras como las estrellas en el universo. La palabra chicas era tan triste como la palabra añoranza y la palabra fracaso.

Y como las citas con las chicas no ocupaban su tiempo, lo ocupaba la espera previa a las citas y esa espera no consistía en observar pasivamente el futuro, era preparación y estudio. Jaromil estaba convencido de que el éxito de la cita dependía fundamentalmente de que no cayera en un silencio vergonzoso, de que fuera capaz de hablar. Una cita con una chica dependía ante todo del arte de conversar. Por eso se compró un cuadernillo especial en que anotaba las historias que le parecían adecuadas para estas ocasiones; no se trataba de anécdotas, porque éstas no dicen nada personal sobre quien las cuenta. Lo que apuntaba eran historias que le habían ocurrido a él mismo, pero, como no le había sucedido casi nada, se las inventaba; tenía para esto bastante buen gusto: las historias inventadas (o leídas u oídas) en las que él desempeñaba el papel de protagonista, no debían presentarlo como un héroe, sino sólo de modo leve, casi imperceptible, elevarlo desde el territorio donde imperan el estancamiento y el vacío hasta el territorio donde imperan el movimiento y la aventura.

Recogía también algunos trozos de poemas (y apuntemos que no precisamente de los que más admiraba) en los cuales los poetas elogian la belleza femenina, para poder repetirlos como si fueran ocurrencias suyas. Por ejemplo, había apuntado el siguiente verso: *De tu rostro podría hacerse una hermosa bandera tricolor: los labios, los ojos, el cabello...* Claro que a un verso así había que quitarle la artificialidad del ritmo y decírselo a la chica como una ocurrencia repentina, como un cumplido galante y espontáneo.

¡Tu cara es como una bandera tricolor! ¡Los ojos, la boca, el pelo! ¡Es la única bandera que yo admito!

Durante el tiempo que dura la cita, Jaromil está pensando en las frases preparadas y le aterra que su voz no sea natural, que las frases suenen como aprendidas de memoria y que él las diga como un mal actor aficionado. Por eso no se atreve a decirlas, pero como está concentrado exclusivamente en esas frases, no es capaz de decir nada más. La cita transcurre en un silencio penoso, Jaromil cree percibir una burla en las miradas de la chica y se despide rápidamente de ella, con la sensación de la derrota.

Llega a casa, se sienta junto a su mesa y escribe furioso, rápidamente y con odio: *De tus ojos fluyen las miradas como la orina Disparo con un fusil contra los gorriones desplumados de tus estúpidas ideas Entre tus piernas hay un charco del que saltan regimientos de ranas...*

Sigue escribiendo sin cesar y lee luego con satisfacción un texto cuya fantasía le parece maravillosamente demencial.

Soy un poeta, soy un gran poeta, repite para sus adentros y lo escribe luego en su diario: *soy un gran poeta, tengo una fantasía diabólica, siento lo que otros no sienten...*

Mientras tanto, la mamá llega a casa y se mete en su habitación...

Jaromil se acerca al espejo y mira detenidamente su odiosa cara infantil. La mira durante tanto tiempo que al final ve en ella el resplandor de un ser excepcional, de un ser elegido.

Y en la habitación de al lado la mamá, de puntillas, descuelga de la pared el retrato del marido, enmarcado en oro.

7

Aquel día se enteró de que su marido había tenido, desde mucho antes de la guerra, relaciones con una joven judía; cuando los alemanes ocuparon Bohemia y los judíos tuvieron que andar por la calle con la vergonzosa estrella amarilla cosida en el abrigo, él no la abandonó, se siguió viendo con ella y le ayudó todo lo que pudo.

Luego la llevaron al gueto de Terezin y él se atrevió a hacer una locura: con la ayuda de los guardias checos logró entrar en la ciudad cerrada y ver a su amante durante unos minutos. En vista del éxito volvió una vez más a Terezin y entonces lo detuvieron y ya nunca regresaron ni él ni su amante.

La urna invisible, que la mamá llevaba sobre la cabeza, está ya detrás del armario, junto con el retrato del marido. Ya no tiene que andar erguida, ya no hay nada que la haga erguirse, porque toda la grandeza moral quedó para los otros:

Continúa oyendo la voz de la anciana judía, pariente de la amante del marido, que fue quien se lo contó todo: «Era el hombre más valiente que he conocido». Y: «Me he quedado sola en el mundo. Toda mi familia murió en el campo de concentración».

La judía estaba sentada frente a ella con toda la gloria de su dolor, mientras el dolor que en ese momento sufría la mamá no tenía gloria alguna; la mamá sentía que aquel dolor se acurrucaba miserablemente dentro de ella.

8

Vosotras parvas de heno que humeáis indecisas
tal vez fumáis el tabaco de su corazón

escribía y se imaginaba un cuerpo joven de mujer enterrado en los campos.

En sus poemas aparecía con frecuencia la muerte. Pero la mamá se equivocaba (seguía siendo la primera lectora de todos sus versos) al creer que esto se debía a la madurez precoz de un niño poseído por lo trágico de la vida.

La muerte sobre la que escribía Jaromil tenía poco en común con la muerte real. La muerte se hace real cuando empieza a penetrar en el hombre por las rendijas de la vejez. En cambio, para

Jaromil era algo que estaba infinitamente lejos; era algo abstracto; no era para él una realidad, sino un sueño.

¿Y qué buscaba en ese sueño?

Buscaba la inmensidad. Su vida era desesperadamente pequeña; todo lo que lo rodeaba era desabrido y gris. Y la muerte es absoluta; no se la puede partir ni ablandar.

La presencia de la muchacha era insignificante (un poco de contacto y muchas palabras huecas) pero su total ausencia era infinitamente grandiosa; cuando se imaginaba a la muchacha enterrada en los campos, descubría de repente lo sublime de la aflicción y la grandeza del amor.

Pero no buscaba, en sus sueños relacionados con la muerte, únicamente lo absoluto, sino también la felicidad.

Soñaba con un cuerpo que se deshacía lentamente en la tierra y le parecía un sublime acto de amor, en el que el cuerpo se transformaba en tierra lenta y dulcemente.

El mundo lo hería constantemente; se ruborizaba en presencia de mujeres, se avergonzaba y le parecía que todo se burlaba de él. En sus sueños sobre la muerte se guardaba absoluto silencio y sólo transcurría en ellos lenta, muda y feliz, la vida. Eso es, la muerte de Jaromil era una muerte *vivida;* se parecía curiosamente a ese periodo en que el hombre no tiene que salir al mundo porque es él mismo su propio mundo y lo cubre la dulce bóveda, la pared interior del vientre de la mamá.

Deseaba verse unido en una muerte así, parecida a la felicidad eterna, con la mujer amada. En un poema los amantes se abrazaban de tal modo que veían el uno dentro del otro hasta convertirse en un ser único, incapaz de moverse, transformándose lentamente en un mineral inmóvil que perdura por siglos, sin someterse al tiempo.

En otro se imagina que los amantes permanecen el uno junto al otro durante tanto tiempo que termina por cubrirlos el musgo y ellos mismos se convierten en musgo; luego un pie casual los pisa y ellos (como el musgo estaba precisamente en flor) levitan por los aires con una felicidad tan indecible como sólo puede otorgar la levitación.

¿Creéis que el pasado, por el hecho de haber pasado, es algo ya acabado e inmutable? ¡Qué va! Sus vestidos están hechos de un tafetán cambiante y cada vez que lo miramos lo vemos de un color diferente. Hace poco ella se reprochaba haber traicionado al marido por culpa del pintor y ahora se arranca los pelos por haber traicionado, a causa de su marido, a su único amor.

¡Qué cobarde ha sido! Su ingeniero vivía una gran historia romántica y a ella le dejaba, como a una criada, sólo las migajas de la vida cotidiana. Y ella estaba tan llena de miedo y de cargos de conciencia que la aventura con el pintor pasó por encima de ella sin que hubiera alcanzado a percibirla. Ahora lo ve: ha desaprovechado la única gran oportunidad que la vida le ofreció a su corazón.

Comenzó a pensar en el pintor con una obstinación demencial. Lo curioso era que los recuerdos no se lo dibujaban con el fondo del estudio de Praga en el que había vivido junto a él días de amor sensual, sino en un paisaje color pastel, con el río, la barca y las arcadas renacentistas del balneario. El paraíso de su corazón lo encontraba en aquellos silenciosos días del balneario, cuando el amor aún no había nacido, sino que apenas había sido concebido. Deseaba ver otra vez al pintor y pedirle que volvieran a vivir juntos nuevamente su historia de amor y la vivieran sobre aquel fondo de color pastel, libremente, con alegría y sin prejuicios.

Un día subió por las escaleras hasta la puerta de su apartamento. Pero no tocó el timbre porque oyó una voz femenina que venía de la habitación.

Dio vueltas y vueltas ante su casa, hasta que por fin lo vio; vestía, como de costumbre, un abrigo de cuero y llevaba del brazo a una muchacha joven, a la que acompañó hasta la parada del tranvía. Cuando lo vio regresar fue hacia él. Él la reconoció y la saludó, sorprendido. Ella fingió sorpresa ante el casual encuentro. La invitó a su casa. El corazón comenzó a latirle con fuerza porque sabía que con sólo tocarla se desharía en sus brazos.

Le ofreció vino; le enseñó sus nuevos cuadros; le sonrió amistosamente, tal como sonreímos a algo que pertenece al pasado; no la tocó siquiera y luego la acompañó al tranvía.

10

Un día, cuando todos sus compañeros pasaron precipitadamente junto a la pizarra para salir al recreo, creyó que había llegado el momento oportuno; sin que nadie lo advirtiera se acercó a una compañera que se había quedado sola en el pupitre; hacía tiempo que le gustaba y con frecuencia intercambiaban largas miradas; esta vez se sentó junto a ella. Cuando los alborotados compañeros se dieron cuenta, después de un rato, aprovecharon la ocasión para gastarles una broma; aguantando la risa abandonaron el aula y cerraron la puerta con llave.

Mientras estuvo rodeado por las espaldas de los compañeros de curso le parecía que pasaba inadvertido y se sentía libre, pero al quedarse solo con la chica en el aula vacía tuvo la sensación de estar en un escenario iluminado. Intentó disimular su nerviosismo diciendo cosas espirituales (ya sabía decir frases sin prepararlas de antemano). Le dijo que lo que habían hecho los compañeros era un modelo de la peor actitud posible; era inadecuada para los que la habían adoptado (ahora tenían que amontonarse en el pasillo sin poder satisfacer su curiosidad) y beneficiaba a quienes habían querido fastidiar (estaban ahora juntos, tal como habían deseado). La chica le dio la razón y le dijo que debían aprovechar la ocasión. El beso flotaba en el aire. Bastaba con inclinarse hacia la chica. Y sin embargo, el camino hasta sus labios le parecía infinitamente largo y difícil; hablaba, hablaba y no la besaba.

Luego sonó el timbre que significaba que al cabo de un momento llegaría el profesor y obligaría a los alumnos amontonados en el pasillo a abrir la puerta. La situación les resultaba excitante. Jaromil dijo que la mejor forma de vengarse de los compañeros era que les diera envidia que ellos dos se hubieran estado besando en el aula, luego llevó un dedo a los labios de la chica (¿de dónde había sacado tanto atrevimiento?) y le dijo, con una sonrisa, que la huella de un beso de unos labios tan pintados se hubiera notado perfectamente en su cara. Y la chica le dijo que sí que era una lástima que no se hubieran besado, y mientras se lo decía, se oía tras la puerta la voz enfadada del profesor.

Jaromil le dijo que era una pena que ni el profesor ni los compañeros vieran en su cara las huellas de los besos y otra vez quiso inclinarse hacia ella, y otra vez el camino hasta sus labios le pareció tan lejano como una excursión al Everest.

«Claro, lo bueno sería que nos tuvieran envidia», dijo la compañera, sacó de la cartera el lápiz de labios y un pañuelo, pintó el pañuelo de carmín y marcó con él la cara de Jaromil.

Después se abrieron las puertas, entró en el aula el profesor, enfadado con los alumnos. Jaromil y su compañera se pusieron de pie, tal como hacen los alumnos para saludar al profesor cuando entra en el aula; estaban ellos dos solos en los pupitres vacíos y frente a ellos todo el grupo de espectadores, contemplando la cara de Jaromil llena de magníficas manchas rojas. Y él estaba de pie, a la vista de todos, orgulloso y feliz.

11

En la oficina donde trabajaba la cortejaba un compañero. Estaba casado y trataba de convencerla de que lo invitase a su casa.

Ella intentó averiguar cómo reaccionaría Jaromil frente a su libertad erótica. Comenzó por hablar, de forma velada, de los problemas que encontraban algunas viudas de los caídos al intentar rehacer una nueva vida.

—¿Qué quiere decir eso de «nueva vida»? —reaccionó enfadado—, ¿tal vez vivir con otro marido?

—Entre otras cosas. La vida sigue su camino, Jaromil, la vida tiene sus exigencias...

La fidelidad de la mujer al héroe muerto era uno de los mitos sagrados de Jaromil; representaba para él la garantía de que el amor absoluto no era una mera invención poética, sino algo real por lo que valiera la pena vivir.

—¿Cómo es posible que una mujer que ha vivido un gran amor se junte luego con otro cualquiera? —arremetía indignado contra las viudas infieles—. ¿Cómo es posible que se atrevan a tocar a ningún otro, cuando guardan en la memoria la imagen de un hombre que ha sido torturado y asesinado? ¿Cómo pueden volver a torturar al torturado, volver a fusilar al fusilado?

El pasado se arropa con vestidos de un tafetán cambiante. La mamá rechazó a su simpático compañero de trabajo y todo su pasado volvió a transformarse ante sus ojos:

No es verdad que hubiera traicionado al pintor por culpa del marido. ¡Lo abandonó porque quería conservar la paz en el hogar de Jaromil! Si hasta hoy mismo se siente angustiada ante su propia desnudez es a causa de Jaromil, que le deformó el vientre. ¡Y hasta el amor de su marido lo perdió por su causa, por insistir a toda costa en que naciera!

¡Lo único que había hecho él, desde el comienzo, era quitárselo todo!

12

En otra ocasión (para entonces ya había recibido muchos besos de verdad), paseaba por los senderos solitarios del parque de Stromovka con una chica a quien había conocido en los cursos de baile. Habían dejado de hablar y en aquel silencio se oían sus pasos, los pasos de los dos juntos, que de repente evidenciaban algo que hasta aquel momento no se habían atrevido a mencionar: que paseaban los dos juntos y que si paseaban los dos juntos probablemente se querían; los pasos resonaban en medio de su silencio y los acusaban y su marcha era cada vez más lenta hasta que, de repente, la chica apoyó la cabeza sobre el hombro de Jaromil.

Aquello era inmensamente hermoso, pero, antes de que Jaromil pudiera saborear aquella hermosura, sintió que estaba excitado y de un modo totalmente visible. Se horrorizó. No pensaba más que en que desapareciera lo más rápidamente posible la prueba evidente de su excitación, pero cuanto más lo deseaba, menos se cumplía el deseo. Le horrorizaba pensar que la mirada de la chica pudiera recorrer su cuerpo hacia abajo y ver el gesto comprometedor de su cuerpo. Intentaba que la mirada de ella se dirigiera hacia arriba y hablaba de las nubes y de los pájaros en las copas de los árboles.

Aquél fue un paseo lleno de felicidad (hasta entonces ninguna mujer le había apoyado la cabeza en el hombro y él veía en ello un gesto de devoción que llegaba hasta el mismísimo fin de la vida), pero también lleno de vergüenza. Tenía miedo de que su cuerpo repitiera aquella vergonzosa indiscreción. Después de mucho meditarlo, tomó de la cómoda de la madre una cinta larga y ancha y antes de ir a la siguiente cita se la ató por debajo del pantalón de manera que la eventual prueba de su excitación quedara atada a la pierna.

13

Hemos elegido este episodio entre decenas de ellos para poder decir que el grado más alto de felicidad que había conocido Jaromil hasta el momento era la cabeza de una chica apoyada en su hombro.

Una cabeza femenina significaba para él más que un cuerpo femenino. No entendía demasiado de cuerpos femeninos (¿qué son, en realidad, unas hermosas piernas de mujer?, ¿cómo debe ser un culo hermoso?), mientras que la cara era algo que él comprendía y sólo ella decidía, a sus ojos, la belleza de una mujer.

Con esto no queremos decir que no le interesara el cuerpo.

La idea de una chica desnuda le producía vértigo. Pero dejemos constancia de esta sutil diferencia:

No deseaba la desnudez del cuerpo de una chica; deseaba el rostro de una chica iluminado por la desnudez de su cuerpo.

No quería poseer el cuerpo de una chica; quería el rostro de una chica que, como prueba de amor, le diera su cuerpo.

El cuerpo estaba más allá de los límites de su experiencia y precisamente por eso escribía sobre él infinidad de versos. ¡Cuántas veces aparece en sus versos de aquella época el pubis femenino! Sólo gracias a la milagrosa magia poética (la magia de la inexperiencia) Jaromil hizo de ese órgano genital y copulador un objeto nebuloso y un lema de ensoñaciones lúdicas.

Así, en un poema escribió que en medio del cuerpo femenino había *un pequeño reloj con su tic-tac.*

En otra ocasión se imaginaba que aquél era *el hogar de seres invisibles.*

Y en otra se dejaba llevar por la imagen de la abertura y se veía a sí mismo convertido en una canica cayendo prolongadamente por esa abertura hasta convertirse en una pura caída, una *caída que por su cuerpo de por vida cae.*

En otro poema las piernas de la muchacha se convierten en dos ríos que confluyen; se imaginaba en esa confluencia una montaña misteriosa que denominaba, con un nombre inventado con sabor a Biblia, el monte *Seym.*

En otro habla del largo viaje sin rumbo de un velocipedista (esa palabra le parecía hermosa como un crepúsculo) que recorre cansado la región; la región es el cuerpo de ella y las dos parvas de heno en las que quiere dormir son sus pechos.

¡Era maravilloso vagar por un cuerpo de mujer desconocido, nunca visto, irreal, por un cuerpo sin olores, sin irritaciones, sin pequeños defectos ni enfermedades, por un cuerpo imaginado, por un cuerpo-campo de sueños!

Era algo tan encantador hablar de los pechos y el pubis de una mujer con el mismo tono con que se narran los cuentos infantiles; y es que Jaromil vivía en el país de la ternura y ése es el país de la *niñez artificial.* Decimos artificial porque la niñez real no es ningún paraíso ni está llena de ternura precisamente.

La ternura nace en el momento en que el hombre es escupido hacia el umbral de la madurez y se da cuenta, angustiado, de las ventajas de la infancia que, como niño, no comprendía.

La ternura es el sobresalto que nos produce la edad adulta.

La ternura es un intento de crear un ámbito artificial en el que pueda tener validez el compromiso de comportarnos con nuestro prójimo como si fuera un niño.

La ternura es también el sobresalto que nos producen las consecuencias físicas del amor; es un intento de sustraer al amor del reino de la madurez (donde es algo serio, traicionero, lleno de responsabilidad y de cuerpo) y considerar a la mujer como niña.

Pausadamente late con el corazón de su lengua, escribió en un poema. Le parecía que la lengua, el meñique, los pechos, el ombligo, eran seres autónomos que hablaban entre sí con una voz imperceptible; le parecía que el cuerpo de una chica se componía de miles de seres y que amar ese cuerpo significaba prestar atención a esos seres y oír cómo *en un idioma misterioso conversaban sus dos senos.*

14

Los recuerdos la torturaban. Pero un día en que durante largo rato había mirado hacia atrás, encontró una hectárea de paraíso donde había vivido con Jaromil recién nacido, y se vio obligada a cambiar de opinión; no, no era verdad que Jaromil se lo hubiera quitado todo; al contrario, nadie le había dado tanto como él. Le había dado un trozo de vida que no estaba salpicado por la mentira. Ninguna judía salida de un campo de concentración podía venir a decirle que detrás de esa felicidad se escondieran sólo la falsedad y el vacío. Esa hectárea de paraíso era su única verdad.

Y el pasado (como si girara un caleidoscopio) volvía a tener otro aspecto: Jaromil nunca le había quitado nada que valiera la pena; simplemente le había arrancado la máscara dorada a algo que sólo era mentira y falsedad. Aun antes de nacer, le había ayudado a descubrir que su marido no la amaba; y trece años más tarde la había salvado de una loca aventura que no le hubiera traído más que un nuevo sufrimiento.

Llegó a la conclusión de que la vivencia común de la infancia de Jaromil era para los dos un compromiso mutuo y un pacto sagrado. Pero cada vez se daba cuenta con mayor frecuencia de que el hijo traicionaba ese pacto. Cuando ella le hablaba, notaba que él no la escuchaba y que tenía la cabeza llena de ideas que no quería compartir con ella. Comprobó que sentía vergüenza ante ella, que comenzaba a guardar sus pequeños secretos del cuerpo y del espíritu, que se cubría con velos a través de los que ella no veía.

Esto le dolía y la irritaba. ¿No habían firmado juntos cuando él era muy pequeño un pacto en el que estaba escrito que él viviría siempre con ella con confianza y sin avergonzarse?

Ella deseaba que aquellas verdades que habían vivido juntos perduraran. Todas las mañanas le decía lo que tenía que ponerse igual que cuando era pequeño; y así, a través de la elección de su indumentaria, estaba presente todo el día, debajo de su ropa. Cuando notaba que aquello le disgustaba, se vengaba de él echándole en cara la más leve mancha que apareciera en su vestimenta. Disfrutaba permaneciendo en la habitación de Jaromil mientras se vestía y se desnudaba para castigar así el atrevimiento de su vergüenza.

«Jaromil, déjame que te vea», lo llamó una vez que tenía visitas. «Dios mío, qué aspecto tienes», exclamó al ver el laborioso despeinado del hijo. Trajo un peine y, mientras conversaba con las visitas, cogió su cabeza entre las manos y se puso a peinarlo. Y el gran poeta, provisto de una fantasía diabólica y parecido a Rilke, sentado, rojo y furioso, se dejó peinar; la única resistencia que opuso fue dejar que se endureciera su cara con aquella mueca cruel (aquella que había ensayado tantos años).

La mamá retrocedió unos pasos para comprobar los resultados de su obra de peluquería y luego se dirigió a los invitados: «Por Dios, ¿por qué pondrá esas caras mi niño?».

Y Jaromil jura una vez más que pertenecerá siempre a quienes pretenden cambiar radicalmente el mundo.

15

Llegó cuando el debate ya había comenzado; discutían sobre lo que es el progreso y si de verdad existe. Lanzó una mirada y comprobó que el círculo de jóvenes marxistas al que lo había invitado un compañero del colegio se componía del mismo tipo de estudiante que todos los institutos de Praga. Es verdad que aquí se prestaba más atención que en los debates que intentaba organizar en su curso la profesora de checo, pero también aquí había elementos que distraían la atención de los demás; uno de ellos tenía un lirio en la mano y como se dedicaba a olerlo a cada paso, hacía que los demás se rieran; hasta que un hombre pequeño de pelo negro, dueño del piso donde se habían reunido, terminó por quitarle la flor.

Jaromil aguzó el oído cuando uno de los participantes afirmó que en el arte no se podía hablar de progreso; no se puede decir, afirmaba, que Shakespeare sea peor que los autores actuales. Jaromil tenía muchísimas ganas de entrar en la discusión, pero le resultaba difícil hablar en un medio al que no estaba acostumbrado; le daba miedo que todos se fueran a fijar en su cara, que enrojecería, y en sus manos, que harían gestos de inseguridad. Y sin embargo, tenía unas ganas enormes de *unirse* a este pequeño grupo y sabía que para ello era preciso que hablase.

Para cobrar fuerzas se acordó del pintor, de su gran autoridad, de la que nunca había dudado, y se dijo a sí mismo que era su amigo y su alumno. De este modo, logró reunir el valor necesario como para intervenir en la discusión y repetir las ideas que había oído durante sus visitas al estudio. No nos llama tanto la atención que no hubiera utilizado sus propias ideas; lo curioso es que no las dijera con su propia voz. Él mismo se quedó un poco sorprendido de que la voz con que hablaba se pareciese a la voz del pintor y de que esa voz arrastrara a sus manos, que empezaron a imitar en el aire los gestos del pintor.

Les dijo que no podía negarse el progreso del arte: las corrientes modernas significaban un cambio fundamental en la historia del arte de los últimos milenios; han liberado finalmente al arte de la obligación de propagar las ideas políticas y filosóficas y de imitar a la realidad, de modo que sería posible decir que precisamente ahora comenzaba la verdadera historia del arte.

En aquel momento varios de los presentes quisieron contestarle, pero Jaromil no dejó que le quitaran la palabra. Al principio, le molestaba oír cómo a través de él hablaba el pintor con sus propias palabras y la melodía de su voz, pero luego ese préstamo le dio seguridad y firmeza; se escondió detrás de él como tras un escudo; dejó de tener miedo y de sentir vergüenza; estaba contento de lo bien que sonaban sus frases en aquel ambiente y prosiguió.

Citó la idea de Marx de que la humanidad había vivido hasta entonces en la prehistoria y que la verdadera historia empezaba con la revolución proletaria que constituía un salto del reino de la necesidad al reino de la libertad. En la historia del arte el momento decisivo es cuando André Breton con los demás surrealistas descubren el texto automático y con él el tesoro mágico del subconsciente del hombre. Es significativo y simbólico que aquello hubiera ocurrido aproximadamente al mismo tiempo que la revolución socialista en Rusia, pues la liberación de la fantasía humana representa para la humanidad el mismo salto hacia el reino de la libertad que la desaparición de la explotación económica.

En aquel momento intervino en el debate el hombre de pelo negro; elogió a Jaromil por defender el principio del progreso, pero dudó de que fuera posible poner a una misma altura, precisamente, el surrealismo y la revolución proletaria. Por el contrario, expresó la opinión de que el arte moderno es decadente y que la época que responde a la revolución proletaria en el arte es el realismo socialista. Nuestro modelo no debe ser André Breton sino Jiri Wolker,* fundador de la poesía socialista checa. No era la primera vez que Jaromil topaba con estas ideas, el pintor ya le había hablado de ellas, burlándose sarcásticamente. Jaromil

---

* Jiri Wolker, poeta checo muerto en 1924 a la edad de veinticuatro años. *(N. del E.)*

esbozó también una sonrisa sarcástica y dijo que el realismo socialista no era en el arte nada nuevo y que era idéntico a las antiguas cursilerías burguesas. El hombre de pelo negro le respondió que el arte es moderno cuando ayuda a luchar por un mundo nuevo, lo que difícilmente podía hacer el surrealismo, pues las masas populares no lo entendían.

El hombre de pelo negro argumentaba con gracia y sin agresividad, de modo que la conversación no llegó nunca a convertirse en una pelea, a pesar de Jaromil, a quien la atención que había logrado despertar alrededor de su persona lo llevaba a utilizar una ironía un tanto forzada; por lo demás, nadie intentó decir la última palabra; a la discusión se incorporaron otras personas, de manera que la idea que Jaromil defendía quedó pronto sumergida en toda una serie de nuevos temas.

Pero ¿era tan importante que existiera o no el progreso, que el surrealismo fuera revolucionario o burgués? ¿Era importante que la razón la tuviera él o ellos? Lo importante es que se hubiera unido a ellos. Había discutido, pero sentía hacia ellos una cordial simpatía. Ya no prestaba atención, sólo pensaba en que era feliz: se hallaba en compañía de una gente entre la que no era ni el hijo de su mamá, ni el alumno de la clase; era él mismo. Y se le ocurrió que el hombre sólo puede ser plenamente él mismo cuando está de lleno entre los demás.

Finalmente el hombre de pelo negro se levantó y todos se percataron de que también debían levantarse e irse porque su maestro tenía que hacer un trabajo, al que se había referido de una forma deliberadamente imprecisa, que remarcaba su importancia y les impresionaba. Y cuando estaban en la salita, junto a la puerta, se acercó a Jaromil una chica con lentes. Digamos ya que Jaromil no se había fijado en ella durante todo el tiempo; por otra parte, no llamaba en absoluto la atención, tenía un aspecto un tanto impersonal; no era fea, sólo un poco descuidada; no iba pintada, llevaba el pelo estirado sobre la frente, sin rastros de peluquería y un vestido de esos que se llevan porque no es posible andar desnudo.

«Me ha interesado mucho lo que has dicho», le dijo. «Me gustaría hablar contigo sobre este tema...»

16

No muy lejos de la casa del hombre de pelo negro había un parque; se internaron en él y hablaron sin cesar. Jaromil se enteró de que la chica estudiaba en la universidad y que era dos años mayor que él (esta noticia lo llenó de loco orgullo); iban por una senda que daba la vuelta al parque, la chica decía frases eruditas, Jaromil también; deseaban conocer cada uno el pensamiento del otro, sus opiniones, lo que eran (la chica tenía una orientación más bien científica, la de él era más bien artística); repasaron juntos la lista de grandes nombres que admiraban y ella le repitió que le habían interesado enormemente sus originales opiniones; luego calló un momento y le llamó *efebo;* eso es, nada más entrar en la habitación, ella había tenido la impresión de que veía a un hermoso efebo...

Jaromil no sabía exactamente lo que significaba la palabra pero le pareció magnífico que lo llamaran de alguna manera y, además, con un nombre griego; y al menos intuía que efebo era algún joven, sin que esa juventud fuera, tal como hasta ahora la había conocido, algo desgarbado y degradante, sino fuerte y admirable. Con la palabra efebo la universitaria se había referido, por tanto, a su inmadurez, pero al mismo tiempo la había liberado de su ridiculez y la había convertido en algo ventajoso. Esto le levantó la moral hasta el punto de que, cuando ya iban dando la sexta vuelta al parque, Jaromil se atrevió a hacer lo que había pensado desde el principio, sin que hasta aquel momento hubiera tenido el valor suficiente: agarró a la universitaria del brazo.

La palabra *agarró* no es exacta; mejor estaría decir que *introdujo* su mano entre la cintura y el brazo de ella; la metió como si verdaderamente deseara que la chica no se diera cuenta; y efectivamente ella no reaccionó en absoluto a su gesto, de modo que la mano se apoyaba insegura en su cuerpo, como un objeto extraño, como una cartera o un paquete que su propietaria hubiera olvidado y que pudiera caerse en cualquier momento. Pero luego, de repente, la mano empezó a sentir que el brazo bajo el cual estaba metida sabía de ella. Y su paso comenzó a sentir que el movimiento de las piernas de la universitaria se hacía un tanto más lento. Esa lentitud ya le era conocida y sabía que tenía que ocurrir algo inevitable. Y como suele pasar cuando se acerca algo inevitable, uno (tal vez para demostrar así que tiene sobre los acontecimientos un mínimo de dominio) acelera al menos en un instante la llegada de lo inevitable: la mano de Jaromil, que había permanecido inmóvil hasta entonces, de repente revivió y apretó el brazo de la universitaria. En ese momento la universitaria se detuvo, levantó los lentes hacia la cara de Jaromil y dejó caer de la mano (de la otra) la cartera.

Este gesto dejó pasmado a Jaromil: en primer lugar, en su entusiasmo no se había percatado en absoluto de que la chica llevara una cartera; la cartera caída entró en escena como un mensaje lanzado desde el cielo. Y luego se dio cuenta de que la chica había ido a la reunión de marxismo directamente desde la universidad y de que en la cartera habría seguramente apuntes universitarios y gruesas obras científicas; aquello lo impresionó aún más. Le pareció como si hubiera dejado caer a tierra toda la universidad, para poder estrecharlo con las manos libres.

La caída de la cartera fue realmente tan patética que comenzaron a besarse embelesados. Se besaron durante largo rato y cuando los besos por fin terminaron ya no supieron qué hacer; la muchacha levantó nuevamente los lentes hacia él y le dijo con una angustia temblorosa en la voz: «Tú piensas que soy una chica como todas las demás. Pero no debes pensar que soy una chica como todas las demás».

Estas palabras fueron, si cabe, más patéticas aún que la caída de la cartera y Jaromil comprendió, asombrado, que estaba ante una mujer que lo amaba, que lo amaba a primera vista, milagrosamente y sin mérito alguno. Y también registró inmediatamente (al menos en un rincón de su conciencia, para poderlo leer más tarde con atención y cuidado) que la estudiante universitaria hablaba de otras mujeres, como si él fuera una persona con tan ricas experiencias en este campo que aquello pudiera producirle dolor a la mujer que lo amase.

Le aseguró a la chica que no la consideraba igual a las demás mujeres; luego la chica recogió la cartera del suelo (ahora podía Jaromil observarla con más atención: efectivamente era pesada y grande, llena de libros) y comenzaron su séptima vuelta por el parque; cuando se detuvieron otra vez para besarse se encontraron en medio de un haz de luz. Frente a ellos aparecieron dos guardias y les pidieron la documentación.

Los dos amantes buscaban confundidos sus documentos; con manos temblorosas se los dieron a los agentes, que probablemente se dedicaban a perseguir la prostitución o simplemente querían divertirse durante las aburridas horas del servicio. Por una razón u otra, aquélla fue una experiencia inolvidable para los dos: durante el resto de la noche (Jaromil acompañó a la chica hasta su casa) estuvieron hablando del amor perseguido por los prejuicios, el moralismo, la policía, la vieja generación, las leyes estúpidas y la podredumbre de un mundo que merece ser destruido.

17

Había sido un día precioso, y también la noche, pero cuando Jaromil llegó a su casa ya era casi medianoche y su mamá, enfadada, iba de una habitación a otra.

—¿Sabes el miedo que he pasado por tu culpa? ¿Dónde has estado? ¡No tienes ni la más mínima consideración!

Jaromil estaba aún lleno de las emociones de aquel gran día y comenzó a responder a la madre con el mismo tono que había utilizado en el círculo marxista; imitaba la voz del pintor, firme y segura.

La mamá reconoció al instante aquella voz; vio la cara de su hijo, desde la cual hablaba su amante perdido; vio una cara que no le pertenecía, oyó una voz que no le pertenecía; su hijo estaba ante ella como la imagen de un doble rechazo; aquello le pareció insoportable.

—¡Me estás matando, me estás matando! —gritó histérica y salió corriendo hacia la habitación contigua.

Jaromil se quedó asustado y dentro de él se extendió una sensación de quién sabe qué gran culpabilidad.

(Ay, muchacho, nunca te librarás de este sentimiento de culpabilidad. ¡Eres culpable, eres culpable! ¡Cada vez que salgas de casa llevarás contigo una mirada de reproche que te dirá que vuelvas! ¡Irás por el mundo como un perro atado a una cuerda larga! ¡Aunque estés lejos, siempre sentirás el roce del collar en el cuello! ¡Aunque estés con mujeres, aunque estés con ellas en la cama, habrá una cuerda que vaya desde tu cuello hasta muy lejos y allí tu madre, que tendrá el otro cabo entre sus manos, reconocerá por los tirones entrecortados de la cuerda los movimientos indecentes a que te entregas!)

—Mamá, por favor, no te enfades; mamá, por favor, perdóname.

Está arrodillado, temeroso, junto a su cama y acaricia su cara húmeda.

(Charles Baudelaire, tendrás cuarenta años y aún temerás a tu madre.)

Y la madre tarda mucho en perdonarle, para poder seguir sintiendo los dedos de él sobre su piel.

18

(Esto nunca hubiera podido pasarle a Xavier, porque Xavier no tenía madre ni padre y no tener padres es la primera condición de la libertad.

Pero entendedlo bien, no se trata de haber perdido a los padres. A Gérard de Nerval se le murió la madre antes de que él aprendiera a hablar y, sin embargo, vivió toda su vida bajo la mirada hipnótica de sus maravillosos ojos.

La libertad no comienza cuando los padres son rechazados o enterrados, sino cuando *no hay* padres:

Cuando el hombre nace sin saber de quién es hijo.

Cuando el hombre nace de un huevo tirado en un bosque.

Cuando al hombre lo escupen los cielos hacia la tierra y él pone su pie sobre el mundo sin sensación de agradecimiento.)

19

Lo que nació durante la primera semana de amor entre Jaromil y la estudiante universitaria fue el propio Jaromil; oyó decir que era un efebo, que era hermoso, que era listo y que tenía fantasía; se enteró de que la señorita con gafas lo amaba y de que temía que llegara el momento en que la abandonase (al parecer, cuando se separaban por la noche ante su casa y ella lo contemplaba irse con paso ligero, le parecía que lo veía con su verdadero aspecto: con el de un hombre que se aleja, que huye, que desaparece...). Por fin, había hallado su propia imagen, que tanto tiempo había buscado en sus dos espejos.

La primera semana se vieron todos los días: fueron cuatro veces a dar largos paseos, al atardecer, por los barrios de la ciudad, una vez al teatro (se sentaron en un palco y estuvieron besándose sin prestar atención a la obra) y dos veces al cine. El séptimo día volvieron a ir a pasear: hacía frío, helaba y él tenía un abrigo ligero, no llevaba chaleco entre la camisa y la chaqueta (porque el chaleco gris de punto que la madre le obligaba a ponerse le parecía más apropiado para un viejo campesino que para él) y no llevaba gorra ni sombrero (porque la chica le había elogiado ya al segundo día aquel pelo rebelde, que él tanto había detestado, diciéndole que era tan indómito como él mismo) y como las medias tenían rota la goma y le caían a cada paso sobre los zapatos, iba calzado sólo con unos zapatos finos y unos calcetines cortos de color gris (cuya discordancia con el color del pantalón no advertía, porque no tenía sentido para las sutilezas de la elegancia).

Se encontraron alrededor de las siete y se pusieron en camino hacia los suburbios, donde en los terrenos baldíos la nieve crujía bajo sus pies y donde podían detenerse y besarse. Lo que más cautivaba a Jaromil era el modo en que el cuerpo de ella se le entregaba. Hasta entonces sus toqueteos con las chicas se parecían a un largo viaje, en el que iba conquistando las diversas cotas: pasaba mucho tiempo hasta que la chica se dejaba besar, mucho tiempo hasta que se dejaba tocar los pechos y cuando le podía tocar el culo, entonces es que ya había llegado muy lejos —nunca había llegado a más—. Pero esta vez había ocurrido, desde el primer momento, algo inesperado: la estudiante universitaria estaba totalmente indefensa entre sus brazos, inerme, dispuesta a todo, podía tocarla donde quisiera. Lo entendía como una gran prueba de amor, pero al mismo tiempo lo llenaba de confusión, porque no sabía qué hacer con aquella imprevista libertad.

Y aquel día (el séptimo día) la chica le confesó que sus padres salían de casa con frecuencia y que le gustaría invitar a Jaromil a su casa. A la luminosa explosión de aquellas palabras siguió un largo silencio; los dos sabían el resultado de su encuentro en un piso vacío (recordemos una vez más que la chica de las gafas no tenía intención de ponerle ninguna clase de remilgos a Jaromil); siguieron, pues, en silencio y, después de un largo rato, la chica dijo a Jaromil en voz muy baja: «Yo creo que en el amor no existen los compromisos. El amor significa darlo todo».

Jaromil estaba con toda su alma de acuerdo con esta declaración porque para él también el amor lo era todo; pero no sabía qué decir; en vez de responder se detuvo, miró a la chica con ojos patéticos (sin darse cuenta de que estaba oscuro y el patetismo de los ojos era difícil de apreciar) y empezó a besarla y abrazarla furiosamente.

Tras un cuarto de hora de silencio la chica volvió a hablar y le dijo que era el primer hombre a quien invitaba a su casa; tenía, al parecer, muchos amigos, pero no eran más que amigos; ellos ya se habían acostumbrado e incluso la llamaban, en plan de broma, *la virgen de piedra*.

A Jaromil le encantaba la idea de ser el primer amante de la estudiante universitaria, pero al mismo tiempo le daba miedo: había oído hablar mucho de hacer el amor y sabía que, en general, librar a una mujer de su virginidad se considera un acto un tanto complicado. No era capaz de sintonizar con la conversación de la estudiante porque estaba fuera del presente; sus pensamientos estaban ya única y exclusivamente en los placeres y las angustias de aquella gran fecha prometida, a partir de la cual, realmente (en ese momento se le ocurrió que era algo similar a la famosa frase de Marx sobre la historia y la prehistoria de la humanidad), empezaría la verdadera Historia de su vida.

Aunque no hablaron mucho, estuvieron bastante tiempo andando por las calles; a medida que se iba haciendo más de noche aumentaba la helada y Jaromil sentía que llegaba a su cuerpo mal vestido. Sugirió ir a algún sitio donde pudieran sentarse, pero estaban demasiado lejos del centro y no había por allí ninguna cervecería. Cuando llegó a su casa estaba completamente helado (al final del paseo tenía que hacer verdaderos esfuerzos para que no le castañetearan los dientes) y cuando se despertó a la mañana siguiente le dolía la garganta. La mamá le puso el termómetro y comprobó que tenía fiebre.

20

El cuerpo enfermo de Jaromil yacía en la cama, mientras su espíritu vivía ya en la gran fecha esperada. La imagen de aquella fecha se componía, por una parte, de felicidad abstracta, por otra, de preocupaciones concretas. Porque Jaromil era absolutamente incapaz de imaginarse en todos sus detalles lo que en realidad significa hacer el amor con una mujer; lo único que sabía era que requiere preparación, arte y experiencia; sabía que detrás del amor corporal acecha la amenaza del embarazo y sabía también (había hablado de aquello infinidad de veces con sus compañeros) que es posible evitarlo. En aquella época bárbara, los hombres (como los caballeros que antes de la batalla se colocaban la armadura) vestían con un calcetín transparente su pierna amatoria. Jaromil tenía abundante información teórica sobre el tema. Pero ¿cómo conseguir uno de esos calcetines? ¡Nunca sería capaz de soportar la vergüenza de ir a comprarlo a la farmacia! ¿Y cómo ponérselo para que la chica no se diera cuenta? ¡Aquel calcetín le parecía una cosa ridícula y no sería capaz de soportar que la chica se percatara de que lo tenía puesto! ¿Y se puede uno poner el calcetín antes, en casa? ¿O es necesario esperar hasta que esté uno desnudo delante de la chica?

No tenía respuesta para aquellas preguntas. Jaromil no disponía de ningún calcetín de prueba (para entrenarse), pero tomó la decisión de conseguir uno y practicar la colocación. Intuía que la rapidez y la habilidad eran muy importantes y que no era posible lograrlo más que con la práctica.

Pero, además, había otras cosas que lo inquietaban: ¿en qué consiste exactamente el acto amoroso? ¿Qué es lo que siente uno? ¿Qué es lo que atraviesa su cuerpo? ¿No es un placer tan grande que se pone uno a gritar y pierde el control de sí mismo? ¿Y no queda uno en ridículo gritando así? ¿Y cuánto tiempo dura aquello? Dios mío, ¿cómo se puede hacer una cosa así sin estar preparado?

Jaromil no había conocido hasta entonces la masturbación. Veía en ella algo indigno, que un hombre de verdad debe evitar; le parecía que no estaba hecho para el onanismo, sino para el gran amor. Pero ¿cómo afrontar un gran amor sin una cierta preparación? Jaromil comprendió que esa preparación indispensable era la masturbación y su repugnancia hacia ella desapareció: ahora ya no era un mísero sucedáneo del amor físico sino el camino indispensable hacia él; no era el reconocimiento de la miseria sino un escalón por el que se asciende hasta la riqueza.

Y entonces llevó a cabo (con treinta y ocho grados y dos décimas de fiebre) su primera imitación del acto amoroso, que lo sorprendió por su corta duración y porque no se vio acompañada de ningún tipo de gritos de placer. Aquello fue para él un desengaño, pero al mismo tiempo lo tranquilizó; los días siguientes repitió el experimento varias veces, sin que le aportara nuevas experiencias; pero se convenció a sí mismo de que de este modo estaría cada vez más seguro de poder hacer frente a su joven amada con pleno coraje.

Llevaba ya cuatro días en cama, con el cuello envuelto en una toalla, cuando entró en su habitación por la mañana temprano la abuela y le dijo: «¡Jaromil, abajo hay un lío espantoso!». «¿Qué ocurre?», preguntó, y la abuela le explicó que abajo, en el piso de la tía, tenían puesta la radio y que había una revolución. Jaromil saltó de la cama y corrió a la habitación de al lado. Encendió la radio y oyó la voz de Klement Gottwald.

En seguida comprendió de qué se trataba, porque en los últimos días había oído decir (a pesar de que no le interesaba demasiado, pues tenía, como hemos explicado hace un momento, preocupaciones más serias) que los ministros no comunistas habían amenazado al presidente de gobierno comunista Klement Gottwald con presentar la dimisión. Y ahora oía la voz de Gottwald que en la Plaza de la Ciudad Vieja, repleta de gente, denunciaba a los traidores que querían dejar fuera de juego al partido comunista e impedir a la nación la marcha hacia el socialismo; llamaba al pueblo a que apoyara la dimisión de los ministros y empezara a crear en todas partes nuevos órganos revolucionarios bajo la dirección del partido comunista.

En la vieja radio se oía, junto con las palabras de Gottwald, el clamor de las masas, que encendía el entusiasmo de Jaromil. Estaba de pie en pijama, con una toalla alrededor del cuello, en la habitación de la abuela y gritaba:

—¡Por fin, esto tenía que ocurrir, por fin!

La abuela no estaba muy segura de que el entusiasmo de Jaromil fuese justificado.

—¿Tú crees de verdad que eso es bueno? —le preguntó, preocupada.

—¡Claro, abuela, eso es bueno, buenísimo!

La abrazó y comenzó a pasear excitado por la habitación; la multitud reunida en la vieja plaza de Praga —decía para sus adentros— ha disparado la fecha de hoy hacia los cielos y allí brillará como una estrella a lo largo de muchos siglos; inmediatamente se le ocurrió que era ridículo que este gran día lo pasara en casa con la abuela, en vez de estar en la calle con la gente. Pero antes de que tuviera tiempo de terminar la idea se abrió la puerta y apareció su tío, enfadado, rojo de indignación, gritando:

—¿Lo habéis oído? ¡Esos cabrones! ¡Esos cabrones! ¡Semejante golpe de Estado!

Jaromil miró al tío, a quien siempre había odiado, igual que a su mujer y al cretino de su hijo, y le pareció que había llegado finalmente la hora de su triunfo sobre ellos. Estaban el uno frente al otro: el tío de espaldas a la puerta y Jaromil de espaldas a la radio, de modo que se sintió unido a cientos de miles de personas y le habló al tío como cien mil hablarían con uno solo:

—Esto no es un golpe de Estado, es una revolución —dijo.

—Vete a la mierda con tu revolución —le dijo el tío—. Así sí que es fácil hacer una revolución, cuando te apoyan el ejército, la policía y una potencia extranjera.

Cuando oyó la voz del tío, seguro de sí mismo, hablándole como si fuera un niño tonto, el odio se le subió a la cabeza:

—El ejército y la policía quieren impedir que un par de sinvergüenzas esclavicen de nuevo a la nación.

—¡Cretino! —le dijo el tío—, los comunistas ya tenían la mayoría del poder y ahora han dado este golpe para tenerlo todo. Me cago en Dios, siempre pensé que eras un retrasado mental.

—Y yo siempre he pensado que eras un explotador y que la clase obrera te retorcería el pescuezo.

La última frase la dijo Jaromil sin pensarla y en un ataque de rabia; sin embargo, detengámonos a analizarla: había utilizado una frase que se podía leer con frecuencia en los periódicos comunistas y que podía oírse en boca de los oradores comunistas, pero que le había sido hasta entonces antipática, igual que le resultaban antipáticas todas las frases hechas. Jaromil se consideraba ante todo un poeta y aun cuando pronunciara discursos revolucionarios no abandonaba su propio vocabulario. Y, sin embargo, de repente dijo: ¡La clase obrera te retorcerá el pescuezo!

Sí, es realmente curioso: precisamente en un momento de excitación (es decir, en un momento en que el hombre actúa de forma espontánea y su propio yo se expresa, por lo tanto, de un modo directo), Jaromil había renunciado a su propio idioma y había preferido ser el intermediario de alguien diferente. Y no se trata sólo de que lo hiciera, sino de que lo había hecho con una sensación de intensa satisfacción; le pareció que formaba parte de una masa multitudinaria, que era una de las cabezas del dragón de mil cabezas de la multitud y eso le parecía extraordinario. Se sentía de repente fuerte y era capaz de reírse de una persona delante de la cual aún ayer enrojecía de vergüenza. Era precisamente la brusca simplicidad de la frase empleada (la clase obrera te retorcerá el pescuezo) la que le producía satisfacción, porque lo unía a aquellos hombres maravillosamente sencillos que se ríen de las matizaciones y cuya sabiduría reside en que lo que les importa es la esencia de las cosas, que es ridículamente sencilla.

Jaromil (en pijama y con la toalla al cuello) estaba en cuclillas delante de la radio, en la que precisamente resonaba un enorme aplauso y le parecía que el griterío penetraba dentro de él y lo hacía crecer, de modo que ahora se elevaba frente a su tío como un árbol que no puede ser derribado, como una roca que se ríe.

Y el tío, que consideraba a Voltaire descubridor del voltio, se acercó a él y le dio una bofetada. Jaromil sintió el dolor ardiente en su cara. Sabía que lo habían ultrajado y, como se sentía grande y poderoso como un árbol o una roca (seguían resonando detrás de él las voces de miles de personas en el receptor) quiso lanzarse contra su tío y devolverle la bofetada. Sin embargo, pasó un tiempo antes de que se decidiera y mientras tanto el tío dio media vuelta y salió de la habitación.

Jaromil gritó:

—¡Ésta se la devuelvo! ¡Granuja! ¡Ésta se la devuelvo!

Pero la abuela lo agarró de la manga del pijama y le rogó que se quedara, de modo que Jaromil se limitó a repetir varias veces *granuja, granuja, granuja,* y se fue a acostar a la cama de la que se había levantado hacía menos de una hora, abandonando a su amante imaginaria. Ahora ya no era capaz de pensar en ella. Sólo veía a su tío y sentía la bofetada y no cesaba de reprocharse no haber sido capaz de reaccionar inmediatamente como un hombre; se lo reprochaba con tanta amargura que finalmente se echó a llorar y mojó la almohada con sus lágrimas de rabia.

La madre regresó a casa avanzada ya la tarde y les contó que en su oficina ya habían echado al director, a quien ella apreciaba muchísimo y que todos los que no eran comunistas tenían miedo de que los metieran en la cárcel.

Jaromil se incorporó en la cama y comenzó a discutir apasionadamente. Apoyado sobre un codo, le explicaba a la mamá que lo que estaba ocurriendo era una revolución y que la revolución era un periodo corto, durante el cual era necesario emplear la violencia para que surgiera rápidamente una sociedad en la que ya no hubiera ninguna violencia. ¡La mamá tenía que entenderlo!

La mamá también discutía con toda su alma, pero Jaromil rebatía con facilidad sus argumentos. Le hablaba de lo estúpida que era la dominación de los ricos, toda esa sociedad de empresarios y comerciantes y le recordó astutamente a su madre que ella misma había tenido que padecer por culpa de esa gente dentro de su propia familia; le recordó la altanería de su hermana y de su ignorante cuñado.

La madre había quedado afectada por sus palabras y Jaromil estaba satisfecho de su éxito; le pareció que se había vengado de la bofetada recibida hacía unas horas y cuando se acordó nuevamente de aquello, se le volvió a subir la sangre a la cabeza y dijo:

—Precisamente hoy, mamá, he decidido ingresar en el partido comunista.

Advirtió en la mirada de su madre un gesto de disconformidad y continuó con sus explicaciones; dijo que le daba vergüenza no haber ingresado antes y que lo único que lo separaba de aquellos, a quienes en realidad pertenecía hacía mucho tiempo, era el peso de la herencia del hogar en el que había crecido.

—¿Acaso lamentas haber nacido aquí y que yo sea tu madre?

Jaromil reconoció por su tono de voz que su madre estaba ofendida y le respondió inmediatamente que había entendido mal; que según su opinión la mamá, tal como era en esencia, no tenía absolutamente nada que ver ni con su hermana, ni con su cuñado ni con la sociedad de los ricos.

Pero la mamá, dijo:

—Si me quieres de verdad, no lo hagas. Tú ya sabes los problemas que tengo con mi cuñado, esto es un infierno. Si ingresases en el partido comunista, no habría forma de soportarlo. Por favor, ten juicio.

Una llorosa sensación de lástima oprimió la garganta de Jaromil. En lugar de haberle devuelto la bofetada al tío, había recibido otra más. Se dio vuelta en la cama y dejó que la madre saliera de la habitación. Y volvió a echarse a llorar.

21

Eran las seis de la tarde, la universitaria lo recibió con un delantal blanco y lo llevó hasta una cocina muy bien ordenada. La cena no era nada extraordinario, huevos revueltos con unas rodajas de salchichón, pero era la primera cena que preparaba para él una mujer (si descontamos a la mamá y a la abuela), de modo que la comió con un sentimiento de orgullo, con la sensación de ser un hombre atendido por su amante.

Luego entraron en la habitación de al lado; había una mesa redonda de caoba cubierta por un mantel de encaje y sobre el mantel un pesado florero de cristal; de las paredes colgaban unos cuadros horrorosos y junto a la pared había un sofá con muchos almohadones. Todo estaba preparado y prometido esta tarde, así que lo único que les quedaba por hacer era sumergirse en las blandas olas de los cojines; pero, qué extraño, la estudiante se sentó en una silla dura junto a la mesa y él frente a ella; estuvieron hablando mucho, muchísimo tiempo, sentados en las duras sillas, mientras Jaromil sentía que la angustia empezaba a oprimirle la garganta.

Y es que sabía que a las once tenía que estar en casa; es verdad que le había pedido a la mamá que le dejara pasar la noche fuera (se inventó una historia de que los compañeros de su curso organizaban no sé qué fiesta), pero se encontró con una negativa tan firme que ya no se atrevió a insistir más y ahora sólo le quedaba la esperanza de que las cinco horas que mediaban entre las seis y las once, fueran tiempo suficiente para su primera noche de amor.

Pero la estudiante hablaba sin cesar y el espacio de las cinco horas se iba acortando rápidamente; hablaba de su familia, de su hermano que se había intentado suicidar por causa de un amor desgraciado: «Eso me ha dejado marcada. Por eso no puedo ser como las otras chicas. No puedo tomarme el amor a la ligera», le dijo, y Jaromil sintió que aquellas palabras pretendían coger el amor físico prometido con el peso de la seriedad. Se levantó por lo tanto de la silla, se inclinó sobre ella y le dijo con una voz muy seria: «Yo te comprendo, sí, te comprendo», la levantó entonces de la silla, la llevó hasta el sofá e hizo que se sentara.

Luego se besaron, se acariciaron. Aquella situación duraba ya mucho tiempo y Jaromil pensó que era hora de desnudarla, pero como nunca lo había hecho, no sabía por dónde empezar. En primer lugar, no sabía si tenía que apagar la luz o no. Todas las noticias que tenía sobre situaciones parecidas, le indicaban que había que apagar la luz. Además, tenía en el bolsillo de la chaqueta el paquete con el calcetín transparente y si quería ponérselo en el momento decisivo sin que se notase y en secreto, la oscuridad era imprescindible. Pero no era capaz, en medio de las caricias, de levantarse para apagar la luz, además, le parecía que era un poco de descaro (no olvidemos que estaba muy bien educado), pues estaba en una casa ajena y lo de apagar la luz correspondía más bien a la dueña de la casa. Al final se atrevió a insinuar tímidamente: «¿No deberíamos apagar la luz?».

Pero la chica le dijo: «No, no, por favor». Y Jaromil se quedó con la duda de si la chica no quería apagar la luz y no quería, por lo tanto, hacer el amor, o sí deseaba hacer el amor pero no a oscuras. Claro que se lo podía preguntar, pero le daba vergüenza expresar en voz alta sus pensamientos.

Luego volvió a acordarse de que a las once tenía que estar en casa y se esforzó por superar su timidez; desabrochó el primer botón femenino de su vida. Era el botón de una blusa blanca y lo desabrochó temeroso de lo que la chica pudiera decirle. No dijo nada. Siguió por lo tanto desabrochando, sacó la blusa fuera de la falda y finalmente le quitó la blusa por completo. Estaba ahora acostada sobre los almohadones, vestida sólo con el sujetador y la falda y lo curioso era que si hasta hacía un rato había estado besando a Jaromil apasionadamente, ahora, después de que le quitara la blusa, estaba como embelesada; permanecía inmóvil y con el pecho ligeramente hacia afuera, como el condenado a muerte que expone el pecho orgullosamente a los fusiles.

Jaromil no podía hacer otra cosa más que seguir desnudándola: en un costado de la falda encontró la cremallera; pobrecillo, nada sabía del clip que sujeta la falda en la cintura y estuvo un buen rato intentando inútilmente que la falda pasara por las caderas; la muchacha, que sacaba el pecho contra el invisible pelotón de fusilamiento, no le ayudó, seguramente porque ni siquiera se dio cuenta de sus dificultades.

¡Ay, dejemos de lado el cuarto de hora de sufrimientos de Jaromil! Finalmente logró desvestir a la estudiante por completo. Cuando la vio yacer sobre los almohadones, totalmente entregada, preparada para el instante planeado desde hacía tanto tiempo, comprendió que no tenía más remedio que desnudarse también él. Pero la lámpara lo iluminaba todo y a Jaromil le daba vergüenza desnudarse. Entonces se le ocurrió una idea salvadora: al lado del salón vio el dormitorio (un dormitorio pasado de moda, con una cama de matrimonio); allí no estaba encendida la luz; allí sería posible desnudarse en la oscuridad y taparse además con una manta.

—¿No sería mejor que fuéramos a la habitación? —preguntó tímidamente.

—¿Por qué a la habitación? ¿Para qué necesitas la habitación? —se rió la chica.

No sabemos por qué se rió. Fue una risa inútil, casual, producto de la timidez. Pero a Jaromil le hirió; tuvo miedo de haber dicho alguna tontería, de que su proposición de ir a la habitación hubiera puesto en evidencia su ridícula falta de experiencia. De repente se encontró completamente abandonado; se hallaba en una habitación ajena, bajo la luz inquisitiva de una lámpara que no podía apagar, con una mujer ajena que se reía de él.

Y en aquel momento supo que aquel día no haría el amor; se sentía ofendido y se sentó en el sofá sin decir palabra; aquello le daba lástima, pero también lo tranquilizaba; ya no estaba obligado a pensar en si apagar o no apagar la luz, en cómo hacer para desnudarse; y estaba contento de que no hubiera sido culpa suya; no debía haberse reído de aquella manera tan tonta.

—¿Qué te pasa? —le preguntó.

—Nada —dijo Jaromil y se dio cuenta de que si se hubiera puesto a explicar por qué motivo estaba ofendido, el ridículo habría sido aún mayor. Por eso se contuvo, la levantó del sofá y comenzó a contemplarla detenidamente (quería convertirse en el dueño de la situación y le pareció que el que contempla es dueño y señor del contemplado); después dijo—: Eres bonita.

La chica, levantada del sofá en que hasta ese momento había yacido en una espera tensa, pareció repentinamente liberada, volvió a ser conversadora y a sentirse segura de sí misma. No le importó que el chico la observara (quizá le pareció que el contemplado es dueño y señor del que contempla) y finalmente le preguntó:

—¿Soy más bella desnuda o vestida?

Hay una serie de preguntas femeninas clásicas, con las que todo hombre se encuentra a lo largo de su vida; y la escuela debería preparar a los hombres para estos casos. Pero Jaromil, como todos nosotros, había ido a escuelas deficientes y no sabía qué contestar; intentó adivinar qué era lo que la chica deseaba oír; pero no estaba seguro: la chica aparecía vestida delante de la gente y según eso debería producirle satisfacción que le dijera que estaba más bonita vestida; pero por otra parte la desnudez es como un estado de veracidad corporal y de acuerdo con eso debía gustarle más que le dijera que era más bonita desnuda.

—Eres bonita desnuda y vestida —dijo, pero la joven no quedó nada satisfecha con ese tipo de respuesta. Paseaba por la habitación, se le mostraba y lo obligaba a que respondiera sin excusas.

—Quiero saber cómo te gusto más.

Con estas precisiones la pregunta ya era más fácil de responder; como los demás sólo la conocían vestida, le había parecido poco cortés, un momento antes, decir que vestida era menos bonita que desnuda; pero si ahora le preguntaba su opinión subjetiva, podía decir sin temor que a él le gustaba más desnuda porque así le daba a entender que la amaba tal como era y que no le interesaba nada de lo que pudiera adornarla.

Parece que su respuesta no fue mala, porque la universitaria, cuando oyó que era más bonita desnuda, reaccionó muy positivamente, ya que no se vistió hasta que Jaromil se fue, lo besó muchas veces y cuando se iba (eran las once menos cuarto, mamá estará contenta), le susurró al oído junto a la puerta:

—Hoy me he dado cuenta de que me quieres. Eres muy bueno. Me quieres de verdad. Sí, así todo ha sido mejor. Vamos a seguir guardando ese momento para un poco más tarde.

22

Por aquellos días comenzó a escribir un poema largo. Era un *poema-relato* y hablaba de un hombre que repentinamente había comprendido que era viejo; que se encontraba allí *donde el destino no construye sus estaciones;* que estaba olvidado y abandonado; que alrededor de él

> *blanquean con cal las paredes y se llevan los muebles*
> *y todo lo cambian en su habitación.*

Por eso sale corriendo de su casa *(la prisa le revienta por todas las costuras)* y vuelve a meterse en el lugar donde, hace tiempo, había vivido con mayor intensidad:

> *al fondo del patio tercer piso la puerta de atrás*
> *a la izquierda en un rincón*
> *una tarjeta con un nombre que no puede leerse en la penumbra*
> *«Momentos huidos hace veinte años ¡recibidme!»*

Le abrió una mujer vieja arrancada de la indiferencia descuidada a la que habían llevado muchos años de soledad. Rápido, rápido se muerde los labios a los que ya no les importa el color; rápido peina con un antiguo movimiento la escasez de los cabellos sin lavar y gesticula indecisa con sus manos, para que él no vea las fotografías de los antiguos amantes en las paredes. Pero luego, de repente, siente que la habitación es grata y que la apariencia no es lo importante:

>*«Veinte años Y has vuelto*
>*Eres lo último importante que he de encontrar*
>*Y nada hay que pudiera ver*
>*si mirase por encima de tu hombro hacia el futuro».*

Sí, la habitación es grata; nada importa; ni las arrugas, ni el vestido descuidado, ni los dientes amarillentos, ni el pelo escaso, ni los labios pálidos, ni el vientre flácido.

>*Certeza certeza Ya no me muevo y estoy preparada*
>*Certeza Nada es frente a ti la Hermosura la juventud nada es*

Y él pasea cansado por su habitación *(limpia con sus guantes las huellas de otros dedos en la mesa)* y sabe que ha tenido amantes, legiones de amantes, que

>*malgastaron toda la luminosidad que había debajo de su piel*
>*ya no es bella ni siquiera en la oscuridad*
>*moneda sin valor desgastada*

Y por su alma pasa cierta canción, una canción olvidada, Dios mío, ¿cómo era esa canción?

>*Te alejas te alejas por el agua a través de las arenas de las camas*
>*y borras tu apariencia*
>*Te alejas te alejas por el agua hasta que de ti queda*
>*sólo el centro sólo solo tu centro*

Ella también sabe que no tiene para él nada joven. Pero:

>*En los momentos de sin fuerza que me asaltarán ahora*
>*mi cansancio mi mengua ese proceso importante y tan puro*
>*sólo tuyos serán*

Tocaron con emoción sus cuerpos ajados y él le dijo «niña» y ella a él «mi niño» y después lloraron.

Y no hubo mediador entre ellos
Ni una palabra Ni un gesto Nada donde pudieran esconderse
Nada donde pudiera esconderse la miseria de él y la de ella

Y precisamente esa miseria mutua la disfrutaban con la boca llena, se la bebían ávidamente uno al otro. Acariciaron sus cuerpos miserables y cada uno oyó bajo la piel del otro ronronear las máquinas de la muerte. Y supieron que estaban completamente y para siempre entregados el uno al otro; que éste era su último amor y también su más grande amor, porque el último amor es el más grande. El hombre pensó:

Esto es un amor sin salidas Esto es un amor como un muro.

Y la mujer pensó:

Lejana quizá en el tiempo pero cercana por su aspecto
*   está la muerte*
* para nosotros dos ahora —Profundamente hundidos*
*   en los sillones*
alcanzados los objetivos y las piernas tan contentas
*   que ya no tratan de dar ni un paso*
y las manos tan seguras que no buscan ya una caricia
ahora ya sólo esperar hasta que la saliva
*   de la boca se nos convierta en rocío.*

Cuando la mamá leyó aquel extraño poema quedó asombrada, como siempre, por la madurez prematura que permitía a su hijo comprender una edad tan alejada; no entendió que los personajes del poema no captaban en absoluto la verdadera psicología de la vejez.

No, de lo que en realidad se trataba en el poema no era del anciano y la anciana; si le hubiéramos preguntado a Jaromil la edad de los personajes del poema nos hubiera dicho, después de mucho pensarlo, que tenían entre cuarenta y ochenta años; no tenía ni idea de lo que era la vejez, era para él algo lejano e inconcreto; lo único que sabía de la vejez era que es la situación en la que el hombre ya ha dejado atrás su madurez; en la que el destino ya ha terminado; en la que ya no hay que tener miedo de ese horrible desconocido que se llama futuro; en que el amor que encontramos es el último y es seguro.

Porque Jaromil estaba lleno de angustias; se acercaba hacia el cuerpo desnudo de una mujer joven como si el camino estuviera erizado de espinas; deseaba aquel cuerpo y al mismo tiempo le daba miedo; por eso huía en sus poemas tiernos frente al cuerpo concreto y se ocultaba en el mundo de los juegos infantiles; eliminaba la realidad del cuerpo y veía el sexo de la mujer como un juguete mecánico; esta vez había huido hacia el lado contrario: hacia la vejez, cuando el cuerpo ya no es peligroso ni orgulloso; cuando es miserable y digno de compasión; la miseria del cuerpo viejo lo reconciliaba un tanto con el orgullo de un cuerpo joven, que también una vez será viejo.

El poema estaba repleto de fealdades naturalistas; Jaromil no se había olvidado ni de los dientes amarillentos, ni de las legañas en los ojos ni del vientre flácido; pero lo que se escondía detrás de la brusquedad de estos detalles era el deseo conmovedor de reducir el amor a lo que hay en él de eterno, de interminable, a lo que puede sustituir al regazo materno, a lo que no está sometido al tiempo, a lo que es «sólo centro sólo centro» y es capaz de vencer al poder del cuerpo, del cuerpo traicionero, cuyo mundo se extendía delante de él como un territorio desconocido lleno de leones.

Escribía poemas sobre la infancia artificial de la ternura, escribía poemas sobre la muerte irreal, escribía poemas sobre la vejez irreal. Ésos eran los tres estandartes azulados bajo los cuales avanzaba temerosamente hacia el cuerpo, muy real, de una mujer adulta.

23

Cuando la muchacha llegó a casa de él (la madre y la abuela se habían ausentado de Praga y estarían dos días fuera) no encendió para nada la luz, a pesar de que ya estaba cayendo lentamente la noche. Habían cenado ya y estaban sentados en la habitación de Jaromil. Serían como las diez de la noche (la hora en que su madre solía mandarlo a la cama) cuando dijo una frase que había estado repitiendo para sus adentros muchas veces, para poder decirle fácilmente y con naturalidad: «¿Vamos a acostarnos?».

Ella asintió y Jaromil preparó la cama. Todo iba tal como lo tenía planeado, sin ningún problema. La chica se desnudaba en un rincón y Jaromil (mucho más de prisa) se desnudaba en el rincón opuesto; se puso rápidamente el pijama (había colocado con sumo cuidado previamente en el bolsillo el envoltorio con el calcetín) y se metió luego inmediatamente bajo la manta (sabía que el pijama no le favorecía, era muy grande y él parecía demasiado pequeño) y se detuvo a mirar a la chica que, totalmente desnuda (ay, en la penumbra le parecía aún más hermosa que la vez pasada), se acostó a su lado.

Se apretó contra él y comenzó a besarlo furiosamente; al cabo de un rato Jaromil pensó que ya era hora de deshacer el paquete; metió la mano en el bolsillo e intentó sacarlo sin que se le notara. «¿Qué tienes ahí?», le preguntó la chica. «Nada», contestó, y colocó la mano con la que había pretendido sacar el paquete sobre el pecho de la muchacha. Entonces se le ocurrió que lo mejor sería inventar una excusa, ir al cuarto de baño y prepararse allí discretamente. Pero mientras pasaban estas ideas por su cabeza (la chica no dejaba de besarlo) advirtió que la excitación, que al principio se había hecho notar con absoluta evidencia física, había desaparecido. Esto aumentó aún más su confusión, porque sabía que en tales condiciones no tenía sentido abrir el paquete. Se puso entonces a acariciar apasionadamente a la chica, controlando con verdadera angustia si volvía a presentarse la excitación desaparecida. Pero no se presentó. Parecía como si el cuerpo, bajo su atento control, estuviera atemorizado y, más que crecer, se encogiera.

Los besos y las caricias ya no le producían ni alegría ni satisfacción; eran sólo una cortina, tras la cual el chico se torturaba y llamaba desesperadamente a su cuerpo a la obediencia. Eran unas caricias interminables y era un sufrimiento interminable, un sufrimiento totalmente mudo, porque Jaromil no sabía qué decir y le parecía que cualquier palabra evidenciaría su vergüenza; la chica también estaba callada, seguramente porque ella también intuía que estaba sucediendo algo vergonzoso, sin saber exactamente si era para vergüenza suya o de él; de cualquier modo, lo que ocurría era algo para lo cual no estaba preparada y le daba miedo mencionarlo.

Y luego, cuando la horrenda pantomima de caricias y besos se agotó y ya no tuvo fuerzas para continuar, cada uno de ellos apoyó la cabeza sobre la almohada e intentó dormirse. Es difícil adivinar si durmieron o no, y cuánto tiempo durmieron, pero aunque no hubieran dormido lo cierto es que simularon el sueño, porque así podían esconderse el uno del otro.

Cuando se levantaron a la mañana, a Jaromil le dio miedo mirar el cuerpo de ella; le parecía tan dolorosamente bello, tanto más bello porque no le pertenecía. Fueron a la cocina, prepararon el desayuno y se esforzaron por charlar con naturalidad.

Pero después de un rato la estudiante dijo:

—Tú no me quieres.

Jaromil quería asegurarle que no era verdad, pero ella no lo dejó hablar:

—No, es inútil que trates de convencerme. Es más fuerte que tú y esta noche ha quedado demostrado. Tú no me quieres. Tú mismo te has dado cuenta hoy de que no me quieres lo suficiente.

En un primer momento Jaromil hubiera querido asegurarle a la chica que aquello no tenía nada que ver con la magnitud de su amor, pero no se lo dijo. Las palabras de la chica le habían brindado una inesperada oportunidad de disimular su vergüenza. Era mil veces más fácil soportar el reproche de la chica por su falta de cariño que soportar la idea de que tenía un cuerpo defectuoso. Por eso no decía nada y se limitaba a agachar la cabeza, y cuando la chica repitió la misma acusación él dijo, con una voz deliberadamente insegura y poco convincente:

—No es verdad, yo te quiero.

—Mientes —le dijo—, tú quieres a otra.

Eso era aún mejor. Jaromil agachó la cabeza e hizo un gesto de tristeza con los hombros, como si reconociera que había una parte de verdad en el reproche.

—Cuando el amor no es verdadero no tiene ningún sentido —dijo la estudiante con voz fúnebre—. Ya te dije que no era capaz de tomar estas cosas a la ligera. No soporto ser el sustituto de otra persona.

A pesar de que la noche que habían pasado juntos estaba llena de sufrimiento, a Jaromil no le quedaba más que una salida: repetir la experiencia y superar su fracaso. Por eso se veía ahora obligado a decirle:

—No, eres injusta conmigo. Te quiero. Te quiero mucho. Pero hay algo que te he ocultado. Es verdad que en mi vida hay otra mujer. Esa mujer me amaba y yo le he hecho mucho daño. Y ahora hay en mi vida como una especie de sombra que me angustia y contra la que no puedo hacer nada. Compréndeme, por favor. Sería una injusticia que ya no quisieras que nos volviéramos a ver, porque yo te amo a ti, solamente a ti.

—Yo no digo que no quiera que nos volvamos a ver, lo único que digo es que no soporto a ninguna otra mujer, ni aunque sea una sombra. Compréndeme, para mí el amor es algo absoluto. Para mí en el amor no hay compromisos.

Jaromil miraba la cara de la chica, sus gafas, y el corazón se le encogía al pensar que fuera a perderla; le pareció que tenían muchas cosas en común, que era capaz de comprenderlo. Y sin embargo no podía ni debía confiarle sus problemas y tenía que poner cara de que una sombra fatal lo aprisionaba, de que su propio ser estaba partido en dos, de que era digno de compasión.

—¿Y el amor absoluto no significa —arguyó— la capacidad de comprender al otro y de amarlo con todo lo que está dentro de él y encima de él, con sus sombras también?

La frase estaba bien dicha y la estudiante se quedó pensativa. A Jaromil le pareció que no estaba todo perdido.

24

Hasta entonces nunca le había enseñado sus poemas; esperaba que se cumpliera la promesa del pintor de publicarlos en alguna revista de literatura vanguardista; su intención era deslumbrarla con la aureola de la letra impresa. Pero ahora necesitaba que sus versos vinieran rápidos en su ayuda. Confiaba en que si la estudiante los leyera (el que más prometía era el poema sobre los viejos), le entendería y se emocionaría. Se llevó un desengaño; tal vez pensó que tenía la obligación de brindarle a su joven amigo un juicio crítico y lo dejó completamente helado con la concreción de sus objeciones.

¿Adónde había ido a parar el maravilloso espejo de su admiración fervorosa, en el que por primera vez había descubierto su propia individualidad? Todos los espejos le mostraban ahora la mueca abominable de su inmadurez y eso le era insoportable. Fue entonces cuando se acordó del nombre famoso de un poeta iluminado por la gloria de la vanguardia europea y los escándalos locales y, a pesar de que no lo conocía ni de vista, sintió por él una fe ciega, como la que siente un sencillo creyente por los dignatarios de su iglesia. Le envió sus poemas con una carta humilde y suplicante. Desde entonces soñaba con recibir una respuesta llena de amistad y admiración y ese sueño era como un bálsamo para sus citas con la estudiante, cada vez más espaciadas (ponía como excusa el poco tiempo debido a la proximidad de los exámenes) y cada vez más tristes.

Volvía nuevamente a las épocas (totalmente recientes) en las que una conversación con cualquier mujer era para él un problema y le obligaba a una preparación previa; una vez más, volvía a vivir con muchos días de anticipación cada una de sus citas y pasaba tardes enteras en conversaciones imaginarias con la estudiante. En estos monólogos, que jamás llegaban a producirse, aparecía cada vez con mayor claridad (y sin embargo, envuelta en el misterio) la figura de aquella mujer sobre cuya existencia había manifestado sus sospechas la estudiante, la mañana del desayuno en la habitación de Jaromil; ella le otorgaba a Jaromil el resplandor de una experiencia vivida, despertaba un interés celoso y disculpaba el fracaso de su cuerpo.

Lamentablemente, sólo aparecía en los monólogos jamás pronunciados, porque de las conversaciones reales de Jaromil con la estudiante, desapareció rápidamente y sin dejar huella; la estudiante dejó de interesarse por ella tan repentinamente como había comenzado a hablar de ella. ¡Aquello era intranquilizador! Todas sus veladas alusiones, sus voluntarios lapsus, sus repentinos silencios que debían simular que estaba pensando en otra mujer, los dejaba pasar sin darse cuenta.

En lugar de esto le hablaba larga (y, ¡ay!, alegremente) de la facultad y describía a sus compañeros con tal detalle que le parecían mucho más reales que él mismo. Ambos regresaban al estado en que se encontraban antes de conocerse: él se convertía en un chiquillo inseguro y ella en una *virgen de piedra* que mantenía conversaciones sabihondas. Sólo a veces ocurría (y Jaromil amaba estos momentos y los vivía con enorme intensidad) que de repente se callaba o decía una frase imprevista, triste y melancólica, pero era inútil que Jaromil intentara engarzar con ésta su propia palabra, porque la tristeza de la chica se volvía sólo hacia ella misma y no ansiaba vincularse con la tristeza de Jaromil.

¿Cuál era la fuente de esa tristeza? Quién sabe; quizá le diera lástima aquel amor que veía desaparecer; quizá pensara en alguien a quien deseaba; quién sabe; en una oportunidad, aquel momento de tristeza fue tan intenso (volvían precisamente del cine, era de noche y la calle invernal estaba silenciosa) que mientras iban andando, apoyó la cabeza sobre su hombro.

¡Dios mío! ¡Esto ya le había ocurrido una vez! ¡Esto le ocurrió aquel día, cuando paseaba por el parque con una chica a quien conocía de los cursos de baile! Este gesto de la cabeza, que lo había excitado aquella vez, volvió a tener el mismo efecto: ¡estaba excitado! ¡Estaba enorme y demostrablemente excitado!

¡Sólo que esta vez no le daba vergüenza, al contrario, deseaba desesperadamente que la chica viera su excitación!

Pero la chica tenía la cabeza melancólicamente apoyada en

su hombro y quién sabe hacia dónde miraba a través de sus pequeñas gafas.

Y la excitación de Jaromil duraba, victoriosa, orgullosa, prolongada, visiblemente ¡y él deseaba que fuera percibida y valorada! Le daban ganas de coger la mano de la chica y llevarla hacia abajo, junto a su cuerpo, pero fue sólo una idea que le pareció una locura irrealizable. Entonces se le ocurrió que si se detuvieran y se abrazaran, la chica sentiría a través de su cuerpo la excitación de él.

Pero la estudiante, cuando se dio cuenta de que su paso se aminoraba y de que quería detenerse y besarla, dijo: «No, no, quiero quedarme así, quiero quedarme así...», y lo dijo con tal tristeza que Jaromil le obedeció sin protestar. Y aquel que estaba entre sus piernas le pareció un bufón, un payaso, un enemigo que se reía de él. Iba con una cabeza triste y ajena apoyada en el hombro y con un payaso sonriente entre las piernas.

25

Tal vez llegó a pensar que la tristeza y el ansia de consuelo (el poeta famoso seguía sin contestarle) pueden justificar cualquier actitud insólita y fue a casa del pintor sin previo aviso. Al entrar en la antesala advirtió, por el sonido de las voces, que había otras personas en la habitación y su intención hubiera sido disculparse rápidamente y marcharse; pero el pintor lo invitó cordialmente a pasar al estudio y le presentó a sus huéspedes, tres hombres y dos mujeres.

Jaromil se dio cuenta de que se ruborizaba bajo las miradas de los cinco desconocidos, pero al mismo tiempo se sintió halagado; y es que el pintor, al presentarlo, dijo que escribía unos versos excelentes y se refirió a él como a alguien de quien los huéspedes ya habían oído hablar. Fue una sensación muy agradable. Luego, sentado ya en el sillón, y mientras echaba una mirada por el estudio, comprobó con gran satisfacción que las dos mujeres presentes eran más bellas que su estudiante. ¡Con qué extraordinaria naturalidad cruzaban las piernas, echaban la ceniza de sus cigarrillos en los ceniceros y unían en frases extravagantes términos cultos y palabras vulgares! Jaromil se sentía como en un ascensor que sube hacia alturas maravillosas, hasta las cuales no alcanzaba a llegar la voz dolorosa de la chica de las gafas.

Una de las mujeres le preguntó amablemente qué tipo de versos escribía.

—Versos —encogió los hombros con timidez.

—Magníficos —agregó el pintor y Jaromil agachó la cabeza; la otra mujer lo miró y dijo con voz aguda:

—Rodeado por nosotros, parece Rimbaud acompañado por Verlaine y sus amigotes en el cuadro de Fantin Latour. Un niño entre los hombres. Dicen que Rimbaud, cuando tenía dieciocho años aparentaba trece. Usted también —se dirigió a Jaromil— parece un niño.

(No podemos dejar de señalar que aquella mujer se inclinaba sobre Jaromil con la misma ternura feroz con la que sobre Rimbaud se inclinaban las hermanas de su maestro Izambard —aquellas famosas *cazadoras de piojos*— cuando buscó refugio junto a ellas después de uno de sus largos vagabundeos y ellas lo lavaron, lo limpiaron y le quitaron los piojos.)

—Nuestro amigo —dijo el pintor— tiene la suerte, que de todos modos no habrá de durarle mucho, de no ser ya un niño y no ser aún un hombre.

—La pubertad es la edad más poética —dijo la primera mujer.

—Te asombrarías —dijo el pintor con una sonrisa— de lo extraordinariamente acabados y maduros que son los versos de este joven totalmente inacabado, inmaduro y virginal...

—Efectivamente —asintió uno de los hombres, dando a entender que conocía los versos de Jaromil y que estaba de acuerdo con los elogios del pintor.

—¿No piensa usted editarlos? —le preguntó a Jaromil la mujer de la voz aguda.

—La época de los héroes positivos y de los bustos de Stalin no será demasiado favorable para su poesía —dijo el pintor.

La alusión a los héroes positivos fue la aguja que volvió a

144

cambiar la vía de la discusión hacia los temas a los que se habían referido antes de la llegada de Jaromil. Jaromil conocía bien estos temas, y hubiera podido incorporarse fácilmente al debate, pero ahora no oía absolutamente nada de lo que se decía. En su cabeza resonaba una y mil veces que parecía que tuviera trece años, que era un niño, que era virgen. Él sabía, por supuesto, que nadie había pretendido ofenderlo y que el pintor, en especial, admiraba sinceramente sus versos, y eso era precisamente lo peor; ¿qué le importaban en este momento sus versos? Renunciaría mil veces a la madurez que tenían si con eso pudiera lograr su propia madurez. Daría todos sus versos por un solo coito.

El grupo discutía acaloradamente y Jaromil tenía ganas de marcharse. Pero se encontraba en tal estado de depresión que era incapaz de pronunciar una frase para anunciar su marcha. Temía oír su propia voz: temía que esa voz temblase o tartamudease y volviera a dejarlo nuevamente delante de todos en evidencia, como un niño inmaduro de trece años. Hubiera deseado ser invisible, huir de puntillas a algún lugar lejano, dormirse y dormir durante mucho tiempo y despertarse dentro de diez años, cuando su cara hubiera envejecido y se hubiera cubierto con las arrugas de un hombre.

La mujer de la voz aguda se dirigió nuevamente a él: «¿Por qué está tan callado, niño?».

Balbuceó algo como que le gustaba más oír que hablar (a pesar de que no estaba escuchando absolutamente nada) y le pareció que no tenía escapatoria en la sentencia pronunciada por la estudiante y que la condena que lo había vuelto a hundir en la virginidad como un estigma que llevara grabado (Dios mío, todos se daban cuenta de que no había conocido mujer), había sido confirmada nuevamente.

Y como sabía que todos lo miraban, se despertó en él la conciencia dolorosa de su propio rostro y comprobó casi horrorizado que lo que tenía en la cara ¡era la sonrisa de la mamá! La reconoció con absoluta seguridad, esa sonrisa fina y amarga, sintió que la tenía pegada a la boca y que era incapaz de deshacerse de ella. Sintió que tenía a la mamá incrustada en la cara, que la mamá se le había pegado como el capullo se pega a la larva, a la que no le quiere reconocer el derecho a la propia apariencia.

Y estaba entonces sentado, entre adultos, oculto tras la mamá que lo abrazaba y tiraba de él para que no penetrara en ese mundo al que quería incorporarse, ese mundo que se comportaba con él amablemente, pero como si aún no perteneciera a él. Aquello era tan insoportable que Jaromil reunió todas sus fuerzas para sacudir de su cara la de la mamá, para alejarse de aquel rostro; intentó escuchar la conversación.

Estaban hablando de lo que por entonces hablaban con indignación todos los artistas. El arte moderno en Bohemia siempre había estado ligado a la revolución comunista; pero al llegar la revolución, había impuesto como programa incondicional un realismo popular y comprensible y había negado el arte moderno como manifestación monstruosa de la decadencia burguesa.

—Ése es nuestro dilema —dijo uno de los huéspedes del pintor—: ¿traicionar al arte moderno dentro del cual hemos crecido, o a la revolución en la que creemos?

—La pregunta está mal planteada —dijo el pintor—. Cuando la revolución saca de su tumba al arte académico y fabrica por miles los bustos de los jefes de Estado, es que no ha traicionado sólo al arte moderno, sino a sí misma. Es que esa revolución no quiere transformar el mundo, sino todo lo contrario: conservar el más reaccionario espíritu de la historia, el espíritu de la mojigatería, de la disciplina, del dogmatismo, de la fe y de lo convencional. No nos hallamos ante ningún dilema. Como verdaderos revolucionarios, no podemos estar de acuerdo con esta traición a la revolución.

Para Jaromil no hubiese sido ningún problema el desarrollar las ideas del pintor, cuya lógica conocía perfectamente, pero no tenía ganas de aparecer como un alumno estudioso, como un chiquillo esforzado que merece un elogio. Ansiaba rebelarse contra aquella tutela y dijo, dirigiéndose al pintor:

—A usted le gusta mucho citar a Rimbaud: «Es necesario ser absolutamente moderno». Estoy completamente de acuerdo con eso. Pero lo que es absolutamente nuevo no es aquello que venimos diciendo desde hace cincuenta años, sino lo que nos choca y nos sorprende. Lo absolutamente moderno no es el surrealismo que ya tiene un cuarto de siglo, sino esta revolución que se realiza precisamente ahora. El hecho de que usted no lo entienda no hace más que confirmar que se trata de algo nuevo.

Le interrumpieron:

—El arte moderno ha sido un movimiento dirigido contra la burguesía y contra su mundo.

—Claro —dijo Jaromil—, pero si hubiera sido verdaderamente consecuente en su negación del mundo actual, hubiera tenido que contar con su propia desaparición. Hubiera debido saber (e incluso hubiera debido desear) que la revolución creara un arte totalmente nuevo, a su propia imagen y semejanza.

—O sea que usted está de acuerdo —dijo la mujer de la voz aguda— en que ahora se destruyan los libros de poemas de Baudelaire, en que toda la literatura moderna esté prohibida y en que a los cuadros cubistas de la Galería Nacional los trasladen rápidamente a los sótanos.

—La revolución es violencia —dijo Jaromil—, eso ya se sabe, y precisamente el surrealismo sabía perfectamente que era necesario expulsar brutalmente a los ancianos del escenario, lo único que no sabía es que él mismo estaba entre esos ancianos.

La rabia producida por la humillación hacía que Jaromil formulara sus ideas, así lo creía él, con precisión y encono. Sólo había algo que lo había sorprendido al pronunciar las primeras palabras: oía nuevamente en su propia voz aquella especial entonación autoritaria del pintor y era incapaz de impedir que su mano derecha dibujara en el aire los movimientos característicos de los gestos del pintor. Se trataba en realidad de un extraño debate del pintor con el pintor, del pintor-hombre con el pintor-niño, del pintor con su propia sombra que se rebelaba. Jaromil se daba cuenta de aquello y eso lo humillaba aún más; por eso utilizaba formulaciones cada vez más duras, para vengarse de los gestos y la voz dentro de los cuales el pintor lo había aprisionado.

El pintor le respondió a Jaromil en dos ocasiones, extendiéndose un tanto en sus razonamientos, pero la tercera vez ya no le contestó. Lo único que hacía era mirarlo, con severidad y dureza; y Jaromil se daba cuenta de que ya nunca podría volver a

147

su estudio. Todos callaron hasta que finalmente habló la mujer de la voz aguda (pero esta vez no habló como si sobre él se inclinase dulcemente, como la hermana de Izambard sobre la cabeza llena de piojos de Rimbaud, sino como si se separase de él, triste y sorprendida):

—Yo no conozco sus versos, pero por lo que he oído de ellos creo que es difícil que puedan ser publicados en este régimen, que ha defendido con tanta vehemencia.

Jaromil se acordó de su último poema sobre los dos ancianos y su último amor; se dio cuenta de que este poema, que tanto amaba, nunca podría ser editado en la época de las consignas alegres y los poemas de agitación, y que si ahora renunciase a él, renunciaría a lo más preciado que tenía, renunciaría a su única riqueza, renunciaría a algo sin lo cual se quedaría absolutamente solo.

Pero había algo que tenía aún más valor que su poema; había algo que aún no tenía, que estaba lejos y que deseaba —la virilidad—; sabía que sólo podría alcanzarla mediante la acción y el coraje; y si el coraje significa atreverse a ser abandonado, abandonado por todos, por la amante, por el pintor y hasta por sus propios poemas, que así sea; está dispuesto a afrontarlo. Y por eso dijo:

—Sí, ya sé que estos poemas son completamente inútiles para la revolución. Es una lástima, porque les tengo cariño. Pero el que a mí me den lástima, desgraciadamente, no es ningún argumento contra su inutilidad.

Y volvió a hacerse el silencio y después uno de los hombres dijo:

—Eso es horrible —y realmente se estremeció, como si le hubiera dado un escalofrío.

Jaromil advirtió que sus palabras les habían producido pánico a todos, que al verlo a él, veían la desaparición de todo lo que amaban, de todo lo que daba sentido a sus vidas.

Aquello era triste pero también hermoso: Jaromil perdió por un momento la sensación de ser un niño.

26

La mamá leía los versos que Jaromil, sin decir palabra, dejaba sobre su mesa e intentaba penetrar a través de ellos en la vida de su hijo. ¡Pero si al menos los versos hablaran un idioma claro! Su sinceridad es fingida; están llenos de adivinanzas y claves; la mamá sabe que la cabeza del hijo está repleta de mujeres, pero no sabe en absoluto qué es lo que hace con ellas.

Por eso abrió un día el cajón de su mesa de escribir y lo revolvió hasta encontrar un diario. Se sentó en el suelo y se puso a hojearlo excitada; las anotaciones eran muy concisas, pero al menos se enteró de que su hijo tenía un amor; su nombre estaba señalado únicamente por una letra mayúscula, de modo que no pudo enterarse de quién era esa mujer; pero en cambio había anotado, con una apasionada minuciosidad que a la madre le resultó repugnante, la fecha en que la besó por primera vez, la primera vez que le había tocado los pechos y la primera vez que le había tocado el culo.

Luego llegó hasta una fecha que estaba señalada con lápiz rojo y muchos signos de admiración; junto a la fecha estaba escrito: *¡Mañana, mañana! ¡Ay, mi viejo Jaromil, viejo y calvo, cuando leas esto dentro de muchos años recuerda que este día comenzó la verdadera Historia de tu vida!*

Inmediatamente hizo un esfuerzo por recordar y se dio cuenta de que aquél era el día en que ella y la abuela habían salido fuera de Praga; en seguida se acordó de que al volver había encontrado en el cuarto de baño su mejor frasco de perfume destapado; le había preguntado a Jaromil qué era lo que había hecho con el perfume y él le había contestado, indeciso: «He estado jugando...». ¡Qué tonta había sido! Se había acordado de que cuando Jaromil era pequeño quería ser inventor de perfumes y aquello la había enternecido; sólo le había dicho: «Ya no eres tan pequeño como para andar con juegos». Ahora se daba cuenta de todo. En el cuarto de baño había estado una mujer con quien Jaromil había pasado la noche en la casa y había perdido la virginidad.

Se imaginó el cuerpo de él desnudo; se imaginó al lado de aquel cuerpo el cuerpo desnudo de una mujer; se imaginó que aquel cuerpo de mujer estaba perfumado con su perfume y que olía por lo tanto como ella; la inundó una ola de fealdad. Volvió a revisar el diario y se dio cuenta de que después de la fecha de los signos de admiración ya no había más anotaciones. Mira, para los hombres todo termina cuando logran acostarse con una mujer por primera vez, pensó con una amarga sensación de disgusto y su hijo le pareció asqueroso.

Durante varios días procuró esquivarlo e hizo todo lo posible por no verlo. Luego se dio cuenta de que estaba pálido y cansado; no había duda de que hacía demasiado el amor.

Pero luego de varios días advirtió que en el mal aspecto del hijo, además del cansancio, había tristeza. Eso la reconcilió lentamente con él y le dio esperanzas: las amantes hacen daño y las madres reconfortan, se dijo; amantes hay muchas pero madre hay sólo una, se dijo. Tengo que luchar por él, tengo que luchar por él, se repitió y desde entonces comenzó a dar vueltas alrededor de él como un tigre vigilante y compasivo.

27

En aquellos días pasó con éxito la reválida. Con gran pena se despidió de los compañeros con quienes durante ocho años había asistido a clase y le pareció que la madurez oficialmente certificada se extendía ante él como un desierto. Un día se enteró (por pura casualidad: encontró a un chico a quien conocía de las reuniones en la casa del hombre de pelo negro) que la universitaria de las gafas se había enamorado de un compañero de carrera.

Después se encontró con ella; ella le dijo que a los pocos días se iba de vacaciones; apuntó su dirección; no hizo mención de que se había enterado de sus amores; le daba miedo hablar del tema; temía acelerar la separación; estaba contento de que no lo hubiera abandonado completamente, a pesar de que anduviera con otro; estaba contento de poder darle un beso de vez en cuando y de que lo considerase al menos como amigo; se sentía horriblemente vinculado a ella y era capaz de dejar de lado todo su orgullo; era la única figura viva en el desierto que veía ante sí; se aferraba angustiosamente a la esperanza de que aquel amor, que ahora apenas humeaba, pudiera un día volver a arder.

La estudiante se fue y en vez de ella le quedó un verano sofocante, como un largo túnel asfixiante. La carta que había enviado a la universitaria caía por ese túnel (una carta llorosa y suplicante) y caía sin respuesta. Jaromil pensó en el auricular del teléfono, colgado en la pared de su habitación; desgraciadamente, adquirió de pronto un sentido vital; un micrófono con los cables cortados, una carta sin respuesta, una conversación con un sordo...

Y, entretanto, las mujeres con vestidos ligeros flotaban por las aceras, las canciones de moda llegaban a las calles a través de las ventanas, los tranvías pasaban abarrotados de gente con sus trajes de baño y toallas en sus bolsos y el barco partía por el Vltava hacia abajo, hacia el sur, hacia los bosques...

Jaromil estaba abandonado y sólo los ojos de la mamá lo observaban y permanecían fieles junto a él; pero eso era precisamente lo insoportable, que había siempre unos ojos que desnudaban su abandono, que quería permanecer oculto e invisible. ¡No soportaba las miradas ni las preguntas de la mamá! Huía de la casa y regresaba tarde para acostarse inmediatamente.

Hemos dicho que no estaba hecho para la masturbación sino para el gran amor, pero aquellas semanas se masturbaba desesperada y furiosamente, como si quisiera castigarse a sí mismo con una actividad tan baja y vergonzosa. Luego solía dolerle la cabeza durante todo el día, pero ese dolor le resultaba casi agradable, porque le ocultaba la belleza de las mujeres con sus vestidos ligeros y atenuaba las melodías descaradamente anhelantes de las canciones de moda; así, ligeramente atontado, era capaz de cruzar a nado la interminable superficie del día.

Y la carta de la estudiante no llegaba. ¡Si al menos le llegara alguna otra carta! ¡Si alguien quisiera penetrar en su vacío! ¡Si el poeta famoso a quien Jaromil había mandado su poema, se dignara, por fin, enviarle unas palabras! ¡Oh, si al menos él le escribiera unas cuantas frases cordiales! (Sí, ya hemos dicho que hubiera dado todos sus versos porque se le reconociera como hombre, pero es preciso que terminemos la frase; puesto que no se le reconocía como hombre, lo único que podía consolarlo un poco era ser considerado al menos poeta.)

Ansiaba llamar una vez más la atención de aquel famoso poeta. Pero no quería hacerlo con una carta, sino de una forma explosivamente poética. Un día salió de su casa con un cuchillo afilado. Dio vueltas largo rato alrededor de una cabina de teléfonos y cuando estuvo seguro de que no había nadie en los alrededores, se metió dentro de la cabina y cortó el auricular con un trozo de cable. Todos los días lograba cortar algún aparato hasta que al cabo de veinte días (¡las cartas de la chica y del poeta seguían sin llegar!) consiguió reunir veinte auriculares. Los metió en una caja, envolvió la caja y la ató con un cordel; escribió la dirección del poeta famoso y la suya como remitente. Excitado llevó el paquete a correos.

Cuando se alejaba del mostrador alguien le dio una palmada en la espalda. Se volvió y reconoció a su compañero de la escuela primaria, al hijo del conserje. Se alegró de verlo (¡cualquier suceso era bien recibido en aquel vacío sin acontecimientos!), se puso a charlar con él agradecido y cuando se enteró de que su compañero de clase vivía cerca de correos, casi lo obligó a que lo invitara a su casa.

El hijo del conserje ya no vivía con sus padres en el colegio, tenía su propio apartamento, con una habitación sola.

—Mi mujer no está en casa —explicó mientras entraban en la salita. Jaromil no tenía ni idea de que su amigo estuviera casado.

—Pues claro que sí, ya va a hacer un año —dijo el compañero con tal suficiencia y tal naturalidad que a Jaromil le dio envidia.

Luego se sentaron en la habitación y Jaromil descubrió junto a la pared una cuna con una criatura; se dio cuenta de que mientras su compañero era un padre de familia él era un simple masturbador.

El compañero sacó del armario una botella de aguardiente y llenó dos vasos, mientras Jaromil pensaba que él no tenía en casa ninguna botella propia, porque su madre le habría preguntado mil veces para qué la necesitaba.

—¿A qué te dedicas? —le preguntó Jaromil.

—Soy policía —contestó el compañero de clase, y Jaromil se acordó del día en que él estaba con el cuello envuelto junto a la radio y se oía a las masas gritando sus consignas. La policía había sido el mayor soporte del partido comunista, así que seguramente su compañero de curso había estado aquellos días con las masas en pie de lucha, mientras Jaromil estaba en casa con su abuelita.

Efectivamente, su compañero de curso había estado realmente en las calles y hablaba de aquello al mismo tiempo con orgullo y prudencia, de modo que Jaromil sintió la necesidad de darle a entender que estaban unidos por las mismas convicciones; le habló de las reuniones en la casa del hombre de pelo negro.

—¿El judío ese? —dijo el hijo del conserje, sin demasiado entusiasmo—. Sé prudente, ¡ése es un tío de cuidado!

El hijo del conserje se le seguía escapando, estaba todavía un poco más arriba que él, y Jaromil ansiaba ponerse a su altura. Con voz apesadumbrada dijo:

—No sé si lo sabes, pero mi padre murió en el campo de concentración. Desde entonces sé que el mundo tiene que cambiar radicalmente y sé cuál es el sitio que me corresponde.

Por fin, el hijo del conserje hizo un gesto afirmativo de comprensión; siguieron charlando durante mucho tiempo y cuando hablaban de su futuro, Jaromil repentinamente afirmó:

—Quiero hacer ciencias políticas. —Él mismo se quedó sorprendido de lo que había dicho; como si aquellas palabras se hubieran adelantado a sus pensamientos, como si hubiera decidido, sin él y en lugar suyo, su futuro—. Ya sabes —continuó—, mamá querría que hiciera estética o francés o yo qué sé, pero a mí eso no me interesa. Eso no es la vida. La vida real es lo que tú haces.

Y cuando salió de la casa del hijo del conserje le pareció que había vivido el día del esclarecimiento definitivo. Hacía sólo unas horas enviaba por correo un paquete con veinte auriculares y creía que aquélla era una llamada fantástica y maravillosa con la que pedía al gran poeta que le respondiera, que de este modo le enviaba como regalo su espera vana, el deseo de oír su voz.

Pero la conversación con el compañero del colegio, que había seguido a continuación (¡y él estaba seguro de que no había sido una casualidad!), había otorgado a su acto poético precisamente una significación contraria: no se trataba de un regalo y de una llamada suplicante; en absoluto, él le había *devuelto* orgullosamente al poeta toda la vana espera; los auriculares cortados eran las cabezas cortadas de su propia entrega y Jaromil se las enviaba de vuelta al poeta con una carcajada, igual que el sultán de los turcos mandaba al jefe de los cristianos las cabezas cortadas de los cruzados.

Ahora lo había comprendido todo: toda su vida había sido una espera en una cabina abandonada, junto al auricular de un teléfono con el que no se podía llamar a ninguna parte. Ante él sólo había una salida: ¡salir de la cabina abandonada, salir rápidamente!

28

—Jaromil, ¿qué te pasa? —la cálida intimidad de la pregunta hizo que brotaran lágrimas de sus ojos; no podía huir, y la mamá continuó—: Si eres mi niño. Si te conozco de memoria. Yo sé todo lo que te ocurre aunque tú no me cuentes nada.

Jaromil miraba hacia un lado, avergonzado. Y la mamá seguía hablando:

—No me mires como a tu madre, piensa que soy una amiga tuya, algo mayor que tú. Si confiaras en mí seguramente te sentirías mejor. Yo sé que te pasa algo. —Y añadió bajando la voz—: Y sé que es por culpa de alguna chica.

—Sí, mamá, estoy triste —reconoció, porque la cálida atmósfera de comprensión mutua lo encerraba y no podía escapar de ella—. Pero me es difícil hablar de eso...

—Yo te comprendo; pero no pretendo que me cuentes nada ahora, sólo quiero que sepas que me lo puedes decir todo cuando quieras. Fíjate. Hoy hace un día precioso. He quedado con un par de amigas, para dar un paseo en barco. Ven con nosotras. Deberías distraerte un poco.

Jaromil no habría querido ir por nada del mundo, pero no encontró ninguna excusa; además, estaba tan cansado y tan triste que no tenía ni siquiera energías para defenderse, así que se encontró, sin saber cómo, de excursión entre cuatro señoras en la cubierta de un barco.

Las señoras tenían todas la edad de la mamá y Jaromil les sirvió de tema de conversación; se extrañaron mucho de que se hubiera ya graduado; constataron que se parecía a su madre; les llamó mucho la atención que hubiera decidido inscribirse en la Facultad de Ciencias Políticas (estaban de acuerdo con su madre en que no era la escuela apropiada para un chico tan sensible) y, por supuesto, le preguntaron, bromeando, si ya salía con alguna chica. Jaromil las odiaba en silencio pero veía que la mamá estaba contenta y por consideración hacia ella sonreía disciplinadamente.

Luego el barco se detuvo y las damas, con su joven acompañante, descendieron a la orilla repleta de gente semidesnuda y buscaron un sitio para tomar el sol; sólo dos tenían bañadores, la tercera desnudó su cuerpo gordo y blanco, hasta que quedó cubierto únicamente por unas bragas y un sostén (no le producía vergüenza alguna la intimidad de la ropa interior, seguramente se sentía púdicamente oculta tras su propia fealdad). La madre dijo que ella tenía bastante con tomar el sol en la cara, que elevaba hacia arriba entornando los ojos. Pero, en cambio, las cuatro estaban de acuerdo en que el joven debía desnudarse, tomar el sol y bañarse: la mamá ya había pensado en eso y le había traído el bañador.

Desde un restaurante cercano llegaban hasta allí las canciones de moda que llenaban a Jaromil de melancolía; las chicas y los chicos, tostados por el sol, en bañadores, pasaban junto a él y a Jaromil le parecía que todos lo miraban; aquellas miradas lo envolvían como fuego; trataba desesperadamente de que nadie se percatara de que estaba con aquellas cuatro señoras mayores; pero, en cambio, las señoras hacían todo lo posible para que se notara que estaban con él y se comportaban como una sola madre con cuatro cabezas charlatanas; insistían en que debía bañarse.

—No tengo dónde cambiarme —se defendía.

—Qué tontería, nadie se va a fijar en ti, tápate con una toalla —le dijo la señora gorda de las bragas rosas.

—Es que le da vergüenza —rió la mamá, y todas las demás señoras rieron con ella.

—Hemos de respetar su vergüenza —dijo la mamá—. Ven, cámbiate aquí, detrás de esta toalla y nadie te verá —dijo extendiendo con los brazos una gran toalla blanca, que debía ocultarlo ante las miradas de la playa.

Él se echó hacia atrás y la mamá con la toalla fue tras él. Él retrocedía ante ella y ella lo seguía constantemente, de modo que parecía como si un gran pájaro con las alas blancas persiguiera a una víctima que huía.

Jaromil retrocedió, retrocedió y finalmente dio la vuelta y echó a correr.

Las señoras lo miraban sorprendidas: la mamá seguía con la gran toalla blanca extendida y él corría entre los jóvenes cuerpos desnudos, hasta que se les perdió de vista.

Cuarta parte
o
El poeta huye

1

Tiene que llegar el momento en que el poeta se arranca de la mano de la madre y corre.

Hasta hace poco iba obediente en fila de a dos, delante las hermanas, Isabel y Vitalia, después él con su hermano Federico y detrás, como jefe, la madre, que sacaba a pasear a sus hijos, semana tras semana, por Charleville.

Cuando tenía dieciséis años se arrancó por primera vez de su mano. En París lo cogió la policía, el maestro Izambard y sus hermanas (sí, las mismas que se inclinaban sobre él, buscándole los piojos) le ofrecieron un sitio donde dormir durante unas semanas y luego, con dos bofetadas, volvió a cerrarse sobre él el frío abrazo maternal.

Pero Arthur Rimbaud volvió a huir una y otra vez; huía sin poder deshacerse del collar que oprimía su garganta, y creaba sus poemas mientras huía.

2

Era el año 1870 y en Charleville retumbaban desde lejos los cañones de la guerra franco-prusiana. Era una oportunidad especialmente favorable para la huida, porque el sonido de las batallas atrae nostálgicamente a los poetas.

Su pequeño cuerpo con las piernas torcidas se vistió el uniforme de húsar. Lermontov, con dieciocho años, se convirtió en soldado y huyó de su abuela y de su molesto amor materno. Cambió la pluma, que es la llave de la propia alma, por la pistola, que es la llave de las puertas del mundo. Porque si mandamos una bala al pecho de otro hombre es como si nosotros mismos nos hubiéramos introducido en ese pecho; y el pecho del otro es el mundo.

Desde el momento en que se apartó de la mano de su madre, Jaromil sigue huyendo y también en sus pasos se entremezcla algo así como el ruido de los cañones. No se trata de las explosiones de las granadas, sino del ruido de la revolución política. En una época así, el soldado es un elemento decorativo y el político un soldado. Jaromil ya no escribe versos sino que concurre asiduamente a las clases de la Facultad de Ciencias Políticas.

3

Revolución y juventud van unidas. ¿Qué puede prometerles la revolución a los adultos? A unos los hace caer en desgracia, a otros les brinda sus favores. Pero esos favores tampoco son nada extraordinario, porque afectan únicamente a la peor mitad de la vida y traen consigo, aparte las ventajas, la inseguridad, una actividad agotadora y la ruptura de los hábitos.

La juventud se encuentra en una situación mucho mejor: no tiene que cargar con ninguna culpa y la revolución puede convertirse en abanderada de la juventud como tal. La inseguridad de la época revolucionaria es una ventaja para la juventud, porque la inseguridad afecta al mundo de los padres; ¡qué hermosa es la entrada a la edad adulta cuando los muros del mundo de los adultos han sido derribados!

En las universidades checas, en los primeros años que siguieron a la revolución de 1948, los profesores comunistas estaban en minoría. Si la revolución quería asegurar su influencia en la universidad, tenía que dar el poder a los estudiantes. Jaromil trabajaba en la organización universitaria de la Unión de la Juventud y formaba parte de los tribunales examinadores. Después, informaba al comité político de la escuela sobre la forma en que el profesor examinaba, sobre las preguntas que hacía y sobre las opiniones que mantenía, de modo que el que pasaba por un verdadero examen era más bien el examinador que el examinado.

4

Pero también Jaromil tenía que someterse a examen cuando informaba ante el comité. Debía responder a las preguntas de aquellos jóvenes severos y ansiaba hablar de tal modo que sus palabras les gustasen: cuando se trata de la educación de la juventud, cualquier compromiso es un crimen. No se puede permitir que permanezcan en la facultad los profesores que tienen ideas viejas: el futuro ha de ser nuevo o si no, no existirá. Y no es posible tener confianza en los profesores que han cambiado sus opiniones de la noche a la mañana: el futuro sólo puede ser limpio o será vergonzoso.

Si Jaromil se había transformado en un funcionario que no admitía ninguna clase de compromisos y que intervenía, con sus informes, en la vida de las personas maduras, ¿podemos afirmar aún que seguía huyendo? ¿No parece, más bien, que ya había alcanzado su objetivo?

De ningún modo.

Cuando tenía seis años, su mamá hizo que fuera un año menor que el resto de sus compañeros; sigue siendo todavía un año menor. Cuando habla de un profesor que tiene ideas burguesas, no está pensando en él, sino que mira con angustia a los ojos de los jóvenes y observa su propia imagen en ellos; del mismo modo en que controla en casa, frente al espejo, su sonrisa y su peinado, controla en los ojos de ellos la firmeza, la virilidad, la dureza de sus palabras.

Sigue rodeado de una pared de espejos y no ve más allá de ella.

Porque la madurez no puede dividirse; la madurez es completa o no es. Mientras siga siendo un niño en otro sitio, su participación en los exámenes y sus informes sobre los profesores sólo serán una forma de seguir corriendo.

5

Porque continúa huyendo de ella y continúa sin poder escapar; desayuna y cena con ella, la de las buenas noches y los buenos días. Por la mañana, ella le da la bolsa de la compra; la mamá no tiene en cuenta que este símbolo de la cocina no le sienta bien al guardián ideológico de los profesores y lo manda a hacer las compras.

Mirad, va por la misma calle en la que lo vimos al comienzo del capítulo tercero, cuando se ruborizó ante una mujer desconocida que venía hacia él. Han pasado varios años desde entonces pero se sigue poniendo colorado y en el comercio, cuando la madre lo manda a hacer las compras, le da miedo mirar a los ojos a la chica del delantal blanco.

Esa chica que pasa ocho horas sentada en la estrecha jaula de la caja le gusta muchísimo. La blandura de sus rasgos, la lentitud de sus gestos, el aprisionamiento, todo eso le parece misteriosamente cercano y predeterminado. Además, él sabe por qué: esa chica se parece a la criada a la que le fusilaron el amante; tristeza hermoso rostro. Y la jaula de la caja en que la chica está sentada se parece a la bañera donde vio sentarse a la criada.

6

Está inclinado sobre su escritorio y tiene miedo de los exámenes finales; siente el mismo temor en la facultad que en el bachillerato, porque está acostumbrado a enseñarle a la mamá la libreta de calificaciones llena de matrículas y no quiere darle un disgusto.

¡Pero qué insoportable falta de aire hay en esta pequeña habitación praguense en la que vagan por los aires los ecos de las canciones revolucionarias y se asoman a la ventana fantasmas de hombres enormes con martillos en las manos!

¡Estamos en 1922, han pasado cinco años desde la gran revolución en Rusia y él debe seguir agachado sobre el manual y tiene que pasar miedo antes del examen! ¡Qué condena!

Finalmente, deja el manual a un lado (ya es noche cerrada) y sueña con un poema que tiene a medio hacer; escribe sobre el obrero Jan que quiere matar el sueño de una vida hermosa haciéndolo realidad; en una mano tiene un martillo y en la otra la cintura de su amada y avanza así, acompañado por sus camaradas, hacia la revolución.

Y el estudiante de derecho (claro, se trata de Jiri Wolker) ve en la mesa sangre, mucha sangre, porque

cuando se matan a los grandes sueños
corre mucha sangre

pero él no tiene miedo a la sangre, porque sabe que, si ha de ser un hombre, no debe tenerle miedo a la sangre.

7

La tienda cierra a las seis de la tarde y él suele estar espiando en la esquina de enfrente. Sabe que la chica de la caja siempre sale unos minutos después de las seis, pero también sabe que la acompaña siempre otra chica, una joven compañera suya de la misma tienda.

La amiga es mucho menos bonita, casi le parece fea; son exactamente lo contrario: la cajera es morena, ella es pelirroja; la cajera es robusta, ella es delgada; la cajera es silenciosa, ella es ruidosa; la cajera está misteriosamente cerca de Jaromil, la otra le produce una sensación de rechazo.

Iba a espiar cada vez con mayor frecuencia, con la esperanza de que alguna vez las chicas salieran cada una por su lado, de modo que pudiera entablar conversación con la morena. Pero no se dio el caso. En una ocasión las siguió a las dos; cruzaron varias calles y entraron luego en un edificio; estuvo casi una hora dando vueltas, pero ya no salió ninguna de ellas.

8

Ha venido a Praga a visitarlo desde su ciudad de provincias y oye los poemas que le recita. Está tranquila; sabe que su hijo sigue siendo suyo; no se lo han arrebatado ni las mujeres ni el mundo; por el contrario, las mujeres y el mundo han quedado dentro del círculo mágico de la poesía y ése es el círculo que ella misma ha trazado alrededor del hijo, el círculo dentro del cual ella gobierna en secreto.

Precisamente le está leyendo el poema que escribió a la memoria de la madre de ella, de su abuela:

> *porque voy a la lucha*
> *abuela mía*
> *por la belleza de este mundo.*

La señora Wolker está tranquila. Que el hijo vaya en sus poemas a la lucha, que tenga allí el martillo en la mano y la amada del brazo; eso no le afecta; también están ahí ella, la abuela, la cómoda de su casa y todas las virtudes que ella le ha inculcado. Que el mundo lo vea con el martillo en la mano. Ella bien sabe que andar *delante del rostro del mundo* es algo muy distinto que irse *al mundo*.

Pero el poeta también conoce esa diferencia. ¡Y sólo él sabe cómo se siente la añoranza en la casa de la poesía!

Sólo un verdadero poeta sabe qué inmenso es el deseo de no ser poeta, el deseo de abandonar esa casa de espejos en la que reina un silencio ensordecedor.

> *Desterrado del país del sueño*
> *busco abrigo entre la multitud*
> *y en insultos esta canción mía*
> *quiero convertir.*

Pero cuando Frantisek Halas* escribió estos versos, no estaba entre la muchedumbre en la plaza; la habitación y la mesa sobre la que se inclinaba estaban en silencio.

Y no es cierto que lo hubieran desterrado del país del sueño. Precisamente, la multitud sobre la que escribía era el país de su sueño.

Y tampoco fue capaz de transformar la canción en blasfemia; al contrario, su blasfemar se transformaba constantemente en canción.

¿Es que realmente no se puede huir de la casa de los espejos?

> *Pero yo*
> *a mí mismo*
> *me he domado*
> *y le he pisado*
> *la garganta*
> *a mi propia canción,*

---

* Frantisek Halas, poeta checo (1905-1952). *(N. del E.)*

escribió Vladimir Maiakovski, y Jaromil lo comprende. La poesía rimada le parece un encaje de la cómoda de mamá. Ya hace varios meses que no escribe versos y no quiere escribirlos. Está huyendo. Sigue yendo a hacerle las compras a mamá, pero cierra con llave los cajones de la mesa de escribir. Ha quitado de la pared todas las reproducciones de cuadros modernos.

¿Qué ha puesto en lugar de ellos? ¿Quizá la fotografía de Karl Marx?

Nada de eso. En la pared vacía ha colgado la fotografía de papá. Una fotografía del treinta y ocho, de la época de la triste movilización, donde el padre aparecía con uniforme de oficial.

Jaromil amaba aquella fotografía desde donde lo miraba un hombre a quien había conocido tan poco y cuyo recuerdo se le iba ya borrando de la memoria. Pero, cuanto más se borraba el recuerdo, más aumentaba la nostalgia por este hombre que había sido futbolista, soldado y presidiario. ¡Cuánta falta le hacía este hombre!

11

El aula de la facultad estaba repleta y en el estrado se sentaban varios poetas. Un joven vestido con camisa azul (como la que llevaban entonces los miembros de la Unión de la Juventud) y con un gran mechón de pelo peinado hacia arriba, permanecía de pie junto al estrado y hablaba:

—La poesía no desempeña nunca un papel tan importante como en las épocas revolucionarias; la poesía había dado su voz a la revolución y la revolución, a cambio de eso, la había liberado de su soledad; el poeta sabe hoy que la gente lo escuchaba y que lo escucha sobre todo la juventud, porque: ¡Juventud, poesía y revolución son lo mismo!

Luego se levantó el primer poeta y recitó un poema sobre una chica que se separaba de su amado, porque el amado, que trabajaba en el torno de al lado era un vago y no cumplía el plan; pero el amado no quería perder a su amada y empezaba a trabajar con entusiasmo hasta que al final ondeaba sobre su torno la bandera roja de los trabajadores ejemplares. Después se levantaron otros poetas y recitaron poemas sobre la paz, sobre Lenin y Stalin, sobre los luchadores contra el fascismo que fueron martirizados y sobre los obreros que superaban las normas.

12

Los jóvenes no sospechan qué inmenso poder les confiere la juventud, pero el poeta que acaba de erguirse (tiene unos sesenta años) para recitar su poema sí lo sabe.

«Joven es», recitaba con voz melodiosa, «el que va junto con la juventud del mundo y la juventud del mundo es el socialismo. Joven es el que está sumergido en el futuro y no mira hacia atrás.»

Digámoslo con otras palabras: en la concepción del poeta sesentón, la juventud no era un término que enmarcara una edad determinada, sino un valor que no tiene nada que ver con una edad concreta. Esta idea, bien rimada, cumplía al menos una doble misión: por una parte, era un cumplido para el público joven; por la otra, tenía el poder mágico de liberar al poeta de sus arrugas y su edad y lo integraba (ya que no cabía duda de que iba con el socialismo y no miraba hacia atrás) con las jóvenes y los jóvenes.

Jaromil se hallaba sentado entre el público y seguía con atención a los poetas, pero como si los viera desde la otra orilla, como alguien que ya no es parte de ellos. Oía sus versos con la misma frialdad con la que en otras oportunidades escuchaba las palabras de los profesores sobre los que informaba luego al comité. El que más le interesaba era el poeta de nombre famoso que se levantaba ahora de su silla (el aplauso que había recibido el sesentón ya se había acallado) y avanzaba hacia la parte delantera del estrado. (Sí, era el mismo que había recibido una vez un paquete con veinte auriculares cortados.)

13

«Querido maestro, estamos en el mes del amor; tengo diecisiete años. La edad de las esperanzas y las quimeras, como suele decirse... Si le envío algunos de estos versos es porque amo a todos los poetas, a todos los buenos parnasianos... No frunza usted demasiado el ceño cuando lea estos versos: me daría una loca alegría si fuera tan amable, querido maestro, de hacerle hueco al poema *Credo in Unam* entre los parnasianos... Soy un desconocido; ¿y eso qué importa? Los poetas son hermanos. Estos versos creen, aman, esperan: eso es todo. Querido maestro, inclínese hacia mí: levánteme un poco: soy joven; tiéndame la mano...»

Además, mentía; tenía quince años y siete meses; aquello era antes de que huyera por primera vez de Charleville para escapar de su madre. Pero aquella carta seguiría sonando en su cabeza como una letanía de vergüenza, como una prueba de debilidad y dependencia. ¡Pero ya se vengará de ese querido maestro, de ese viejo idiota, de ese viejo calvo Théodore de Banville! Un año más tarde ya se reirá cruelmente de toda su poesía y enviará a todas las lilas y jacintos lánguidos que llenan sus versos una sonora carcajada en una carta que parecerá una bofetada certificada.

Pero en aquel momento el maestro aún no sabía nada del rencor que lo acechaba y recitaba unos versos sobre una ciudad rusa destruida por los fascistas y que volvía a levantarse entre sus escombros; lo había adornado con mágicas guirnaldas surrealistas; los pechos de las muchachas soviéticas flotaban por las calles como globos de colores; una lámpara de petróleo colocada bajo el cielo iluminaba aquella ciudad blanca en cuyos techos aterrizaban helicópteros que parecían ángeles.

El público, seducido por el encanto de la personalidad del poeta, estalló en aplausos. Pero entre la multitud que no pensaba había una minoría que pensaba y que sabía que un público revolucionario no debe esperar como un humilde mendigo lo que desde el estrado quieran darle; por el contrario, si alguien es hoy un mendigo, lo son los poemas; piden que se les deje entrar al paraíso socialista; pero los jóvenes revolucionarios, guardianes de la puerta, deben ser severos; porque el futuro será nuevo o no habrá futuro; sólo podrá ser limpio o vergonzoso.

—¡Qué clase de estupideces nos quiere hacer tragar! —grita Jaromil y los demás lo siguen—. ¿Quiere cruzar el socialismo con el surrealismo? ¿Quiere cruzar un gato con un caballo, el mañana con el ayer?

El poeta oía perfectamente lo que ocurría en la sala, pero era orgulloso y no tenía intención de dar marcha atrás. Estaba acostumbrado desde su juventud a provocar al espíritu cerrado de los burgueses y no le causaba ningún problema enfrentarse él solo contra todos. Su cara enrojeció y se decidió a recitar, para cerrar el acto, un poema distinto del que había pensado en principio: era un poema lleno de imágenes salvajes y de una fantasía erótica tremenda; al terminar, le respondieron con gritos y silbidos.

Los estudiantes silbaban. Delante de ellos se hallaba un hombre ya anciano que había llegado hasta ellos porque los quería; en aquella rebelión rabiosa veía la energía de su propia juventud. Creía que el amor que les tenía le daba derecho a decirles lo que pensaba. Era la primavera de 1968 y esto ocurría en París. Pero los estudiantes no eran capaces de vislumbrar la energía de su juventud en las arrugas de él y el viejo científico veía sorprendido cómo le silbaban aquellos a quienes amaba.

El poeta levantó el brazo para que se acallase el alboroto. Luego empezó a gritarles que parecían maestras puritanas, curas dogmáticos y policías estrechos; que protestaban contra su poema porque odiaban la libertad.

El viejo científico oía los silbidos en silencio y pensaba que cuando él era joven también estaba rodeado de su pandilla y también le gustaba silbar, pero la pandilla se había dispersado hacía ya tiempo y ahora estaba solo.

El poeta gritaba que la libertad es una obligación de la poesía y que hasta por una metáfora valía la pena luchar. Gritaba que estaba dispuesto a cruzar un gato con un caballo y el arte moderno con el socialismo y que si eso era una quijotada él no tenía inconveniente en ser un Don Quijote, porque para él el socialismo era la época de la libertad y el placer y no admitía otro tipo de socialismo.

El viejo científico observaba a los jóvenes que vociferaban y entonces se le ocurrió que él era el único en la sala que tenía el privilegio de la libertad, porque era viejo; cuando uno es viejo ya no tiene que prestar atención a la opinión de su pandilla ni a la del público ni al futuro. Está solo con su muerte cercana y la muerte no tiene ojos ni oídos y a ella no hay por qué gustarle; puede hacer y hablar lo que le apetezca.

Y ellos silbaban y pedían la palabra para contestarle. Finalmente, se levantó Jaromil; tenía un velo negro delante de los ojos y detrás de sí la multitud; dijo que la revolución era moderna mientras que el erotismo decadente y las imágenes poéticas incomprensibles eran trastos viejos y nada tenían que ver con el pueblo.

—¿Qué es lo moderno —le preguntaba al poeta ilustre—, sus poemas incomprensibles o nosotros que construimos un mundo nuevo? Lo que es absolutamente moderno —respondió inmediatamente— es sólo el pueblo que edifica el socialismo. —Sus palabras fueron seguidas de una ovación.

Esa ovación seguía sonando mucho después de que el viejo científico se alejara por los pasillos de la Sorbona y leyera en las paredes: *Sed realistas; pedid lo imposible.* Y un poco más adelante: *La emancipación del hombre será total o no será.* Y más adelante: *Sobre todo, nada de remordimientos.*

16

En un aula amplia los bancos han sido trasladados hacia las paredes y en el suelo hay pinceles, pinturas y pancartas de papel en las que varios estudiantes de la Facultad de Ciencias Políticas pintan las consignas para la manifestación del primero de mayo. Jaromil, que es el autor de las consignas, está de pie mirando una libreta.

Pero ¿qué ocurre? ¿Nos hemos confundido de fecha? Les está dictando a los compañeros que pintan precisamente las mismas consignas que hace un rato había leído el viejo científico a quien silbaron los estudiantes en los pasillos de la Sorbona rebelde. No, no nos hemos confundido; las consignas que Jaromil hace escribir en las pancartas son exactamente las mismas que veinte años más tarde escribirán los estudiantes de París en las paredes de la Sorbona, en las paredes de Nanterre, en las paredes de Censier.

El sueño es realidad, ordena escribir en una de las pancartas; y en la siguiente: *Sed realistas; pedid lo imposible;* y en la de al lado: *Decretamos el estado de felicidad permanente;* y en otra: *Basta de iglesias* (esa consigna le gusta mucho, se compone de sólo tres palabras y rechaza dos milenios de historia); y otra consigna: *Nada de libertad para los enemigos de la libertad,* y la siguiente: *La imaginación al poder,* y otra: *Muerte a los tibios,* y aún más: *Revolución en la política, en la familia, en el amor.*

Los compañeros pintaban las letras y Jaromil paseaba entre ellos orgulloso, como un mariscal de las palabras. Estaba feliz de poder ser útil y de que su arte de hacer frases hubiera encontrado una aplicación. Sabe que la poesía está muerta *(el arte ha muerto,* dice la pared de la Sorbona) pero ha muerto para resucitar como arte de agitación y de consignas escritas en pancartas y en paredes de la ciudad (porque *la poesía está en la calle*, dice la pared del Odéon).

17

—¿Has leído el *Rude Pravo?** En la primera página han publicado una lista de cien consignas para el Primero de Mayo. La editó el departamento de agitación y propaganda del comité central del partido. ¿No hubo ninguna que te sirviera?

Frente a Jaromil estaba un joven corpulento del comité regional, que se le había presentado como presidente de la comisión universitaria para la organización del Primero de Mayo de 1949.

—*El sueño es realidad*. ¡Pero si eso es idealismo del mayor calibre! *Basta de iglesias*. Ahí estaría bastante de acuerdo contigo, camarada, pero por el momento eso está en contradicción con la política del partido hacia la iglesia. *Muerte a los tibios*. ¿Es que podemos amenazar de muerte a la gente? *La imaginación al poder*, menudos resultados. *Revolución en el amor*. ¿Eso qué quiere decir? ¿Quieres amor libre en lugar del matrimonio burgués o monogamia en lugar de la promiscuidad burguesa?

Jaromil afirmó que o la revolución transformaba todo el mundo con todos sus componentes, incluidos la familia y el amor, o no sería tal revolución.

—Está bien —aceptó el joven corpulento—, pero se puede formular mejor: *Por una política socialista, por una familia socialista*. Ya lo ves. Y es una consigna del *Rude Pravo*. Podías haberte ahorrado el esfuerzo.

* Diario del Partido Comunista Checoslovaco. *(N. del E.)*

La vida está en otra parte, habían escrito los estudiantes en la pared de la Sorbona. Efectivamente, él lo sabe muy bien y por eso se va de Londres a Irlanda, donde el pueblo se ha sublevado. Se llama Percy Bysshe Shelley, tiene veinte años, es poeta y lleva una cartera con cientos de octavillas y declaraciones que le servirán de salvoconducto para penetrar en la vida real.

Porque la vida real está en otra parte. Los estudiantes arrancan el empedrado, vuelcan los coches, levantan barricadas; su entrada en el mundo es bella y ruidosa, está alumbrada por las llamas y la festejan las explosiones de las bombas lacrimógenas. ¡Cuánto más difícil lo tuvo Rimbaud, que soñaba con las barricadas de la Comuna de París y no pudo salir de Charleville para verlas! En cambio, en 1968 miles de Rimbauds tienen sus barricadas propias; parapetados detrás de ellas rechazan cualquier compromiso con los actuales dueños del mundo. La emancipación del hombre será total o no será.

Pero a un kilómetro de ahí, en la otra orilla del Sena, los actuales dueños del mundo siguen viviendo su vida y perciben el griterío del barrio latino sólo como algo que ocurre a lo lejos. *El sueño es realidad,* han escrito los estudiantes en la pared, pero parece que la verdad es precisamente lo contrario: esta realidad (las barricadas, los árboles talados, las banderas rojas) ha sido un sueño.

19

Pero nunca se sabe, en el momento presente, si la realidad es sueño o el sueño es realidad; los estudiantes que se alineaban ante la facultad con sus estandartes habían venido por su propia voluntad, pero al mismo tiempo sabían que si no hubieran venido habrían podido tener problemas en la facultad. El año praguense de 1949 sorprendió a los estudiantes checos precisamente en ese curioso momento en que el sueño ya no era sólo sueño; sus manifestaciones de entusiasmo aún eran voluntarias, pero ya también eran obligatorias.

La manifestación echó a andar por las calles y Jaromil iba a un costado; no era sólo el responsable de las consignas de las pancartas, sino también de las que gritaban sus compañeros; para esta vez ya no inventó ningún bello aforismo provocador sino que copió en la libreta algunas de las consignas recomendadas por la sección central de agitación y propaganda. Las gritaba en voz alta, como un cura en una procesión, y sus compañeros las repetían.

20

La manifestación ha pasado ya por la plaza de Wenceslao, frente a las tribunas; en las esquinas se han instalado charangas improvisadas y los jóvenes con sus camisas azules bailan. Todos confraternizan sin vergüenza alguna, pese a que hasta hace un rato no se conocían, pero Percy Shelley no es feliz, el poeta Shelley está solo.

Lleva ya varias semanas en Dublín, ha repartido cientos de declaraciones, la policía lo conoce perfectamente, pero él no ha sido capaz de hacerse amigo de un solo irlandés. La vida sigue estando allí donde él no está.

¡Si al menos hubiera barricadas y sonaran disparos! A Jaromil le parece que las manifestaciones conmemorativas son sólo una imitación ilusoria de las grandes manifestaciones revolucionarias, no tienen densidad y se escapan por entre los dedos.

Y en ese momento se acuerda de la chica encerrada en la jaula de la caja y lo invade una horrible nostalgia: se imagina que rompe con un martillo el escaparate, empuja a unas cuantas viejas que están haciendo la compra, abre la jaula de la caja y, ante las miradas asombradas de la gente, se lleva a la morena liberada.

Y se sigue imaginando cómo pasean por las calles repletas de gente y cómo se aprietan el uno contra el otro llenos de amor. Y el baile que se arremolina a su alrededor de repente ya no es un baile, sino que vuelven a ser barricadas, es el año 1848 y el 1870 y el 1945 y es París, Varsovia, Budapest, Praga y Viena y están allí nuevamente las eternas multitudes que saltan por la Historia, de una barricada a otra, y él salta con ellas llevando de la mano a la mujer amada...

21

Sentía la mano caliente de ella en su mano, cuando de repente lo vio. Venía en sentido contrario, voluminoso y bullanguero y a su lado se deslizaba una mujer joven; no iba vestida con la camisa azul como la mayoría de las chicas que bailaban sobre las vías del tranvía; era elegante como un hada de un pase de modelos.

El hombre voluminoso miraba a un lado y a otro respondiendo a cada momento al saludo de alguien; cuando estuvo a pocos pasos de Jaromil sus miradas se encontraron durante un segundo y Jaromil, en un instante de confusión (y siguiendo el ejemplo de los demás, que reconocían al hombre famoso y lo saludaban) inclinó la cabeza reverente, de modo que el hombre también lo saludó con ojos ausentes (como saludamos a alguien a quien no conocemos) y la mujer que lo acompañaba inclinó también levemente la cabeza.

¡Ah, aquella mujer era extraordinariamente bella! ¡Y era totalmente real! Y la chica de la caja y de la bañera, que se apretaba hasta ese momento contra Jaromil, se disolvió y desapareció bajo la luz resplandeciente de aquel cuerpo real.

Se detuvo en la acera, en una soledad insultante y le echó una mirada de odio; sí, era él, el *querido maestro,* el destinatario del paquete con los veinte auriculares.

La noche caía lentamente sobre la ciudad y Jaromil ansiaba encontrarla. Varias veces había seguido a alguna mujer que se le parecía viéndola desde atrás. Era hermoso perseguir en vano a una mujer perdida en medio de una masa infinita. Luego decidió que iría a pasear ante la casa en que una vez la había visto entrar. Era poco probable que la encontrara allí, pero no quería ir a casa mientras su mamá estuviera levantada. (No soportaba su casa más que durante la noche, cuando la mamá dormía y la fotografía del papá tomaba vida.)

Y así iba de un extremo a otro de una calle perdida de la periferia, donde el Primero de Mayo con sus banderas y sus lilas no había dejado ninguna huella alegre. En el edificio se iban encendiendo las luces. Finalmente brilló también la luz del piso del sótano, junto a la acera. ¡Y Jaromil vio allí a la chica que conocía!

Pero no, no era la cajera morena; era su amiga, la pelirroja delgada; se acercaba a la ventana para bajar la persiana.

Jaromil no pudo siquiera tragar toda la amargura del desengaño; comprendió que lo habían visto; enrojeció y se comportó igual que aquella vez cuando la hermosa criada había mirado hacia el agujero de la cerradura desde la bañera:

Huyó.

Eran las seis de la tarde del 2 de mayo de 1949; las dependientas salían de la tienda y de repente ocurrió algo inesperado: la pelirroja iba sola.

Se escondió rápidamente detrás de la esquina, pero ya era tarde. La muchacha lo había visto y se dirigía hacia él: «¿Sabe usted que no es de buena educación espiar de noche por las ventanas?».

Se sonrojó e intentó disculparse lo más rápidamente posible por el incidente del día anterior, tenía miedo de que la presencia de la pelirroja le volviera a estropear la oportunidad de encontrarse con la morena, cuando ésta saliera de la tienda. Pero la pelirroja era muy charlatana y no parecía tener ninguna intención de separarse de Jaromil; incluso lo invitó a que la acompañara hasta su casa (acompañar a una chica hasta su casa era, al parecer, mucho más correcto que espiarla por la ventana).

Jaromil miraba desesperadamente hacia la puerta de la tienda.

—¿Y dónde está su compañera? —preguntó finalmente.

—Vaya despiste. Ya no trabaja con nosotras.

Fueron juntos hasta la casa de la chica y Jaromil se enteró de que las dos venían de provincias y de que trabajaban y vivían juntas en Praga; pero la morena se había marchado de Praga porque iba a casarse.

Cuando se detuvieron frente al edificio, la chica le dijo: «¿No quiere pasar un rato a mi habitación?».

Sorprendido y confuso, entró en la pequeña habitación. Y luego, sin saber cómo, se abrazaron, se besaron y un rato más tarde estaban ya sentados en la cama.

¡Fue todo tan rápido y tan sencillo! Antes de que él tuviera tiempo de pensar en que se encontraba ante una tarea difícil y decisiva, ella le puso la mano entre las piernas y el chico se alegró enormemente, porque su cuerpo había reaccionado como debía.

24

—Eres fantástico, fantástico —le dijo ella al oído mientras permanecía acostado junto a ella, la cabeza hundida entre los almohadones, con una terrible sensación de alegría; tras una corta pausa, le dijo—: ¿Cuántas mujeres has tenido hasta ahora?

Se encogió de hombros y se sonrió con un aire intencionadamente misterioso.

—¿Lo guardas en secreto?

—Adivina.

—Yo diría que entre cinco y diez —dijo ella, con el tono de una persona experimentada.

Lo invadió un alegre sentimiento de orgullo; le pareció como si un momento antes no le hubiera hecho el amor sólo a ella, sino también a aquellas cinco o diez mujeres que había nombrado; como si ella no lo hubiera liberado únicamente de la virginidad, sino que lo hubiera hecho avanzar directamente hasta las profundidades de la edad viril.

La miró agradecido y la desnudez de ella lo entusiasmó. ¿Cómo era posible que no le hubiera gustado? ¿No tenía acaso unos senos absolutamente innegables en el pecho y un vello absolutamente innegable en el pubis?

—¡Desnuda eres cien veces más bonita que vestida! —le dijo y alabó su belleza.

—¿Hacía mucho que me deseabas? —le preguntó.

—Sí, mucho, ya lo sabes.

—Sí, ya lo sé. Me di cuenta cuando vi que venías a hacer las compras. Sé que me esperabas delante de la tienda.

—Sí.

—No te atrevías a hablar conmigo porque yo nunca iba sola. Pero sabía que algún día estarías conmigo. Porque yo también te deseaba.

25

La miraba y dejaba que resonaran dentro de él sus últimas palabras; sí, así era: durante todo este tiempo, mientras lo torturaba la soledad, mientras participaba desesperadamente en reuniones y manifestaciones, mientras corría y corría, su madurez ya estaba preparada: pacientemente lo esperaban esta habitación en este sótano, con las paredes húmedas, y esta mujer corriente, cuyo cuerpo lo unía de un modo totalmente material a las grandes masas.

Cuanto más hago el amor, más ganas tengo de hacer la revolución, cuanto más hago la revolución, más ganas tengo de hacer el amor, estaba escrito en la pared de la Sorbona, y Jaromil penetró por segunda vez en el cuerpo de la pelirroja. La madurez es total o no es. Esta vez le hizo el amor de un modo prolongado y bello.

Y Percy Bysshe Shelley, que tenía cara de niña como Jaromil, y que también parecía más joven de lo que era, corría por las calles de Dublín y corría y corría porque sabía que la vida está en otra parte. Y también Rimbaud corría constantemente, de Stuttgart a Milán, a Marsella y después a Adén y a Harar y otra vez de vuelta a Marsella, pero para entonces sólo tenía una pierna y con una sola pierna no se puede correr.

Dejó resbalar su cuerpo del cuerpo de ella y le pareció, así acostado a su lado, estirado y cansado, que no descansaba después de haber hecho el amor dos veces, sino después de haber estado corriendo durante varios meses.

Quinta parte
o
El poeta tiene celos

1

Mientras Jaromil corría, el mundo iba cambiando; al cuñado que creía que Voltaire había sido el inventor de los voltios lo acusaron de fraudes inexistentes (como hicieron en aquella época con cientos de comerciantes), le requisaron las dos tiendas (desde entonces pasaron a poder del Estado) y lo encerraron en la cárcel por un par de años; a su hijo y a su mujer los obligaron a trasladarse fuera de Praga como enemigos de clase. Salieron de la casa sin decir palabra, dispuestos a no perdonarle nunca a la madre que su hijo se hubiera sumado a los enemigos de la familia.

El ayuntamiento adjudicó las habitaciones vacías de la planta baja a unos nuevos inquilinos. Venían de un piso miserable en un sótano y consideraban que era una injusticia que a alguien le perteneciera una casa tan grande y agradable; tenían la idea de que no habían venido a la casa a vivir, sino a reparar las viejas injusticias de la historia. Ocuparon el jardín sin preguntar nada a nadie y le exigieron a la mamá que hiciera reparar de inmediato el revoque de las paredes exteriores, que se caía y podía lastimar a sus hijos mientras jugaban en el jardín.

La abuela envejecía, perdía la memoria, hasta que un día (casi sin que se notara) se convirtió en humo en el crematorio.

No es de extrañar que a la mamá le resultara más difícil soportar el distanciamiento que se iba produciendo entre ella y su hijo; estudiaba en una facultad que le era antipática y había dejado de darle sus versos, que se había acostumbrado a leer con regularidad. Cuando fue a abrir su cajón, lo encontró cerrado; aquello fue como una bofetada: ¡Jaromil sospechaba que lo espiaba! Cuando logró por fin abrirlo, mediante una llave cuya existencia Jaromil desconocía, no encontró ninguna anotación nueva ni ningún poema. Luego vio en la pared de la habitación la fotografía de su marido vestido de uniforme y se acordó de cuando le había pedido a la estatua de Apolo que borrase del fruto de sus entrañas los rasgos del marido; ¿es que tendrá que seguir disputándole el hijo a su marido muerto?

Aproximadamente una semana más tarde de que dejáramos en el capítulo anterior a Jaromil en la cama de la pelirroja, la madre volvió a abrir el cajón de su mesa. En el diario encontró unas cuantas notas lacónicas que no entendió, pero en cambio descubrió algo mucho más importante: nuevos versos de su hijo. Le pareció que la lira de Apolo volvía a derrotar al uniforme del marido y se regocijó en silencio.

Al leer los versos la impresión favorable aumentó, porque los poemas (¡por primera vez!) sinceramente le gustaron; eran rimados (la madre siempre había pensado que un poema sin rima no era un poema), eran totalmente comprensibles y estaban llenos de palabras hermosas; nada de ancianos, nada de disolución de los cuerpos en el fango, nada de vientres flácidos y legañas en los ojos; había nombres de flores, estaba el cielo y las nubes y aparecía repetida (¡y por primera vez en sus poemas!) la palabra mamá.

Cuando Jaromil regresó a casa, al oír pasos en la escalera, todos aquellos años de sufrimientos le subieron a los ojos y no fue capaz de contener el llanto.

—¿Qué te pasa, mamá, por Dios, qué te pasa? —le preguntó; y la mamá escuchaba atentamente cómo sonaba en su voz una ternura que hacía ya tiempo que no oía.

—Nada, Jaromil, nada —respondió con un llanto que crecía alentado por el interés que el hijo manifestaba. Nuevamente fluían de ella muchos tipos de lágrimas: lágrimas de lástima por sentirse abandonada; lágrimas de reproche porque el hijo no se ocupaba de ella; lágrimas de esperanza de que tal vez, por fin (después de las frases melódicas de los nuevos poemas) volvería junto a ella; lágrimas de disgusto al verlo así, frente a ella, torpe, incapaz ni siquiera de hacerle una caricia en el pelo; lágrimas engañosas que pretendían sólo emocionarlo y retenerlo junto a ella.

Tras un minuto de timidez, le cogió la mano; aquello era maravilloso; la mamá dejó de llorar y sus palabras fluyeron con la misma abundancia con que un rato atrás habían fluido las lágrimas; habló de todo lo que la mortificaba: de su viudez, de su abandono, de los inquilinos que intentaban arrojarla de su propia casa, de la hermana que se había enemistado con ella (¡por tu culpa, Jaromil!) y luego de lo más importante: de que cuando el destino la dejaba de lado, la abandonaba también la única persona que le quedaba en el mundo.

—¡Eso no es verdad, yo no te abandono!

No podía estar de acuerdo con una afirmación tan ligera y comenzó a reírse amargamente; ¿cómo que no la abandonaba?: volvía tarde a casa, había días en que casi no hablaban una palabra y las pocas veces que hablaban ella sabía muy bien que él no la escuchaba y que estaba pensando en otra cosa. Sí, se estaba alejando de ella.

—Pero, mamá, yo no me alejo.

Ella volvió a sonreír amargamente. ¿Que no se aleja? ¿Hace falta que se lo demuestre? ¿Es necesario que le diga qué es lo que la ha herido? La mamá siempre había respetado su intimidad; cuando él era aún un niño pequeño había discutido con todos para que él tuviera su propia habitación; y ahora, ¡qué ofensa! Jaromil no era capaz de imaginarse cómo se había sentido cuando comprobó (por pura casualidad, mientras limpiaba el polvo en su habitación) que cerraba con llave los cajones de su mesa de escribir. ¿Para qué los cerraba? ¿Es que realmente pensaba que ella iba a meter la nariz en sus cosas como una sirvienta curiosa?

—Pero, mamá, si yo ese cajón no lo uso para nada. ¡Si está cerrado será por casualidad!

La madre sabía que el hijo mentía, pero a eso no le daba importancia; más importante que las palabras era la humildad de la voz, que significaba que él quería hacer las paces.

—Quiero creerte, Jaromil —le dijo, y apretó su mano.

Luego, la mirada de él hizo que se percatara de las huellas del llanto que quedaban en su cara y se fue al cuarto de baño, donde se asustó al mirarse al espejo; su cara llorosa le parecía fea; se reprochaba también el color gris del vestido con que había vuelto de la oficina. Se lavó rápidamente con agua fría, se puso una bata color rosa, fue a la cocina y regresó con una botella de vino. Luego comenzó a hablar de que ellos dos debían volver a hablar con toda confianza, porque ninguno de ellos tenía a nadie más en este mundo. Habló durante largo rato sobre este tema y le pareció que los ojos con los que Jaromil la miraba eran de amistad y conformidad. Por eso se atrevió a decir que no tenía dudas de que Jaromil, que ya era un estudiante universitario, tendría con seguridad sus secretos privados que ella respetaba; lo único que no querría era que la mujer con quien quizá saliera Jaromil enturbiase la relación que había entre ellos dos.

Jaromil la escuchaba con paciencia y comprensión. Si durante el último año rehuía a su mamá, era porque su sufrimiento requería soledad y penumbra. Pero desde que había fondeado en la orilla soleada del cuerpo de la pelirroja, ansiaba la luz y la paz; no llevarse bien con su madre era para él un obstáculo. Además de las razones sentimentales, había otra de tipo práctico: la pelirroja tenía su propia habitación, mientras él, vivía en casa de mamá y sólo podía realizar su vida independiente gracias a la independencia de la chica. Esta desigualdad era para él una pesada carga y por eso estaba contento de que la mamá estuviera ahora sentada con su bata rosa junto a una botella de vino y de que tuviera el aspecto de una mujer joven y simpática, con quien pudiera hablar amigablemente acerca de sus derechos.

Le dijo que no tenía nada que ocultar delante de ella (a la madre se le hacía un nudo en la garganta por la angustiosa espera) y comenzó a hablar de la pelirroja. Por supuesto, no le dijo que ella la conocía de verla en la tienda donde iba a hacer las compras; pero le contó que la chica tenía dieciocho años y que no era ninguna estudiante universitaria, sino una chica sencilla (esto lo dijo de un modo casi agresivo) que se ganaba la vida con sus propias manos.

La madre se sirvió una copa de vino y le pareció que todo iba mejorando. La imagen de la chica que el hijo, dando rienda suelta a su elocuencia, había trazado, hacía desaparecer su angustia: la chica era jovencita (el horrible fantasma de una mujer mayor y perversa se diluía felizmente), no era demasiado culta (no debería tener miedo de su influencia sobre el hijo) y, finalmente, Jaromil había resaltado de un modo sospechoso su sencillez y su carácter agradable, de lo cual la madre deducía que la chica no sería lo que se dice una belleza (de modo que podía presuponer que el interés del hijo no duraría demasiado).

Jaromil notó que a la madre no le había parecido mal la chica a través de la imagen que él le había trazado, y esto lo llenaba de felicidad: se imaginaba sentado a una mesa con la mamá y con la pelirroja, con el ángel de su infancia y con el ángel de su madurez; aquello le parecía tan hermoso como la paz; la paz entre el hogar y el mundo; la paz bajo las alas de dos ángeles.

Después de tanto tiempo volvieron, la madre y el hijo, a ser felices y a confiar el uno en el otro. Charlaron y charlaron, pero Jaromil no perdía de vista su pequeño objetivo práctico: su derecho a tener una habitación a la que pudiera traer a la chiquilla y estar allí todo el tiempo que quisiera, haciendo lo que le viniera en gana; había comprendido que sólo es adulto aquel que dispone de algún sitio cerrado, donde pueda hacer lo que quiera sin que nadie lo mire ni lo controle. Eso fue lo que le dijo (con disimulo y precaución) a la mamá; estaría más a gusto en casa en la medida en que pudiera considerarse dueño de sus propios actos.

Aún bajo el velo del alcohol, la madre seguía siendo una tigresa vigilante.

—¿Cómo es eso, Jaromil, tú no te sientes dueño de tus propios actos en esta casa?

Jaromil dijo que se encontraba muy a gusto en casa, pero quería tener derecho a invitar a quien quisiera y a vivir en su casa con la misma independencia con que vivía la pelirroja en el piso que alquilaba.

La mamá comprendió que Jaromil le estaba ofreciendo una gran oportunidad; ella también tenía varios admiradores a quienes se veía obligada a rechazar porque temía la desaprobación de Jaromil. ¿No podría, con un poco de habilidad, lograr —a cambio de la libertad de Jaromil— un poco de libertad para sí misma?

Pero cuando se imaginó a Jaromil en su habitación infantil con una mujer extraña, su reacción fue de un rechazo insuperable.

—Tienes que darte cuenta de que existe una diferencia entre una madre y el dueño de un piso —dijo ofendida; y al punto cayó en la cuenta de que de ese modo se estaba cerrando voluntariamente a sí misma la posibilidad de volver a vivir como mujer. Comprendió que el asco que le producía la vida corporal del hijo era mayor que el deseo de su propio cuerpo de tener una vida propia, y aquella comprensión la horrorizó.

Jaromil, que iba tras su objetivo, no se percató del estado de ánimo de la madre y continuó luchando en una batalla perdida, utilizando en vano todo tipo de argumentos. Pasó un rato, hasta que se dio cuenta de que a su madre le corrían las lágrimas por la cara. Temió haberle hecho daño al ángel de su infancia y se calló. En el espejo de las lágrimas maternas veía ahora su reivindicación de independencia como un atrevimiento, como una insolencia, como una obscenidad desvergonzada.

Y la mamá estaba desesperada: veía cómo volvía a abrirse el abismo entre ella y el hijo. No lograba nada; por el contrario, ¡volvía a perderlo todo! Pensó en seguida qué podía hacer para no cortar del todo aquel lazo precioso de comprensión con su hijo; lo cogió de la mano y le dijo llorando:

—Ay, Jaromil, no te enfades; me duele lo que has cambiado; has cambiado enormemente en los últimos tiempos.

—¿Cómo que he cambiado? Yo no he cambiado nada, mamá.

—Sí. Has cambiado. Y te digo qué es lo que más me duele de ese cambio. Ya no escribes versos. Escribías unos versos tan preciosos y ya no escribes y eso me duele.

Jaromil quería decir algo, pero la mamá no lo dejó hablar:

—Créele a tu mamá: yo entiendo un poco de esto; tú tienes un talento enorme; ésa es tu misión; no deberías traicionarla, eres un poeta, Jaromil, eres un poeta y a mí me duele que lo olvides.

Jaromil escuchaba las palabras de la mamá casi con entusiasmo. Es verdad, ¡el ángel de su infancia era la persona que mejor lo entendía! ¡Lo que había sufrido él mismo por no escribir versos!

—¡Mamá, yo ya he vuelto a escribir versos, los escribo! ¡Te los voy a enseñar!

—No los escribes, Jaromil —dijo la mamá, haciendo un gesto triste de negación con la cabeza—, no intentes engañarme, yo sé que no los escribes.

—Los escribo, los escribo —dijo Jaromil, salió corriendo hacia su habitación, abrió el cajón y trajo los poemas.

Y la mamá volvió a leer los mismos poemas que había leído hacía unas horas en la habitación, de rodillas ante el escritorio de Jaromil.

—Ah, Jaromil, ¡qué bonitos son! ¡Has progresado mucho, mucho! ¡Eres un poeta y estoy tan feliz...!

2

Todo parece indicar que aquel ansia inmensa de Jaromil por lo nuevo (aquella religión de lo Nuevo) no era más que el deseo de un joven virgen, deseo que se proyectaba hacia lo indeterminado, ante la inverosimilitud del coito aún desconocido; cuando descansó por primera vez en la orilla del cuerpo de la pelirroja, se le ocurrió la extraña idea de que ya comprendía lo que era ser absolutamente moderno, ser absolutamente moderno significaba yacer a la orilla del cuerpo de la pelirroja.

Era tan feliz y estaba tan entusiasmado en aquel momento que tenía ganas de recitarle versos a la chica; se acordó de todos los que sabía de memoria (propios y ajenos) pero se dio cuenta (un tanto perplejo) de que ninguno de ellos le gustaría a la pelirroja y se le ocurrió que los únicos versos absolutamente modernos serían aquellos que fuera capaz de aceptar y comprender la pelirroja, una más de la multitud.

Aquello fue como una iluminación repentina: ¿por qué había querido realmente pisarle el cuello a su propia canción? ¿Por qué había pretendido abandonar a la poesía para entregarse a la revolución? Ahora que había fondeado a orillas de la vida verdadera (la palabra verdadera significaba la densidad producida por la mezcla de las multitudes, el amor corporal y las consignas revolucionarias) le bastaba con entregarse por completo a esta vida y convertirse en su violín.

Sintió que estaba lleno de poesía e intentó escribir un poema que le gustara a la chica pelirroja. No era tan sencillo; hasta entonces sólo había escrito versos sin rima y chocaba con los inconvenientes técnicos del verso regular, porque no cabía duda de que la pelirroja consideraba que poema era únicamente lo que rimaba. Por lo demás, la Revolución triunfante era de la misma opinión; recordemos que en aquella época no era posible publicar los versos sin rima; toda la poesía moderna había sido estigmatizada como obra de la burguesía podrida y el verso libre era el signo más claro de la putrefacción poética. ¿Hemos de ver, en el amor de la revolución triunfante por la rima, sólo una predilección casual? Difícilmente. En la rima y en el ritmo hay un poder mágico: el mundo informe apresado en un poema que responde a reglas fijas se vuelve repentinamente diáfano, regular, claro y bello. Si la palabra *muerte* sobreviene precisamente cuando al final del verso anterior le ha tocado *en suerte,* hasta ella misma se convierte en parte armónica del orden establecido. Aunque el poema protestara contra la muerte, la muerte quedaría involuntariamente justificada, al menos como motivo de una bella protesta. Los huesos, las rosas, los féretros, las heridas, todo se convierte en el poema en un ballet y el poeta y su lector son los bailarines de ese ballet. Claro que los que bailan tienen que estar de acuerdo con el baile. A través del poema, realiza el hombre su concordancia con el ser, y la rima y el ritmo son los medios más brutales de obtener esa concordancia. Y, ¿no necesita la revolución triunfante la certificación brutal del nuevo orden y, por lo tanto, una lírica llena de rimas?

«¡Delirad conmigo!», exhorta Vitezslav Nezval a su lector, y Baudelaire escribe: «Es necesario estar constantemente ebrio... de vino, de poesía o de virtud, como prefiráis...». El lirismo es una borrachera y el hombre se emborracha para fundirse más fácilmente con el mundo. La revolución no desea ser estudiada y observada, desea que la gente se funda con ella; en ese sentido, es lírica y necesita de los líricos.

Claro está que la revolución requiere un tipo de poesía lírica distinta de la que escribía Jaromil hace tiempo; entonces él atendía, embriagado, a las aventuras silenciosas y a las bellas extravagancias de su propio mundo interior; ahora, en cambio, ha vaciado su alma como si fuera un hangar para que puedan entrar las ruidosas orquestas del mundo; ha cambiado la belleza de la extravagancia, que sólo él entendía, por la belleza de lo general, que cualquiera puede comprender.

Deseaba ansiosamente rehabilitar las antiguas bellezas que el arte moderno (con su soberbia desnaturalizada) había dejado de lado: la puesta del sol, la rosa, el rocío sobre la hierba, las estrellas, los atardeceres, el canto lejano, la mamá y la nostalgia del hogar; ¡ay, era, de verdad, un mundo hermoso, cercano y comprensible! Jaromil volvía a él asombrado y enternecido, como cuando el hijo pródigo retorna al hogar que hacía años había abandonado.

¡Ay, ser sencillo, completamente sencillo, sencillo como una canción popular, como un juego de niños, como un arroyo, como una chica pelirroja!

Estar junto a la fuente de las bellezas eternas, enamorarse de palabras como lejanía, plata, arco iris, amor, y hasta de la palabra ¡Ay!, esa pequeña palabra tantas veces ridiculizada.

Había también una serie de verbos que fascinaban a Jaromil: en especial, aquellos que representaban un movimiento simple hacia adelante: *correr, ir,* pero más aún *navegar* y *volar.* En un poema que escribió para el aniversario del nacimiento de Lenin, echó al agua una ramita de manzano (el gesto le parecía maravilloso por su relación con las antiguas costumbres populares de echar al agua coronas de flores) para que llegara hasta la tierra de Lenin; es cierto que no hay ningún río que vaya de Bohemia hasta Rusia, pero el poema es un territorio mágico donde los ríos cambian su curso. En otro poema escribió que *el mundo será un día libre como el perfume de los abetos que traspone las montañas.* En otro poema habló sobre el jazmín, tan poderoso que se transformaba en un velero invisible que navegaba por el aire; se imaginaba que subía a la cubierta del perfume y se iba lejos, lejos, hasta Marsella, donde por aquel entonces (según escribía el *Rude Pravo*) estaban en huelga los obreros de quienes quería ser hermano y camarada.

Por eso en sus poemas aparecía con profusión el instrumento más poético del movimiento, *las alas:* la noche sobre la que hablaba el poema estaba llena de *silencioso agitar de alas;* de alas estaba dotado el deseo, la nostalgia y hasta el odio; y por supuesto, el tiempo volaba con sus alas.

En todas estas palabras se ocultaba el deseo de *un abrazo inmenso,* como si en ellas resonara el famoso verso de Schiller: *Seid umschlungen, Millionen, diesen Kuss der ganzen Welt!* Ese abrazo incluía el espacio y el tiempo; el objetivo de la navegación no era sólo Marsella en huelga, sino también el futuro, esa mágica isla lejana.

El futuro había sido para Jaromil en otros tiempos, ante todo, un secreto; en él se ocultaba todo lo desconocido; por eso lo atraía y lo aterrorizaba; era lo contrario de la seguridad, lo contrario del hogar (por eso en sus momentos de angustia soñaba con el amor de los ancianos, felices porque ya no tienen futuro). Pero la revolución le había dado al futuro el sentido contrario: ya no era un secreto; el revolucionario lo conocía de memoria; lo sabía por los folletos, los libros, las conferencias, los discursos de agitación y propaganda; no horrorizaba, por el contrario, brindaba seguridad dentro de un presente incierto, de modo que el revolucionario se refugiaba en él como el niño se refugia en el regazo de su mamá.

Jaromil escribió un poema sobre un funcionario comunista que se había dormido en el sillón del local, ya muy entrada la noche, cuando *la meditativa reunión se había ya cubierto con el matinal rocío* (la idea del luchador comunista no se podía expresar más que con la imagen del comunista reunido); el campanilleo de los tranvías bajo la ventana se le transformaba, durante el sueño, en el sonar de las campanas, de todas las campanas del mundo, que comunican que las guerras han terminado definitivamente y toda la tierra pertenece al pueblo trabajador. Comprendió que en un mágico salto se había trasladado hasta un futuro lejano; estaba en medio de los campos y se acercaba hacia él una mujer en un tractor (en todos los carteles, la mujer del futuro aparecía en un tractor) y sorprendida reconocía en él a aquel a quien nunca había visto, al hombre agotado por el trabajo de los años lejanos, al que se había sacrificado para que ella pudiera ahora feliz (y cantando) arar los surcos. Ella había descendido de la máquina para darle la bienvenida y le había dicho: «Aquí estás en tu casa, éste es tu mundo...», y había querido recompensarlo (por Dios, ¿cómo podía esa mujer joven recompensar al viejo funcionario extenuado?) y en aquel momento los tranvías de la calle habían hecho sonar sus campanillas con fuerza y el hombre que descansaba en el estrecho sillón en un rincón del local se había despertado...

Ya había escrito muchos nuevos poemas, pero aún no estaba satisfecho; sólo los conocían él y su mamá. Los envió a la redacción del *Rude Pravo* y compraba el *Rude Pravo* todas las mañanas; por fin un día descubrió, en la página tercera, en la parte superior derecha cinco estrofas de cuatro versos con su nombre impreso en letras grandes bajo el título. Ese mismo día le dio el periódico a la pelirroja y le recomendó que lo leyera con cuidado. La chiquilla lo revisó durante mucho tiempo sin poder encontrar nada que llamara su atención (estaba acostumbrada a no fijarse en los versos, de modo que tampoco se percató del nombre que figuraba bajo el título) hasta que Jaromil le tuvo que señalar el poema con el dedo.

—No sabía que fueras poeta —y ella lo miró a los ojos con admiración.

Jaromil le contó que hacía mucho tiempo que escribía versos, y como prueba sacó del bolsillo unos cuantos poemas que tenía manuscritos.

La pelirroja los leyó y Jaromil le dijo que hacía un tiempo había dejado de escribirlos, pero que al encontrarla había vuelto a sus poemas. Había hallado a la pelirroja como si hallara la poesía.

—¿De veras? —le preguntó la chica y cuando Jaromil le respondió que sí, lo abrazó y lo besó.

—Lo curioso del caso —siguió Jaromil— es que no sólo eres

la reina de los versos que escribo ahora, sino también la de los que escribí cuando no te conocía. Cuando te vi por primera vez me pareció que mis viejos poemas habían revivido y se habían convertido en mujer.

Miraba con placer su cara llena de curiosidad, que parecía no entender nada de lo que le estaba diciendo, y comenzó a contarle que hacía años había escrito un largo relato poético, una especie de cuento fantástico sobre un chico que se llamaba Xavier. ¿Lo había escrito? En realidad no lo había escrito, más bien había imaginado sus aventuras y había querido escribirlas un día.

Xavier vivía de un modo totalmente distinto al de los demás; su vida era un sueño; en ese sueño se dormía y tenía otro sueño y en ese sueño se volvía a dormir y volvía a tener otro sueño y de ese sueño se despertaba y se encontraba, por ejemplo, en el sueño anterior; y así pasaba de un sueño a otro sueño y alternaba en realidad varias vidas; vivía en varias vidas y pasaba de una a otra. ¿No era maravilloso vivir como Xavier? ¿No estar aprisionado en una vida sola? ¿Ser mortal y tener, sin embargo, muchas vidas?

—Sí que sería bonito... —dijo la pelirroja.

Y Jaromil le siguió contando que cuando la vio un día en la tienda se había quedado extasiado, porque se había imaginado al gran amor de Xavier precisamente así: delgada, pelirroja, con algunas pecas en la cara...

—Yo soy fea —dijo la pelirroja.

—No. Adoro tus pecas y tu pelo rojizo. ¡Los adoro porque tú eres mi hogar, mi patria, mi antiguo sueño!

La pelirroja lo besó y Jaromil continuó:

—Imagínate, la historia empezaba así: a Xavier le gustaba vagabundear por las calles llenas de humo del suburbio; pasaba siempre junto a una ventana de un sótano, se paraba a su lado y soñaba que detrás de ella tal vez viviera una mujer hermosa. Un día la ventana se iluminó y él vio a una chica tierna, delgada, pelirroja. No soportó la tentación, abrió de par en par la ventana y saltó al interior de la habitación.

—¡Pero tú saliste corriendo de la ventana! —rió la pelirroja.

—Sí, salí corriendo —dijo Jaromil— porque me asusté al ver que mi sueño volvía; ¿sabes lo que es encontrarte con una situación que ya te ha ocurrido en sueños? ¡Hay algo horrible en eso y te dan ganas de salir corriendo!

—Sí —asintió la pelirroja, feliz.

—Entonces saltó al interior en pos de ella, pero luego llegó el marido y Xavier lo encerró en un pesado armario de roble. El marido sigue ahí encerrado, convertido en un esqueleto. Y Xavier se llevó a aquella mujer muy lejos, como yo voy a llevarte a ti.

—Tú eres mi Xavier —le dijo la pelirroja al oído, con voz agradecida, y comenzó a transformar aquel nombre, convirtiéndolo en Xaviercito, Xavito, Xavín; y lo llamó con aquellos nombres durante mucho tiempo y durante mucho tiempo lo besó.

3

De las muchas visitas de Jaromil al sótano de la pelirroja nos gustaría recordar aquella en que la pelirroja llevaba un vestido con unos grandes botones blancos, desde el cuello hasta abajo. Jaromil empezó a desabrocharlos y la chica se echó a reír porque los botones eran sólo un adorno.

—Espera, me desvisto yo misma —dijo y levantó la mano para coger la cremallera que llevaba a la espalda.

Jaromil sintió que se había visto sorprendido en su inexperiencia y ahora, cuando había descubierto el sistema, pretendió corregir rápidamente su fracaso.

—¡No, no, yo me desvisto sola, déjame! —retrocedía ante él y reía.

No podía seguir insistiendo, para no hacer el ridículo; pero al mismo tiempo no estaba conforme con que la chica se desnudase por su cuenta. Pensaba que el desnudarse para hacer el amor era algo diferente del desnudarse cotidiano, precisamente porque era el amante quien desvestía a la mujer.

No pensaba así como producto de su experiencia, sino de la literatura y de frases sugestivas como: *sabía desnudar a una mujer* o *le desabrochó la blusa con un movimiento experto*. Era incapaz de imaginarse el amor carnal sin la obertura de gestos confusos e impacientes para desabrochar los botones, abrir las cremalleras y quitar los suéteres.

—No estamos en la consulta del médico para que te desnudes tú sola —protestó. Pero la chica ya se había despojado del vestido y se había quedado en bragas y sostén.

—¿En el médico? ¿Por qué?

—Me parece como si estuviéramos en un consultorio.

—Ah, sí —rió la chica—, de veras es como si estuviéramos en el médico. —Se quitó el sostén y se puso frente a Jaromil, enseñándole sus pechos pequeños—: Me duele, doctor, aquí junto al corazón.

Jaromil la miraba sin comprender y ella le dijo disculpándose:

—Perdone, seguramente está usted acostumbrado a atender a los pacientes en la cama —y se acostó en el sofá y siguió—. Por favor, fíjese qué es lo que tengo aquí en el corazón.

Jaromil no tenía más remedio que aceptar el juego; se agachó hacia el pecho de la chica y apoyó la oreja junto al corazón; tocaba con el lóbulo la blanda almohada del pecho y oía allá en lo más profundo un tictac regular. Se le ocurrió que tal vez era así como tocaba el médico los pechos de la pelirroja cuando la atendía detrás de las puertas misteriosas y cerradas de la consulta. Levantó la cabeza, miró a la chica desnuda y lo traspasó una sensación abrasadora de dolor, porque la veía tal como la habría visto una persona extraña —el médico—. Inmediatamente puso sus dos manos sobre los pechos de la chica (las puso como Jaromil y no como médico) para espantar aquel juego que le torturaba.

—Pero, doctor, ¿qué está haciendo? ¡Eso no se hace! ¡Eso no es una revisión médica! —se defendía la pelirroja y a Jaromil lo invadió la cólera: veía la cara que ponía su chica cuando la tocaban unas manos extrañas; veía su protesta frívola y le daban ganas de pegarle; pero en ese momento se dio cuenta de que estaba excitado, le arrancó las bragas y la penetró.

El placer fue tan intenso que en él se fundieron rápidamente el enfado y los celos de Jaromil, sobre todo cuando oyó los jadeos de la joven (ese maravilloso homenaje) y aquellas palabras que iban ya a formar siempre parte de sus momentos íntimos: «¡Xavi, Xavito, Xavuchi!».

Luego se quedó tranquilo acostado junto a ella, le besó cariñosamente el hombro y se sintió a gusto. Pero aquel tonto era incapaz de conformarse con un bello *instante;* un momento bello tenía sentido para él sólo si era el enviado de una bella eternidad; un bello momento desprendido de la eternidad y con alguna mancha era para él una simple mentira. Por eso quiso asegurarse de que la eternidad era inmaculada y preguntó, más bien como súplica que como un ataque:

—¿Verdad que sólo ha sido una broma tonta eso de la revisión médica?

—Por supuesto —dijo la chica; ¿qué otra respuesta, podía dar a una pregunta tan tonta? Pero aquel «por supuesto» no satisfizo a Jaromil e insistió:

—No podría soportar que te tocaran unas manos que no fueran las mías.

No podría soportarlo, mientras acariciaba sus pobres pechos, como si en su intangibilidad estuviera escondida toda su dicha.

La chica (inocentemente) rió:

—¿Pero qué puedo hacer cuando estoy enferma?

Jaromil sabía que era imposible evitar todo tipo de inspección médica y que su postura era indefendible; pero sabía, con la misma certeza, que si otras manos tocaran los pechos de la pelirroja todo su mundo se derrumbaría. Por eso repitió:

—Pero yo no lo soportaría, ¿entiendes? No lo soportaría.

—¿Y entonces qué tengo que hacer si estoy enferma?

Dijo en voz baja con tono de reproche:

—Puedes encontrar una médico.

—Claro, como que puedo elegir. Tú ya sabes cómo funciona —ahora hablaba realmente enfadada—, cada uno tiene el médico que le corresponde. Como si no supieses lo que es la sanidad socialista. No puedes elegir nada y tienes que obedecer lo que te dicen. Por ejemplo, eso de las revisiones ginecológicas...

A Jaromil le dio un vuelco el corazón, pero dijo, como si nada:

—¿Acaso tienes algún problema?

—No, es preventivo. Por lo del cáncer. Es obligatorio.

—Cállate, no quiero saber nada —dijo Jaromil y le tapó la boca con la mano; le puso la mano con tanta fuerza que casi se asustó de que la pelirroja pudiera creer que había sido un golpe y se enfadase; pero los ojos de la chica lo miraban con humildad, de manera que Jaromil no se vio obligado a disminuir la inintencionada brutalidad de su gesto; por el contrario, le cogió el gusto y dijo:

—Te comunico que si te toca algún otro yo ya no podré tocarte nunca más.

Seguía manteniendo su mano en la boca con fuerza; era la primera vez que había tocado con brusquedad a una mujer y le produjo una sensación de placer; luego le puso sus manos sobre el cuello, como si la fuera a estrangular; sentía bajo los pulgares la fragilidad de su garganta y se le ocurrió que bastaría con cerrar los dedos para ahogarla.

—Te estrangularía si alguien te tocara —dijo, manteniendo las manos en el cuello de la chica; le satisfacía la idea de que aquel contacto contuviera la posibilidad de aniquilarla; le pareció que, al menos en aquel momento, la pelirroja le pertenecía de verdad y lo embriagó una sensación feliz de poder, una sensación tan hermosa que volvió a hacerle el amor.

Mientras le hacía el amor la apretó varias veces con brusquedad, le puso las manos en el cuello (se le ocurrió que sería bonito estrangular a la amante mientras le hacía el amor) y la mordió varias veces.

Después se quedaron acostados uno junto al otro, pero el acto había durado quizá demasiado poco como para poder absorber toda su amarga rabia; la pelirroja estaba a su lado, pero no estrangulada, sino viva, con aquel cuerpo desnudo que iba a las revisiones ginecológicas.

—No seas malo conmigo —le acarició la mano.

—Ya te he dicho que me da asco un cuerpo al que tocan otras manos.

La chica comprendió que el muchacho no bromeaba y le dijo con énfasis:

—¡Por Dios, si ha sido una broma!

—Nada de broma, es verdad.

—No es verdad.

—¿Cómo que no? Es verdad y yo sé perfectamente que no hay nada que hacer. Las revisiones ginecológicas son obligatorias y no hay más remedio que ir. Yo no te lo reprocho. Pero un cuerpo que se deja tocar por otras manos me da asco. No lo puedo evitar.

—¡Te juro que nada de eso es verdad! Nunca he estado enferma, sólo cuando era pequeña. No voy nunca al médico. Me mandaron la citación para la revisión ginecológica, pero la tiré. No he ido nunca al ginecólogo.

—No te creo.

Tuvo que convencerlo.

—¿Y qué pasa si te vuelven a llamar?

—No tengas miedo, con el desorden que tienen...

Finalmente le creyó, pero su amargura no quedó calmada por las explicaciones; no se trataba, a fin de cuentas, únicamente de las revisiones médicas; el problema era que se le escapaba, que no era suya por entero.

—Te quiero tanto —le dijo ella, pero él no confiaba en un instante; quería la eternidad, quería al menos la pequeña eternidad de la vida de ella y sabía que no la poseía: se volvió a acordar de que cuando la conoció no era virgen.

—Es insoportable pensar que alguien te va a tocar y que alguien te ha tocado ya —dijo.

—No me va a tocar nadie.

—Pero alguien te ha tocado. Y a mí eso me da asco.

Lo abrazó. La empujó.

—¿Cuántos fueron?

—Uno.

—¡No mientas!

—¡Te lo juro que fue uno solo!

—¿Lo querías?

Negó con la cabeza.

—¿Y cómo te has podido meter en la cama con alguien a quien no amabas?

—No me hagas sufrir —dijo ella.

—¡Contesta! ¿Cómo has podido hacerlo?

—No me hagas sufrir. No lo quería y fue algo horrible.

—¿Qué es lo que fue horrible?

—No me hagas preguntas.

—¿Por qué no tengo que hacerte preguntas?

Se echó a llorar y llorando le contestó que había sido un hombre mayor de su pueblo, que era asqueroso y que la tenía en su poder («¡No me preguntes, no me preguntes nada!»), que no podía ni acordarse de él («¡Si es que me quieres, nunca me lo recuerdes!»).

Lloró tanto que por fin el enfado de Jaromil fue desapareciendo; las lágrimas son el mejor producto limpiador contra las manchas.

Finalmente él la acarició:

—No llores.

—Tú eres mi Xavito —le dijo—. Tú has entrado por la ventana y lo has encerrado en el armario y él se convertirá en un esqueleto y tú me llevarás lejos, muy lejos.

Se abrazaron y se besaron. Ella le afirmó que no soportaba ninguna mano sobre su cuerpo y él le aseguró que la quería. Volvieron a hacer el amor otra vez y lo hicieron con ternura, con los cuerpos llenos de alma hasta el borde.

—Tú eres mi Xavito —le dijo luego, mientras lo acariciaba.

—Sí, y te llevaré lejos, estarás a salvo —le dijo y sabía dónde la llevaría; tenía para ella un refugio bajo la bandera azul de la paz, un refugio sobre el cual los pájaros volaban en dirección al futuro y los perfumes navegaban hacia los huelguistas de Marsella; tenía para ella una casa que guardaba el ángel de su infancia.

—¿Sabes qué?; te quiero presentar a mi madre —le dijo, y tenía los ojos llenos de lágrimas.

4

La familia que vivía en las habitaciones de la planta baja estaba orgullosa del vientre de la madre, que aumentaba día a día; el tercer hijo estaba en camino y el padre de la familia interpeló un día a la madre de Jaromil para decirle que era injusto que dos personas ocuparan el mismo espacio que cinco; le propuso que le dejaran una de las tres habitaciones del primer piso. La mamá le respondió que no podía. El inquilino contestó que entonces el propio ayuntamiento tendría que decidir si las habitaciones de la casa estaban bien repartidas. La mamá le dijo que su hijo se iba a casar dentro de poco y que entonces serían tres en el primer piso y que era posible que pronto fueran cuatro.

Cuando Jaromil le comunicó, poco tiempo después, que quería presentarle a su chica, la madre pensó que aquello le convenía, porque así los inquilinos verían que lo del casamiento del hijo no era una excusa.

Pero cuando le confesó a la mamá que la chica era la misma que ella conocía de la tienda donde hacía las compras, no fue capaz de ocultar un gesto de desagradable sorpresa.

—Espero que no te importe —dijo con aire belicoso— que sea una dependienta, ya te he dicho que es una simple mujer trabajadora.

A la mamá le costó trabajo hacerse a la idea de que aquella chica distraída, poco atenta y nada guapa, fuera el amor de su hijo, pero al fin se contuvo.

—No te enfades porque me haya llamado la atención —dijo, preparada para soportar todo lo que el hijo pudiera hacer caer sobre sus espaldas.

Y así se llevó a cabo la visita, que duró tres amargas horas; todos estaban nerviosos, pero fueron capaces de aguantarlo.

—¿Qué tal, te ha gustado? —le preguntó a la mamá con impaciencia cuando se quedó solo con ella.

—Sí, me ha gustado bastante, ¿por qué no habría de gustarme? —respondió, con la certeza de que el tono de su voz delataba precisamente lo contrario de lo que estaba diciendo.

—¿Así que no te ha gustado?

—Ya te digo que me he gustado.

—Me doy cuenta, por el tono de tu voz, de que no te ha gustado. Dices lo contrario de lo que piensas.

La pelirroja había cometido toda una serie de incorrecciones durante la visita (le había dado la mano a la madre antes de que ésta lo hiciera, había sido la primera en sentarse a la mesa, había sido la primera en tomar la taza de café), muchas faltas de educación (interrumpía a la madre) y había demostrado falta de tacto (había preguntado a la madre cuántos años tenía); cuando la mamá comenzó a sacar la cuenta de todos los errores tuvo miedo de que el hijo se enfadase por su meticulosidad (Jaromil consideraba que la excesiva atención al buen comportamiento era un rasgo pequeñoburgués) y por eso añadió de inmediato:

—De todos modos, eso no es nada que no se pueda corregir. Basta con que la traigas a casa con mayor frecuencia. Aquí se hará más fina y educada.

Pero en el momento en que se imaginó que se vería obligada a ver con regularidad a aquel cuerpo feo, pelirrojo y enemigo, se apoderó de ella una nueva e insuperable sensación de disgusto y dijo en tono apaciguador:

—Además, no podemos enfadarnos de que sea como es. Tienes que imaginarte en qué medio ha crecido y dónde trabaja. No me gustaría ser una de las chicas que trabajan en esas tiendas. Todo el mundo se toma libertades con una, tienes que satisfacer los deseos de cualquiera. Si el jefe quiere seducirte, no le puedes decir que no. Al fin y al cabo, en un sitio así no se le da demasiada importancia a una aventura amorosa.

Miraba la cara del hijo y veía cómo iba cambiando de color; una ardiente ola de celos invadió su cuerpo y a la mamá le pareció sentir el ardor de aquella ola dentro de sí misma (cómo no lo iba a sentir, si era la misma ola ardiente que sintió dentro de sí cuando le presentó a la pelirroja, de modo que podemos decir que la madre y el hijo estaban uno frente al otro como vasos comunicantes por los que pasaba el mismo ácido). La cara del hijo había vuelto a ser otra vez infantil y dependiente; de repente, quien estaba frente a ella ya no era aquel hombre extraño e independiente, sino su querido niño que sufría, aquel niño que antes buscaba refugio en ella y a quien ella consolaba. Era incapaz de apartar los ojos de aquella maravillosa escena.

Pero luego Jaromil se fue a su habitación y ella se sorprendió a sí misma (llevaba ya un rato sola) golpeándose con los puños la cabeza y recriminándose en voz baja: «¡Basta ya, basta ya, basta de celos, basta ya, basta de celos!».

Pero lo que había ocurrido no tenía remedio. El refugio hecho de ligeras velas azules, el refugio de la armonía, guardado por el ángel de la infancia, estaba rasgado. Para la madre y para el hijo había comenzado la época de los celos.

Las palabras de la mamá sobre aquellas aventuras intrascendentes seguían resonando en su cabeza. Se imaginaba a los compañeros de trabajo de la pelirroja, a los vendedores, contándole chistes verdes, se imaginaba aquel corto contacto obsceno entre el oyente y el narrador y se torturaba horriblemente, se imaginaba al jefe de la tienda rozando su cuerpo, tocándole un pecho como por descuido o dándole una palmada en el culo y se ponía furioso al pensar que a aquellos contactos *no se les daba demasiada importancia,* mientras para él lo eran todo. En una ocasión, cuando estaba de visita en casa de ella, se dio cuenta de que se había olvidado de echar el cerrojo en el cuarto de baño. Le hizo una escena, porque se la imaginó en seguida en el retrete de la tienda y a un hombre extraño entrando allí por casualidad cuando ella estuviera sentada en el váter.

Cuando confiaba a la pelirroja los sufrimientos que le producían los celos, ella sabía calmarlo con su ternura y sus promesas; pero bastaba con que se quedara un rato solo en su habitación infantil, para que se diera cuenta en seguida de que no tenía garantía alguna de que la pelirroja le dijera la verdad cuando lo consolaba. ¿No la obligaba él mismo a que mintiera? Al haber reaccionado tan bruscamente frente a la tontería aquella de la revisión médica, ¿no le había impedido de una vez para siempre que le dijera lo que pensaba?

¿Dónde había quedado aquella época feliz, cuando su relación amorosa era alegre y él estaba lleno de agradecimiento de que con aquella confianza natural lo hubiera sacado del laberinto de la virginidad? Sometía ahora a un amargo análisis aquello que antes había agradecido, volvía a acordarse una y mil veces de aquel contacto impúdico de su mano con el cual lo había excitado tan maravillosamente cuando estuvo por primera vez en su casa; ahora lo analizaba con ojos de sospecha: no era posible, se decía, que lo hubiera tocado por primera vez en la vida de este modo precisamente a él; si se había atrevido a hacer un gesto tan impúdico inmediatamente, sólo media hora después de haberlo conocido, aquel gesto tenía que ser para ella algo totalmente normal y mecánico.

Era una situación terrible. Había aceptado que ella hubiera tenido a otro antes que a él, pero lo había aceptado sólo porque de las palabras de la chica había deducido la imagen de una relación amarga y dolorosa, en la que ella había sido sólo una víctima de la que se habían aprovechado; esta imagen despertaba en él la compasión y en esta compasión se disolvían luego, en parte, los celos. Pero si aquélla había sido una relación en la que había aprendido aquel gesto impúdico, no podía haber sido una relación totalmente fracasada. ¡Y es que en aquel gesto había mucha alegría, en aquel gesto había toda una pequeña historia de amor!

Era un tema demasiado doloroso para que se atreviera a hablar de él, porque sólo mencionar en voz alta al amante anterior le producía un profundo sufrimiento. Sin embargo, se esforzaba por averiguar de un modo indirecto el origen de aquel gesto, en el que pensaba constantemente (y que volvía a experimentar una vez y otra, porque a la pelirroja le gustaba hacerlo) hasta que finalmente se tranquilizó con la idea de que un gran amor que llega de repente, como la caída de un rayo, libera a una mujer de cualquier tipo de barreras o vergüenzas y que ella, precisamente por ser pura e inocente, se entregaba al amante con la misma rapidez con que lo habría hecho una mujer fácil; y aún más: el amor era para ella tal fuente de inspiración que su comportamiento espontáneo podía parecerse al modo de actuar de una mujer experimentada. El genio del amor reemplazaba en un solo instante a toda la experiencia. Aquella idea le pareció bella y profunda; bajo su luz, su amada se convertía en santa y mártir del amor.

Y luego, un día, le dijo un compañero de clase: «Oye, ¿quién era esa pobrecilla que iba contigo el otro día?».

Negó a la chica, como Pedro a Cristo; se excusó diciendo que era un conocimiento casual e hizo un gesto de desprecio. Pero igual que Pedro a Cristo, él siguió siendo, en el fondo de su alma, fiel a su chica. Limitó un tanto las salidas en público y prefería que nadie los viera juntos, pero al mismo tiempo no estaba de acuerdo, en su fuero interno, con su compañero de facultad y se enemistó con él. Y se enterneció al pensar que su chica llevara unos vestidos pobres y feos y vio en esto no sólo el encanto de la muchacha (el encanto de la sencillez y la pobreza), sino, ante todo, el encanto de su propio amor: se dijo a sí mismo que no era difícil enamorarse de alguien cuyo aspecto impresionaba, de alguien perfecto, bien vestido: un amor así es sólo un reflejo insignificante producido automáticamente por la casualidad de la belleza; pero un gran amor desea crear al ser amado precisamente a partir de un ser imperfecto, que además es tanto más humano cuanto más imperfecto.

Un día, cuando le declaraba su amor una vez más (probablemente, después de alguna dolorosa discusión), ella le dijo: «De todos modos, no sé qué es lo que ves en mí. Hay tantas chicas más guapas».

Él se indignó y le dijo que la belleza no tenía nada que ver con el amor. Afirmó que lo que a él le gustaba de ella era precisamente lo que para todos los demás era feo; en una especie de éxtasis, comenzó incluso a nombrarlo; le dijo que sus pechos eran pequeños, con unos pezones grandes que despertaban más compasión que entusiasmo; le dijo que su cara estaba cubierta de pecas, que el pelo era rojizo y su cuerpo flaco, pero que, precisamente por eso, la quería.

La pelirroja empezó a llorar, porque había entendido perfectamente los datos (los pobrecitos pechos, el pelo rojizo) y no había entendido la idea.

En cambio, Jaromil estaba entusiasmado con su idea; el llanto de la chica que sufría por su fealdad, lo reconfortaba en su soledad y lo inspiraba; le dijo que iba a dedicar toda su vida a enseñarle a no llorar y a convencerla de su amor. Enormemente sensibilizado, veía ahora a su anterior amante sólo como una de esas fealdades de ella que él amaba. Aquélla era realmente una admirable proeza de la voluntad y el pensamiento. Jaromil lo sabía y comenzó a escribir un poema:

habladme de aquella en quien siempre pienso (este verso se repetía como refrán del poema), *habladme de cómo envejece* (otra vez quería poseerla con toda su eternidad humana), *habladme de cuando era pequeña* (y quería tener no sólo el futuro, sino también el pasado), *dadme a beber el agua que ella ha llorado* (y sobre todo la tristeza de ella, que lo libraba de su propia tristeza), *habladme de los amores que se llevaron su juventud, todo lo que han tocado de ella, todo lo suyo de que se burlaron, todo lo he de querer;* (y más adelante) *nada hay en su cuerpo, ni hay en su alma, ni en la putrefacción de los viejos amores, que no quiera yo beberme...*

Jaromil estaba entusiasmado con lo que había escrito porque le parecía que, para reemplazar al gran refugio azul de la armonía, el espacio artificial en que quedaban resueltas todas las contradicciones, en el que se sentaban a la misma mesa de la paz la madre con el hijo y la nuera, había encontrado otra residencia de lo absoluto, de un absoluto más cruel y verdadero. Porque si no existe el absoluto de la pureza y la paz, está aquí el absoluto del sentimiento inmenso en el cual todo lo sucio y extraño se disuelve como en una sustancia química.

Estaba entusiasmado con este poema, a pesar de que sabía que ningún periódico lo publicaría, porque no tenía nada en común con la feliz época del socialismo; pero lo había escrito para él mismo y para la pelirroja. Cuando se lo leyó, ella se emocionó hasta las lágrimas, pero también se asustó al ver que se hablaba de sus fealdades, de que alguien la había manoseado, de que iba a envejecer.

Pero las dudas de la chica no le importaban a Jaromil. Por el contrario, deseaba verlas y saborearlas, deseaba permanecer junto a ellas durante mucho tiempo y refutarlas. Lo malo es que la chica no tenía intención de seguir con el tema del poema durante mucho tiempo y en seguida se puso a hablar de otra cosa.

Pero si estaba dispuesto a perdonarle sus pechos pequeños y las manos extrañas que la habían tocado, había una cosa que no era capaz de perdonarle: su charlatanería. Acababa precisamente de leerle algo que lo retrataba por completo, con su pasión, su sentimiento, su sangre y ella, dos segundos más tarde, ya está hablando alegremente de otro asunto.

Así era, estaba dispuesto a que todos los defectos de ella desaparecieran en el disolvente de su amor, capaz de perdonarlo todo, pero con una sola condición: que ella misma se sumergiera sumisamente en este disolvente, que no estuviera nunca en otro sitio que no fuera este baño de amor, que no dejara escapar de ese baño ni uno solo de sus pensamientos, que estuviera completamente sumergida bajo la superficie de sus ideas y sus palabras, que estuviese del todo inmersa en el mundo de él y que no viviera en ningún otro mundo, ni siquiera con un trocito de su cuerpo o su mente.

Y en lugar de eso ella se había puesto a charlar y no sólo charla sino que charla de su familia y su familia era lo que a Jaromil menos le gustaba de ella, porque no sabía bien cómo protestar contra ella (era una familia bastante inocente, y además una familia proletaria, es decir una familia de las multitudes) pero quería protestar contra ella, porque cuando pensaba en ella la pelirroja se salía de la bañera que había preparado para ella y que había llenado con el disolvente del amor.

Nuevamente se veía obligado a escuchar la historia sobre su padre (un obrero viejo y agotado de un pueblo de provincias), sobre sus hermanos (más que una familia, aquello parecía una jaula de conejos, opinaba Jaromil: ¡dos hermanas y cuatro hermanos!) y sobre todo sobre uno de los hermanos (se llamaba Juan y debía de ser un buen pájaro, antes de 1948 había sido chófer de un ministro anticomunista); no, aquello no era fundamentalmente una familia, era sobre todo un ambiente que le era extraño y antipático y era como si la pelirroja llevara aún pegado a su piel el olor de aquel ambiente y aquel olor hiciera que se alejase de él y que no fuera aún completa y totalmente suya; y aquel hermano Juan, tampoco era únicamente un hermano, sino, sobre todo, un hombre que la había visto de cerca durante dieciocho años, un hombre que conocía muchas de sus pequeñas intimidades, un hombre con el cual había utilizado el mismo retrete (¡cuántas veces se habría olvidado de echar el pestillo!), un hombre que había registrado la etapa en que se hizo mujer, un hombre que con seguridad la había visto muchas veces desnuda...

Tienes que ser mía, para morir acaso en la tortura, si yo quisiera, escribía el enfermo y celoso poeta Keats a su Fanny, y Jaromil, que ya está otra vez en su casa, en su habitación infantil, escribe versos para calmarse. Piensa en la muerte, en aquel gran regazo en el cual todo se acalla; piensa en la muerte de los hombres hechos de una pieza, de los grandes revolucionarios, y se le ocurre la idea de escribir la letra de una marcha fúnebre para que se cante en los entierros de los comunistas.

La muerte era también, en aquella época de la alegría obligatoria, uno de los temas casi prohibidos, pero a Jaromil se le ocurrió que él (había escrito ya antes hermosos versos sobre la muerte, era en cierta medida un especialista en la belleza de la muerte) era capaz de descubrir aquel ángulo especial desde el que la muerte perdiera su acostumbrada morbosidad; sintió que él era capaz de escribir versos *socialistas acerca de la muerte;*

él piensa en la muerte de un gran revolucionario: *como un sol que se pone tras la montaña, muere un luchador...*

y escribe un poema que titula *Epitafio: Ay, si he de morir, que sea mi amor contigo, y en llamas convertido, sólo ardor, resplandor...*

5

La poesía es un territorio en el que cualquier afirmación se hace verdad. El poeta dijo ayer: *la vida es vana como el llanto,* hoy dice: *la vida es alegre como la risa* y en las dos ocasiones tenía razón. Hoy dice: *todo termina y cae en el silencio,* mañana dirá: *nada termina y todo sigue sonando eternamente* y las dos aseveraciones son válidas. El poeta no está obligado a demostrar nada; la única demostración es el patetismo de la vivencia.

El genio de lo lírico es el genio de la inexperiencia. El poeta sabe poco del mundo, pero las palabras que salen de él se estructuran en conjuntos hermosos que son definitivos como el cristal; el poeta es inmaduro y sin embargo su verso es tan acabado como una profecía ante la cual hasta él mismo queda asombrado.

Ay, mi amor mi amor acuático había leído en una ocasión la mamá de Jaromil en su primer poema y le pareció (casi se avergonzó) que su hijo sabía más del amor que ella misma; no conocía la anécdota de que Magda había sido espiada por el ojo de la cerradura; el amor acuático era para ella la connotación de algo mucho más abstracto, de una especie de categoría secreta del amor, un tanto incomprensible, cuyo sentido sólo podía ser interpretado tal como interpretamos el sentido de las frases de la Sibila.

Podemos reírnos de la inmadurez del poeta, pero también tenemos que asombrarnos: en sus palabras queda prendida una gota que resbala del corazón e infunde al verso la luz de la belleza. Pero esa gota no tiene por qué haber sido exprimida del corazón por una verdadera vivencia vital, casi nos da la impresión de que el poeta se exprime a veces el corazón como la cocinera exprime sobre la ensalada el limón cortado. Jaromil, a decir verdad, no se planteaba demasiados problemas con los obreros de Marsella en huelga, pero cuando escribió el poema sobre el amor que por ellos sentía, estaba verdaderamente emocionado y rociaba abundantemente aquellas palabras con su emoción, de modo que éstas se convertían en una verdad sangrante.

El poeta dibuja en sus poemas su autorretrato; pero como ningún retrato es totalmente fiel, podemos decir —con el mismo derecho— que retoca su cara con sus poesías.

¿La retoca? Sí, la hace más expresiva, porque sufre por la indeterminación de sus propios rasgos; se encuentra borroso, inexpresivo, indefinido; desea la forma de sí mismo; desea que el revelador fotográfico de los poemas dé a sus rasgos un perfil firme y determinado.

Y hace que sea más expresiva, porque vive una vida pobre en acontecimientos. En sus versos, el mundo materializado de sus sentimientos y sus sueños tiene a menudo una configuración tormentosa y reemplaza el dramatismo de las acciones nunca realizadas.

Pero, para poder vestirse con su retrato y penetrar en el mundo con él, es necesario que el retrato sea expuesto y el poema publicado. Jaromil ya había publicado unos cuantos poemas en el *Rude Pravo* pero, sin embargo, no estaba satisfecho. En las cartas con que acompañaba sus poemas se dirigía en un tono familiar a un redactor desconocido, porque quería obligarlo a que le contestara para conocerlo personalmente, pero (y esto lo llenaba de vergüenza) a pesar de que publicaban sus versos, nadie tenía la intención de conocerlo como a un ser vivo ni de entablar contacto con él; el redactor nunca contestaba a sus cartas.

El eco de sus poemas entre sus compañeros también era distinto de lo que esperaba. Quizá si hubiera pertenecido a la elite de los poetas del momento, que actuaban en público y cuyas fotografías ilustraban las revistas semanales, tal vez en ese caso se hubiera convertido en la atracción del curso en que estudiaba. Pero aquellos pocos poemas perdidos en las páginas del periódico apenas bastaban para llamar la atención durante unos pocos minutos y convirtieron a Jaromil, ante los ojos de sus compañeros, a los que esperaba una brillante carrera política o diplomática, más en personaje extraño, carente de interés, que en un personaje extrañamente interesante.

¡Y Jaromil ansiaba tanto la gloria! La ansiaba como todos los poetas: *¡Oh, gloria!, ¡oh, divinidad potente! ¡Ah, haz que tu nombre me inspire y que mis versos puedan conseguirte!,* le rezaba Victor Hugo. *Soy un poeta, soy un gran poeta y un día me amará todo el mundo, es necesario que lo repita así, que le rece así a mi mausoleo inacabado,* se consolaba Jiri Orten pensando en su gloria futura.

El deseo obsesivo de admiración no es un simple defecto que va unido al talento del poeta lírico (como ocurriría en el caso de un matemático o un arquitecto) sino que forma parte de la esencia misma del talento lírico, es algo que lo define directamente porque lírico es aquel que muestra su autorretrato al mundo, llevado por el deseo de que su rostro, pintado sobre la tela del verso, sea amado y endiosado.

Mi alma es una flor exótica de un especial perfume nervioso. Tengo un gran talento, quizás incluso genio, escribía en su diario Jiri Wolker, y Jaromil, fastidiado por el silencioso redactor del diario, había elegido unos cuantos poemas y los había enviado a la más importante revista literaria. ¡Qué felicidad! Catorce días más tarde recibió la respuesta de que sus poemas les habían parecido interesantes y debía tener la amabilidad de pasar por la redacción. Se preparaba para esa cita con el mismo cuidado con que antes se preparaba para sus citas femeninas. Ha decidido que era necesario que se presentara a los redactores en el más profundo sentido de la palabra y había intentado definir para sí mismo su personalidad como poeta, como hombre, su programa, de dónde había partido, qué había superado, qué era lo que amaba, qué era lo que odiaba. Finalmente había cogido papel y lápiz y apuntado las características principales de sus opiniones, sus puntos de vista, las etapas de su desarrollo. Llenó de anotaciones unas cuantas hojas y un buen día llamó a la puerta y entró.

Detrás de la mesa de la redacción estaba sentado un hombre pequeño y delgado que le preguntó qué deseaba. Jaromil dijo su nombre. El redactor le volvió a preguntar qué era lo que deseaba. Jaromil repitió (en voz más alta y con más claridad) su nombre. El redactor le dijo que era para él un placer conocer a Jaromil, pero que le gustaría saber qué era lo que deseaba. Jaromil le dijo que había enviado sus versos a la redacción y que se le había invitado a venir. El redactor le dijo que de los poemas se ocupaba un compañero que estaba ausente en aquel momento. Jaromil dijo que era una lástima porque le hubiera gustado saber cuándo iban a ser publicados sus poemas.

El redactor perdió la paciencia, se levantó de la silla, cogió a Jaromil del brazo y le condujo hasta un gran armario. Lo abrió y señaló hacia unos enormes montones de papeles apilados en los estantes: «Querido camarada, recibimos diariamente versos de doce nuevos autores como promedio. ¿Cuántos autores son al cabo del año?».

—No sé hacer la cuenta —dijo Jaromil, confundido cuando el redactor le insistió en que contestara.

—Anualmente son cuatro mil trescientos ochenta poetas noveles. ¿Te gustaría ir al extranjero?

—¿Por qué no? —dijo Jaromil.

—Entonces continúa escribiendo —dijo el redactor—: estoy seguro de que antes o después terminaremos exportando poetas. Otros países exportan obreros, ingenieros, cereales o carbón, pero nuestra mayor riqueza son los poetas líricos. Los poetas checos van a fundar la poesía de los países subdesarrollados. Nuestra economía obtendrá a cambio de los poetas cocos y plátanos.

Algunos días más tarde, la mamá le dijo a Jaromil que había estado preguntando por él el hijo del conserje.

—Dijo que pasaras a verlo por la policía. Y que no me olvidara de decirte que te felicita por tus poemas.

Jaromil se puso rojo de alegría:

—¿De veras dijo eso?

—Sí. Cuando se iba dijo exactamente: «Dígale que lo felicito por sus poemas. No se olvide de decírselo».

—Qué alegría, sí, qué alegría —dijo Jaromil, subrayando las palabras de un modo especial—: Yo escribo mis versos precisamente para la gente que es como él. Yo no escribo para los redactores de las revistas. Los carpinteros tampoco hacen sus mesas para carpinteros, sino para la gente.

Y así, un día, entró en el gran edificio de la Seguridad del Estado, se dirigió a un portero que iba armado con una pistola, esperó un rato en el vestíbulo y finalmente estrechó la mano de su viejo amigo que bajaba por la escalera saludándolo alegremente. Luego fueron a su oficina y el hijo del conserje repitió por cuarta vez: «Yo no sabía que tuviera un compañero de clase tan famoso. Estuve dudando, será él, no será él, pero al final me dije que un nombre así no aparece con tanta frecuencia».

Luego llevó a Jaromil por el pasillo hasta un panel de anuncios en el cual había unas cuantas fotografías (entrenamiento de policías con perros, con armas, con paracaídas), dos circulares y en medio de todo aquello destacaba un recorte del periódico con el poema de Jaromil; el recorte estaba enmarcado con una línea de color rojo y presidía todo el panel.

—¿Qué me dices? —preguntó el hijo del conserje y Jaromil no dijo nada, pero era feliz; era la primera vez que veía un poema suyo viviendo su propia vida, independiente de la de él.

El hijo del conserje lo cogió del brazo y lo llevó de nuevo a su oficina.

—¿Ves?, seguro que no creías que los policías también leyeran poemas —rió.

—¿Por qué no? —dijo Jaromil, que estaba impresionado por el hecho de que sus poemas no los leyeran únicamente las viejas solteronas, sino también los hombres que llevaban un revólver a la cintura—. ¿Por qué no? Los policías de hoy no son como aquellos salvajes de la república burguesa.

—Tú dirás que a los policías no les van los versos, pero no es así —el hijo del conserje seguía exponiendo su idea.

Y también Jaromil continuaba con la suya:

—Tampoco los poetas de hoy son lo mismo que los poetas de antes. Ya no son niños mimados.

Y el hijo del conserje seguía adelante con su idea:

—Precisamente porque tenemos un oficio tan duro (ni te imaginas lo duro que es) nos viene bien de vez en cuando algo delicado. Hay veces en que uno casi no puede soportar lo que tiene que hacer aquí.

Después lo invitó (precisamente había terminado su turno de servicio) a tomar un par de cervezas en el bar de enfrente.

—Te juro, tío, que esto no es ninguna broma —siguió hablando con un jarro de cerveza en la mano—. ¿Te acuerdas de lo que te dije la última vez sobre el judío aquel? Ya está en chirona. Y menudo cabrón es el tío.

Por supuesto que Jaromil no sabía que el hombre del pelo negro que dirigía el círculo de jóvenes marxistas hubiera sido detenido; es cierto que tenía una confusa idea de que estaban deteniendo gente, pero no sabía que los detenidos fueran miles, ni que estuvieran deteniendo a comunistas, ni que los torturasen, ni que sus culpas fueran la mayoría de las veces falsas; por eso no fue capaz de reaccionar ante la noticia más que con una simple expresión de sorpresa, que no incluía ninguna toma de posición ni juicio al respecto, pero que reflejaba, sin embargo, una cierta medida de asombro y compasión, de modo que el hijo del conserje se vio obligado a decir con energía:

—Aquí no cabe ningún sentimentalismo.

Jaromil se asustó de que el hijo del conserje se volviera a escapar, de que volviera a estar por delante de él.

—No te extrañes de que me dé lástima. Es difícil impedirlo. Pero tienes razón, el sentimentalismo nos podría salir caro.

—Muy caro —dijo el hijo del conserje.

—Ninguno de nosotros quiere ser cruel —dijo Jaromil.

—Claro que no —asintió el hijo del conserje.

—Pero la mayor crueldad que podríamos cometer sería no tener el valor de ser crueles con los crueles —dijo Jaromil.

—Así es —asintió el hijo del conserje.

—Nada de libertad para los enemigos de la libertad. Eso es cruel, ya lo sé, pero así debe ser.

—Debe —afirmó el hijo del conserje—. Yo te podría hablar mucho de eso, pero no puedo ni debo contar nada. Son todas cosas secretas, yo no puedo hablar ni con mi mujer de lo que hago aquí.

—Ya lo sé —dijo Jaromil—, y lo comprendo —y una vez más sintió envidia de su compañero de clase por aquel oficio viril, por aquellos secretos, por su mujer, y hasta porque debía mantener secretos y ella no tenía más remedio que aceptarlo; sentía envidia de aquella *vida real* cuya cruel belleza (y bella crueldad) continuaba cayendo fuera de su alcance (no entendía en absoluto por qué habían detenido al hombre de pelo negro, lo único que sabía es que así había tenido que ser), tenía envidia de aquella vida real a la que él (cara a cara con un compañero suyo de su misma edad, volvía a darse cuenta de eso amargamente) aún no había accedido.

Mientras Jaromil meditaba con envidia, el hijo del conserje lo miró a los ojos (sus labios se estiraron casi imperceptiblemente en una sonrisa tonta) y comenzó a recitar el poema que había puesto en el tablero; lo sabía de memoria y no se equivocó ni una palabra. Jaromil no sabía qué cara poner (su compañero no le quitaba ni por un momento los ojos de encima), se puso colorado (se daba cuenta de lo ridícula que era la ingenua forma de recitar de su antiguo compañero de clase), pero el sentimiento de orgullo era mucho más poderoso que el de vergüenza: ¡el hijo del conserje conocía sus versos y los apreciaba! ¡Sus poemas habían penetrado en el mundo de los hombres en lugar suyo y antes que él, como mensajeros suyos, como patrullas de reconocimiento! Los ojos se le llenaron de lágrimas de autosatisfacción, se avergonzó de ellas y agachó la cabeza.

El hijo del conserje terminó de recitar y seguía mirando a Jaromil a los ojos; después le dijo que durante todo el año se celebraban, en una preciosa residencia en las afueras de Praga, cursillos para los policías jóvenes y que de vez en cuando invitaban a distintas personas interesantes.

—Nos gustaría invitar algún domingo también a los poetas checos. Hacer una gran velada poética.

Pidieron otra cerveza y Jaromil dijo:

—Es muy bonito que precisamente los policías organicen una velada de poesía.

—¿Y por qué no los policías? ¿Qué tendría de malo?

—Claro, ¿qué tendría de malo? —dijo Jaromil—. Policía, poesía, quizá la cosa combina mejor de lo que algunos piensan.

—¿Y por qué no iba a combinar? —dijo el hijo del conserje.

—¿Por qué no? —dijo Jaromil.

—Eso es —dijo el hijo del conserje; y afirmó que le gustaría que entre los poetas invitados estuviera Jaromil.

Jaromil se defendió, pero al final aceptó de buena gana; si la literatura había dudado en ofrecer su mano frágil (achacosa) a sus versos, la propia vida le ofrecía la suya (ruda y dura).

6

Pero dejemos que permanezca todavía un rato delante de nuestros ojos, sentado ante una jarra de cerveza y frente al hijo del conserje; detrás de él se halla, lejano, el mundo cerrado de su infancia, y delante de él, en la forma de su compañero de colegio, el mundo de la acción, un mundo ajeno al que teme y ansía desesperadamente.

En esta imagen está reflejada la situación fundamental de la inmadurez; el lirismo es el modo de hacer frente a esta situación: El hombre, que ha sido desterrado del refugio seguro de la infancia, quiere entrar en el mundo, pero, al mismo tiempo, lo teme, y por eso crea con sus versos uno artificial, *supletorio*. Deja que sus poemas giren en torno a él, como los planetas lo hacen alrededor del sol; se convierte en el centro de un pequeño universo, en el que nada le es extraño, en el que se siente en su casa, como el niño dentro de la madre, pues todo está hecho de la misma materia que su alma. Allí es donde puede realizar todo eso que «afuera» es tan difícil; allí puede, como el estudiante Wolker, ir con las masas proletarias a la revolución, y como el virginal Rimbaud, azotar a sus «pequeñas amantes», pero esas masas y esas amantes no están hechas de la materia hostil de un mundo extraño, sino de la materia de sus propios sueños, son, por lo tanto, lo mismo que él y no interfieren la unidad del universo que ha construido para sí.

No sé si conoceréis el hermoso poema de Orten acerca del niño que era feliz dentro del cuerpo de su madre y que percibe su nacimiento como una horrible muerte, *una muerte llena de luz y de pavorosos rostros,* de modo que quiere volver, volver a la mamá, volver *hacia el perfume dulcísimo.*

Dentro del hombre inmaduro queda durante mucho tiempo la añoranza de la seguridad y la unidad de aquel universo que él solo llenaba por completo dentro de la madre, y permanece dentro de él también la angustia (o el enfado) contra el mundo adulto de la relatividad, en el que se pierde como una gota en el mar de lo *ajeno.* Por esto los jóvenes son monistas apasionados, embajadores de lo absoluto; por esto el poeta crea en sueños su propio universo poético; por eso el joven revolucionario quiere un mundo absolutamente nuevo, forjado de una sola y única idea clara; por eso no soportan los compromisos ni en el amor ni en la política; el estudiante rebelde grita a través de la historia su *todo o nada* y el veinteañero Victor Hugo se enfurece cuando ve que Adèle Foucher, su novia, levanta su falda en la acera embarrada, descubriendo el tobillo. *Me parece que el pudor es más valioso que una falda,* le reconviene luego en una carta severa y le amenaza: *presta atención a lo que te digo aquí si no quieres que me vea expuesto a tener que darle una bofetada al primer insolente que se atreva a echarte una mirada.*

El mundo de los adultos, al escuchar esa amenaza patética, se muere de risa. El poeta ha sido herido por la traición del tobillo de su amada y por la risa de la gente y empieza el drama del lirismo y el mundo.

El mundo de los adultos sabe perfectamente que lo absoluto es ficticio, que no hay nada humano que sea grande ni eterno y que es corriente que la hermana duerma con su hermano en la misma habitación; ¡pero Jaromil se tortura! La pelirroja le ha anunciado que su hermano llegará a Praga y que va a vivir en su casa durante una semana; ha llegado incluso a pedirle que no la visite durante ese periodo. Eso ya ha sido demasiado para él y ha expresado su indignación en voz alta: ¡no podía estar de acuerdo en renunciar a su novia por culpa de ese individuo (le llamó así, despectivamente y con orgullo: ese individuo) durante toda una semana!

«¿Por qué me lo echas en cara?», se defendió la pelirroja: «Soy más joven que tú y sin embargo siempre nos vemos en mi casa. ¡A tu casa no podemos ir nunca!».

Jaromil sabía que la pelirroja tenía razón, lo que no hizo más que aumentar su disgusto; volvió a darse cuenta de que su dependencia era vergonzosa y cegado por la ira le comunicó ese mismo día a su mamá (con una dureza inusitada hasta entonces) que iba a invitar a la chica a su casa, porque no tenía otra posibilidad de estar a solas con ella.

¡Cómo se parecen la madre y el hijo! Los dos están atacados de la misma nostalgia del paraíso monista de la unidad y la armonía: él quiere ir tras el dulcísimo aroma de las profundidades maternas y ella quiere *ser* (de nuevo y constantemente) ese perfume dulcísimo. A medida que el hijo se iba haciendo mayor, se esforzaba por seguir rodeándolo como un regazo etéreo; hacía suyas todas sus opiniones; era partidaria del arte moderno, del comunismo, creía en la fama del hijo, se indignaba ante el oportunismo de los profesores que ayer decían lo contrario de lo que afirmaban hoy; pretendía estar siempre alrededor de él, como su firmamento, quería ser siempre de la misma materia que él.

Pero ¿cómo podría ella, partidaria de la unión armónica, aceptar la materia extraña de una mujer ajena?

Jaromil vio la desaprobación en su cara y se hizo más terco. Sí, era verdad que quería volver tras el perfume dulcísimo, buscaba el antiguo universo materno, pero hacía ya mucho tiempo que no lo buscaba en el seno de su mamá; en la búsqueda de la mamá perdida quien más le estorbaba era precisamente la mamá.

Comprendió que el hijo no estaba dispuesto a dar marcha atrás y optó por someterse; la pelirroja se encontró por primera vez sola con Jaromil en su habitación, lo que habría resultado precioso, a no ser por el nerviosismo de ambos; es verdad que la mamá estaba en el cine, pero, en realidad, se hallaba permanentemente con ellos; les parecía como si fuera a oírlos; hablaban en una voz mucho más baja de lo que acostumbraban; cuando Jaromil intentó abrazar a la pelirroja se encontró con que su cuerpo estaba frío y comprendió que era mejor no insistir; de manera que ese día, en lugar de disfrutar, estuvieron hablando deshilvanadamente de no se sabe qué, sin dejar de observar las agujas del reloj que anunciarían la llegada de la madre; la única manera de salir de la habitación de Jaromil era pasar por la habitación de ella y la pelirroja no quería encontrársela ni por casualidad; por eso se marchó casi media hora antes de que la madre llegara, dejando a Jaromil de muy mal humor.

Pero aquello no le disuadió de su postura sino que, por el contrario, aumentó su terquedad. Comprendió que su propia situación en la casa en que vivía era insoportable; aquélla no era su casa, era la casa de su madre y él sólo era alguien que vivía allí con ella. Esto despertó en él la firme decisión de oponerse. Volvió a invitar a la pelirroja y esta vez la recibió con una conversación provocativa, con la que pretendía ahuyentar la angustia que la vez pasada los había inmovilizado. Había preparado incluso una botella de vino y, como no estaban acostumbrados al alcohol, se encontraron rápidamente en situación de olvidarse de la omnipresente sombra de la mamá.

Durante toda la semana la mamá regresaba tarde a casa, como deseaba Jaromil e incluso más tarde de lo que él quería: se iba de casa aunque no se lo pidiera. No se trataba de buena voluntad ni de una concesión sabiamente meditada; no era sino una demostración pública. Sus regresos tardíos debían manifestar claramente la brutalidad del hijo, debían demostrarle que estaba actuando como si fuera el dueño de la casa y ella fuera sólo una persona a quien él soportaba a disgusto, sin concederle siquiera el derecho a sentarse a leer un libro en el sillón de su habitación cuando volvía cansada del trabajo.

Por desgracia, no podía aprovechar aquellas largas tardes que pasaba fuera de casa para visitar a ningún hombre, porque el compañero de trabajo que antes se interesaba por ella, ya se había cansado hacía tiempo de asediarla infructuosamente, así que iba al cine, al teatro, intentaba (con poco éxito) volver a relacionarse con alguna de las amigas, de las que ya casi se había olvidado y con una satisfacción morbosa asumía las amargas sensaciones de una mujer que, después de haber perdido a sus padres y a su marido, se ve expulsada de su casa por su propio hijo. Se sentaba en una sala oscura; lejos de ella, en la pantalla, se besaban dos personas desconocidas y a ella le corrían lágrimas por las mejillas.

Un día volvió a casa algo más pronto que de costumbre, preparada para poner cara de ofendida y para no responder al saludo de su hijo. Cuando entró en su habitación, aún antes de que hubiera podido cerrar la puerta, se encontró con algo que le hizo subir la sangre a la cabeza; desde la habitación de Jaromil, es decir, desde un sitio que estaba a escasos metros de distancia, se oía la ruidosa respiración de su hijo entremezclada con suspiros de mujer.

Era incapaz de moverse del sitio y al mismo tiempo se decía que no podía quedarse así, sin más, oyendo aquellos suspiros amorosos, porque era como si permaneciera al lado de ellos, como si los estuviera mirando (y efectivamente en ese momento era como si los estuviese viendo con perfecta claridad) y aquello era completamente insoportable. Se apoderó de ella una ola de rabia furiosa, tanto más demencial en la medida en que era consciente de su propia impotencia, porque no podía ni pegar patadas, ni gritar, ni romper los muebles, ni entrar y pegarles, lo único que podía hacer era estarse quieta y oírlos.

Y en aquel momento, los últimos restos de prudencia que le quedaban se unieron a aquella ola de rabia en una repentina inspiración demencial: Cuando la pelirroja en la habitación contigua volvió a gemir, la mamá exclamó con una voz llena de angustia:

—¡Jaromil, por Dios! ¿Qué le ocurre a la señorita?

Los suspiros se acallaron inmediatamente y la mamá corrió al botiquín; cogió un frasco y volvió rápida hasta la puerta de la habitación de Jaromil; cogió el pestillo; la puerta estaba cerrada.

—¡Por Dios, no me asustéis! ¿Le ha ocurrido algo a la señorita?

Jaromil tenía entre sus brazos el cuerpo de la pelirroja que temblaba de angustia y dijo:

—No, nada...

—¿Le ha dado un ataque?

—Sí —respondió Jaromil.

—Ábreme, tengo aquí unas gotas —dijo la mamá y volvió a coger el pestillo de la puerta cerrada.

—Espera —dijo el hijo y se levantó rápidamente de la cama.

—Esos dolores son terribles —dijo la mamá.

—Ya va, en seguida —dijo Jaromil y se puso de prisa el pantalón y la camisa y le echó por encima una manta a la chica.

—Es del estómago, ¿verdad? —preguntó la mamá a través de la puerta.

—Sí —dijo Jaromil y entreabrió la puerta para coger el frasco de las gotas.

—Me dejarás entrar, ¿no? —dijo la mamá. Una especie de demencia la impulsaba hacia delante; entró en la habitación sin esperar respuesta; lo primero que vio fue el sostén y la restante ropa de la chica sobre la silla; luego vio a la chica; estaba encogida debajo de la manta, toda pálida, como si tuviera un ataque.

Ahora ya no podía retroceder; se sentó junto a ella:

—¿Qué le ha ocurrido? Llego a casa y oigo semejantes gemidos, pobrecita... —Echó veinte gotas en un terrón de azúcar—:

Yo sé bien cómo son estos cólicos de estómago; en cuanto se tome usted esto, se sentirá mejor... —y le acercó luego el azúcar a la boca y la chica abrió obediente la boca ante el terrón de azúcar, como hacía un rato la había abierto ante los labios de Jaromil.

Si había entrado en la habitación del hijo embriagada de cólera, ahora lo único que le había quedado era la pura embriaguez: miró aquella pequeña boca que se abría tiernamente y sintió un horrible deseo de arrancarle la manta y tenerla delante de sí desnuda; de eliminar la cerrazón hostil de aquel pequeño mundo que formaban la pelirroja y Jaromil; de tocar lo que tocaba él; de declararlo suyo; de ocuparlo; de estrechar a aquellos dos cuerpos en su regazo etéreo; de ponerse en medio de sus desnudeces tan mal cubiertas (no se le escapó el detalle de que en el suelo estaba tirado el calzoncillo de Jaromil); de meterse entre ellos dos descarada e inocentemente como si se tratara de un cólico de estómago; de estar con ellos como estaba con Jaromil cuando le daba de beber de su pecho; de penetrar a través de la pasarela de su ambigua inocencia en sus juegos y en sus actos amorosos; de ser como un firmamento alrededor de los cuerpos desnudos de ellos, de estar con ellos...

Entonces le dio miedo su propia excitación. Le aconsejó a la chica que respirara hondo y volvió rápidamente a su habitación.

7

Ante el edificio de la policía había un pequeño autobús con las puertas cerradas y, junto a él, los poetas esperaban a que llegara el chófer. Con ellos se hallaban dos policías, los organizadores de la velada y, por supuesto, también estaba Jaromil, que aunque conocía de vista a algunos de los poetas (por ejemplo, al sesentón que había actuado hacía algún tiempo en el mitin de su facultad y había recitado un verso sobre la juventud) no se atrevía a dirigir la palabra a ninguno de ellos. Lo único que paliaba su inseguridad era que hacía diez días que, por fin, habían sido publicados cinco poemas suyos en la revista literaria; aquello significaba para él un certificado oficial de que podía llamarse poeta; llevaba la revista, por si acaso, doblada en el bolsillo interior de la chaqueta, de modo que parecía como si un lado lo tuviera varonilmente liso y el otro femeninamente saliente.

Llegó el chófer y los poetas (once, contando a Jaromil) subieron al autobús. Tras una hora de viaje, el autobús se detuvo en un agradable paisaje campestre, los poetas bajaron, los organizadores les enseñaron el río, el jardín, la residencia, les dieron un paseo por toda la casa, les enseñaron las aulas, el salón (en el que al poco rato tendría lugar la solemne velada), les obligaron a visitar las habitaciones (tres camas en cada una) donde vivían los alumnos (los cuales, sorprendidos, se ponían firmes saludando a los poetas con la misma disciplina cuidadosamente ejercitada que si fueran una patrulla de control que viniera a vigilar el orden en las habitaciones) y finalmente los condujeron al despacho del comandante. Allí estaban preparados unos canapés, dos botellas de vino, el comandante con su uniforme y, también, una chica excepcionalmente bonita. Después de darle todos la mano al comandante y decir cada uno su nombre, el comandante señaló a la chica: «Ella es la que dirige nuestro círculo cinematográfico», y les explicó a los once poetas (que le dieron uno tras otro la mano a la muchacha) que la policía popular tenía su propio club, en el cual se desarrollaba una amplia vida cultural; tenía un conjunto teatral, un coro, y ahora se había montado un círculo cinematográfico dirigido por esta joven, que estudiaba en la escuela de cine y era tan amable que quería ayudar a los jóvenes policías; por lo demás, tenía aquí a su disposición todo lo que le hacía falta: una cámara excelente, un sistema de iluminación y, sobre todo, jóvenes con tal entusiasmo que el comandante no sabía si es que se interesaban tanto por el cine o por la instructora.

Después de estrechar la mano de todos, la chica hizo una seña a unos jóvenes que permanecían junto a unas grandes lámparas, de modo que los poetas y el comandante masticaban ahora sus canapés bajo el resplandor de un gran foco luminoso. La conversación, a la que el comandante intentaba dar el mayor aire posible de naturalidad, era interrumpida por las órdenes de la chica, a las cuales seguía el traslado de los focos de un sitio a otro y finalmente el sordo zumbido de la cámara. Luego el comandante les agradeció a los poetas que hubieran venido, miró el reloj y dijo que el público ya estaría impaciente.

«Bien, camaradas poetas, por favor, en fila», dijo uno de los organizadores y a medida que iba leyendo los nombres que tenía escritos en un papel, los poetas formaban en la fila y cuando el organizador les dio la orden, se pusieron en marcha hacia el estrado; había una mesa larga en la cual cada uno de los poetas disponía de una silla y un cartel con su nombre. Los poetas se sentaron en sus sillas, y en la sala, totalmente repleta, se oyó un aplauso.

Era la primera vez que Jaromil marchaba ante la multitud; la sensación de embriaguez que se apoderó de él no lo abandonó en toda la noche. Además, todo iba sobre ruedas; luego de que los poetas se sentaran en sus sillas, se acercó uno de los organizadores a la tribuna que estaba al final de la mesa, dio la bienvenida a los once poetas y los presentó. Cada vez que decía un nombre, el poeta que había sido nombrado se levantaba saludaba y la sala aplaudía. También Jaromil se levantó, saludó y quedó tan entusiasmado por el aplauso que tardó un rato en descubrir al hijo del conserje que estaba sentado en primera fila y le saludaba con la mano; respondió a su saludo y este gesto, realizado desde el estrado y ante los ojos de todos, le hizo sentir el encanto de la naturalidad fingida, de modo que a lo largo de la tarde lo repitió varias veces, dando a entender que se sentía en el estrado tan cómodo como en su propia casa.

Los poetas estaban colocados por orden alfabético y Jaromil se encontró a la izquierda del sesentón.

—Muchacho, ¡qué sorpresa, yo no sabía que era usted! ¡Claro, si han salido hace poco unos poemas suyos en la revista! —Jaromil sonrió amablemente y el poeta continuó—: Me acuerdo de su nombre, son unos poemas preciosos, me han gustado mucho —pero entonces volvió a tomar la palabra el organizador y llamó a los poetas a que pasaran a la tribuna por orden alfabético y recitaran algunos de sus últimos poemas.

Y los poetas se levantaban, leían, recibían su aplauso y volvían a su sitio. Jaromil aguardaba a que le tocara el turno, tenía miedo de trabarse, de no ser capaz de hablar con la potencia de voz necesaria, tenía miedo de todo; pero se levantó y fue como si estuviera ciego; no tuvo tiempo de pensar en nada. Comenzó a leer y a los dos primeros versos se sintió ya seguro. Y efectivamente, el aplauso que sonó al terminar su primer poema fue el mayor que se había oído en la sala.

El aplauso le dio coraje, de forma que el segundo poema lo leyó aún con mayor soltura que el primero y no le importó para nada que se encendieran cerca de él dos grandes reflectores, lo iluminaran y a diez metros de distancia zumbase la cámara. Puso cara de circunstancias, no dio el menor traspié en el recitado e incluso llegó a levantar los ojos del papel y a mirar no al espacio indeterminado de la sala, sino a un sitio totalmente preciso donde (a unos pasos de la cámara) estaba la bella directora. Y hubo otro aplauso y Jaromil leyó dos poemas más, oyó el zumbido de la cámara, vio la cara de la chica, hizo una inclinación y regresó a su sitio; y en ese momento se levantó de su silla el sesentón e inclinando solemnemente la cabeza abrió los brazos y los cerró sobre la espalda de Jaromil: «Amigo, ies usted un poeta; es usted un poeta!»; y como seguía sonando el aplauso se volvió hacia la sala, saludó e hizo una leve inclinación.

Cuando terminó de recitar el undécimo poeta, el organizador volvió a subir al estrado, dio las gracias a todos los poetas y comunicó al público que quienes tuvieran interés podían volver a la sala tras un corto descanso, para un debate con los poetas. «Este debate ya no es obligatorio y es sólo para los interesados.»

Jaromil estaba extasiado; todos estrechaban su mano y le rodeaban; uno de los poetas dijo ser redactor de una editorial, y se extrañó de que a Jaromil aún no le hubieran editado ninguna colección de poemas y le pidió que le enviara una; otro le invitó a participar en un mitin organizado por la Unión de Estudiantes; por supuesto, vino también el hijo del conserje, que no se movió luego ni un momento de su lado, dando a entender a todos que se conocían desde pequeños; también vino el comandante y dijo:

—¡Me parece que los laureles de la victoria se los lleva hoy el más joven!

El comandante se dirigió luego a los demás poetas y declaró que, lamentándolo mucho, no podría participar en el debate porque tenía que estar presente en el baile organizado por los alumnos de la escuela en la sala de al lado, inmediatamente después del programa de poesía. Con esa ocasión, dijo con una sonrisa maliciosa, habían venido muchas chicas de los pueblos de alrededor, porque ya se sabía que los de la policía eran unos tipos muy guapos.

—¡Bueno, camaradas, os agradezco vuestros hermosos versos y espero que no sea ésta la última vez que nos veamos!

Dio la mano a cada uno y se fue al salón de al lado, donde se oía ya tocar la orquesta.

Mientras, en la sala en que hace un rato resonaban los aplausos, el grupo de poetas que estaban junto al estrado se había quedado solo; uno de los organizadores se acercó a la tribuna y anunció:

—Queridos camaradas, doy por terminada la pausa; tienen nuevamente la palabra nuestros invitados. Los que quieran participar en el debate con los camaradas poetas, que hagan el favor de sentarse.

Los poetas volvieron a sentarse en sus sitios y frente a ellos, en la primera fila de la sala vacía, se sentaron unas diez personas. Entre ellas estaba el hijo del conserje, los dos organizadores que habían acompañado a los poetas en el autobús, un señor mayor con una pata de palo y una muleta y, aparte de algunas otras personas que no llamaban tanto la atención, dos mujeres: una debía de tener unos cincuenta años (quizá fuera una secretaria de la oficina), la otra era la directora del círculo de cine, que ya había terminado la filmación y fijaba ahora sus grandes ojos reposados en los poetas; la presencia de la hermosa mujer era tanto más significativa y reconfortante para los poetas, cuanto mayor era la intensidad con que se oían y la atracción que ejercían la música de la orquesta y el ruido del baile en la habitación contigua.

Las dos filas, sentadas una frente a otra, tenían aproximadamente el mismo número de miembros y parecían dos equipos de fútbol enfrentados; Jaromil tenía la impresión de que el silencio que se había producido era el silencio que suele preceder a un encuentro; y como el silencio duraba ya casi medio minuto, le parecía que el equipo de los poetas comenzaba a perder los primeros puntos.

Pero Jaromil subestimaba a sus compañeros; algunos de ellos participaban al cabo del año hasta en cien veladas distintas, de modo que las veladas se habían convertido en su principal tema, arte y especialidad. Recordemos esta circunstancia histórica: aquélla era la época de las veladas y los mítines; las más diversas instituciones, clubes de empresa, organizaciones del partido y de la juventud organizaban sesiones, a las cuales invitaban a los más distintos pintores, poetas, astrónomos o economistas; los organizadores de estos programas eran convenientemente valorados y retribuidos por su actividad, porque la época exigía actividad revolucionaria y como ésta no se podía desarrollar en las barricadas, tenía que florecer en reuniones y debates. Y así, distintos pintores, poetas, astrónomos o economistas participaban de buena gana en sesiones por el estilo, porque así demostraban que no eran especialistas limitados sino revolucionarios y unidos al pueblo.

Por eso los poetas conocían muy bien las preguntas que el público les hacía, sabían perfectamente que se repetían con la aplastante frecuencia de las probabilidades estadísticas. Sabían que era seguro que alguien les iba a preguntar: «Y usted, camarada, ¿cómo ha empezado a escribir?». Sabían que otro preguntaría: «¿A qué edad ha escrito usted su primer poema?». Sabían que habría alguien que les preguntaría cuál era su autor preferido y tenían que contar con que habría alguien que querría jactarse de su cultura marxista y les preguntaría: «¿Cómo definirías, camarada, el realismo socialista?». Y sabían que, además de las preguntas, se les darían los siguientes consejos: que había que escribir más versos: 1.º sobre la profesión correspondiente al público con el cual se llevaba a cabo el debate, 2.º sobre la juventud, 3.º sobre lo difícil que era la vida en la época capitalista, 4.º sobre el amor.

De aquí se desprende que el medio minuto inicial no se debía a la timidez, sino más bien a la pereza de los poetas, que era producto del exceso de rutina en el ejercicio de la profesión, o a la falta de coordinación, debido a que el equipo actuaba por primera vez con esta plantilla y cada uno dejaba al otro la oportunidad de dar el puntapié inicial al balón. Finalmente, tomó la palabra el poeta sesentón, hizo un discurso brioso y bello y tras diez minutos de improvisación, se dirigió a la fila de enfrente incitándoles a que preguntasen sobre cualquier tema, sin ningún miedo. Y a partir de aquel momento los poetas pudieron, por fin, demostrar su elocuencia y habilidad para la coordinación improvisada, que marchó, desde entonces, a las mil maravillas: sabían turnarse en el uso de la palabra, añadir la frase precisa a lo dicho por el anterior, compensar una respuesta seria con una anécdota graciosa. Por supuesto, se registraron todas las preguntas fundamentales y todas las respuestas adecuadas (cómo no les iba a resultar divertido el relato del sesentón que respondió a la pregunta «¿Cuándo ha escrito usted su primer poema?» diciendo que de no ser por la gata *Mica* no hubiera llegado nunca a ser poeta, porque su primer poema lo había escrito sobre ella, cuando tenía cinco años, y sacó del bolsillo el poema y lo leyó y como la fila de enfrente no sabía si tomar la cosa en broma o en serio, se echó a reír él mismo inmediatamente, de modo que al fin todos, los poetas y el público, rieron alegremente durante largo rato).

Y por supuesto, llegó también la hora de las sugerencias. Fue el propio compañero de Jaromil quien se levantó y tomó la palabra en un tono campechano. Sí, la velada poética había sido preciosa y todos los poemas habían sido excelentes. Pero ¿se ha dado cuenta alguien de que se han recitado por lo menos treinta poemas (si calculamos que cada poeta ha recitado al menos tres), pero ninguno se ha referido, ni siquiera de lejos, al Cuerpo de Seguridad Nacional? ¿Y podemos afirmar que el Cuerpo de Seguridad Nacional no ocupa ni siquiera una treintava parte de nuestra vida?

Después se levantó la mujer de cincuenta años y dijo que estaba totalmente de acuerdo con lo que había dicho el antiguo compañero de Jaromil, pero que ella quería hacer una pregunta completamente diferente: «¿Por qué se escribe hoy tan poco sobre el amor?». En la fila del público se oyeron unas risas sordas y la cincuentona continuó: «En el socialismo la gente también se quiere y le gusta leer algo sobre el amor».

El sesentón se levantó, agachó la cabeza y dijo que la camarada tenía toda la razón. ¿Por qué iba a avergonzarse el hombre socialista de estar enamorado? ¿Es que hay algo de malo en ello? Él era un hombre mayor, y sin embargo reconocía que cuando veía a las mujeres con esos vestidos ligeros de verano, por debajo de los cuales se distinguían tan bien sus hermosos cuerpos jóvenes, no era capaz de vencer la tentación de darse vuelta para mirarlas. Los once miembros del público presente respondieron con la risa cómplice de los pecadores, de modo que el poeta, reconfortado, continuó: ¿Qué podía ofrecerles él a esas mujeres jóvenes? ¿Debía ofrecerles un martillo adornado con helechos? Y cuando las invitaba a su casa, ¿debía poner una hoz en el florero? De ninguna manera: debía ofrecerles rosas; la poesía amatoria se parecía a las flores que ofrecemos a las mujeres.

—Eso, eso —asintió entusiasmada la cincuentona, y el poeta, alentado por ese entusiasmo, sacó del bolsillo de la chaqueta un papel y recitó un largo poema de amor—. Sí, sí, es precioso —dijo la cincuentona extasiada, pero inmediatamente se levantó uno de los organizadores y dijo que era verdad que el poema había sido precioso, pero que de algún modo también en la poesía amorosa debía notarse que la escribía un poeta socialista—. ¿Y en qué se puede notar? —preguntó la cincuentona, que seguía embriagada por la cabeza patéticamente inclinada del viejo poeta y por sus poesías.

Jaromil no había intervenido hasta entonces, a pesar de que ya habían hablado todos y de que sabía que era imprescindible que interviniera; había llegado su momento; aquel tema lo dominaba él desde hacía mucho tiempo; mucho tiempo, desde que iba a la casa del pintor y escuchaba embelesado sus discursos sobre el arte nuevo y el mundo nuevo. ¡Dios mío, ya estaba otra vez el pintor, ya estaban otra vez sus palabras y su voz saliendo de la boca de Jaromil!

¿Qué decía? Que el amor había estado tan deformado en la sociedad anterior por los intereses monetarios, por los prejuicios sociales, que nunca había podido ser tal como verdaderamente era, que había sido sólo una sombra de sí mismo. Será la nueva época, al desterrar el poder del dinero y la influencia de los prejuicios, la que permitirá al hombre ser plenamente humano y al amor ser más grande de lo que nunca ha sido. La poesía amorosa socialista será la voz de ese gran sentimiento liberado.

Jaromil estaba contento con lo que había dicho y registró la mirada inmóvil de dos grandes ojos negros; le pareció como si aquellas palabras, «gran amor», «sentimientos liberados» partieran de su boca como veleros engalanados hacia el puerto de aquellos grandes ojos.

Pero cuando terminó de hablar, uno de los poetas rió con ironía y dijo:

—¿Estás realmente convencido de que en tus poemas hay un sentimiento amoroso mayor que en los de Heinrich Heine? Los amores de Victor Hugo, ¿son demasiado pequeños para ti? ¿El amor de Macha y el de Jan Neruda* estaban mutilados por el dinero y los prejuicios?»

Aquello no debería haber ocurrido; Jaromil no supo qué contestar; se puso colorado y vio delante de sí dos grandes ojos negros, testigos de su derrota.

La cincuentona recibió con satisfacción las preguntas sarcásticas del colega de Jaromil y dijo:

—¿Qué es lo que pretendéis cambiar en el amor, camaradas? El amor seguirá siendo siempre el mismo.

El organizador volvió a levantar la voz:

—¡Eso sí que no, camarada, eso sí que no!

—No es eso lo que yo quería decir en realidad —respondió rápidamente el poeta—: Quería decir que la diferencia entre los poemas de amor de ayer y los de hoy no consiste en la intensidad de los sentimientos.

---

* Karel Hynek Macha y Jan Neruda, poetas checos del siglo XIX. *(N. del E.)*

—¿Y en qué consiste? —preguntó la cincuentona.

—Consiste en que el amor de las épocas pasadas, inclusive el más grande, ha representado siempre una especie de huida ante una vida social que no satisfacía. En cambio, el amor del hombre actual está ligado a nuestras obligaciones ciudadanas, a nuestro trabajo, a nuestra lucha, en un todo único: ahí reside su nueva belleza.

La fila de enfrente manifestó su acuerdo con la opinión del colega de Jaromil, pero Jaromil, en cambio, estalló en una risa maligna:

—Esa belleza, querido amigo, no es demasiado nueva. ¿O es que los clásicos no han vivido una vida en la que el amor se enlazara con la lucha social? Los amantes del famoso poema de Shelley eran ambos revolucionarios y murieron juntos en la hoguera. ¿Tú crees que ése es un amor aislado de la vida social?

Lo peor fue que así como Jaromil no había sabido hacía un rato qué responder a los argumentos de su colega, éste también había quedado ahora totalmente derrotado, de manera que aquello podía dar la impresión (una impresión intolerable) de que entre el ayer y el hoy no existía ninguna diferencia y de que, por lo tanto, no había ningún mundo nuevo. Por eso la cincuentona se levantó de inmediato con una sonrisa ansiosa y preguntó:

—Decidme, entonces: ¿cuál es la diferencia entre el amor de ayer y el amor de hoy?

En este momento decisivo, cuando nadie sabía cómo salir del atolladero, intervino el hombre de la pata de palo y la muleta; había seguido el debate durante todo el tiempo con atención, pero notablemente inquieto; ahora se levantó y se apoyó con firmeza en la silla:

—Queridos camaradas, permitidme que me presente —dijo, y los de su fila comenzaron a gritar que no era necesario, que ya lo conocían perfectamente—. No pretendo presentarme ante vosotros, sino ante los camaradas a quienes hemos invitado a este debate —agregó con tono conminatorio; y como sabía que su nombre no les diría nada a los poetas, hizo un resumen de la historia de su vida; llevaba ya en esta casa casi treinta años; había trabajado aquí cuando el industrial Kocvara utilizaba la casa como residencia de verano; había estado aquí durante la guerra, cuando la Gestapo metió en la cárcel al industrial y usó el edificio como casa de recreo; después de la guerra, la villa había sido confiscada para el Partido Cristiano y ahora la tenía la policía—. Y puedo afirmar, por todo lo que he visto, que ningún gobierno se ha ocupado tanto del pueblo trabajador como este gobierno comunista —sin embargo, creía que ni siquiera en la situación actual habían dejado de existir problemas. Cuando estaba el industrial Kocvara, cuando estaba la Gestapo y cuando estaban los cristianos, la parada del autobús estaba justo enfrente de la residencia. Sí, aquello era muy cómodo y a él le bastaba con dar diez pasos para llegar desde su habitación en el sótano hasta la parada. Y de repente habían trasladado la parada doscientos metros más allá. Ya había protestado en todos los sitios donde podía protestar. Todo había sido inútil—. Díganme ustedes: ¿por qué precisamente ahora, cuando la residencia pertenece al pueblo trabajador —golpeó con la muleta en el suelo— tienen que poner la parada tan lejos?

Los de la primera fila contestaron (entre impacientes y divertidos) que ya le habían explicado cien veces que ahora el autobús paraba delante de la fábrica que se había acabado de construir.

El hombre de la pierna de madera respondió que eso ya lo sabía, pero que había propuesto que el autobús parase en los dos sitios.

Los de la primera fila contestaron que era ridículo que el autobús tuviera dos paradas a doscientos metros de distancia una de otra.

La palabra «ridículo» ofendió profundamente al hombre de la pata de palo; declaró que a él nadie le podía decir esa palabra; golpeó con la muleta en el suelo y se puso colorado. Además, no era verdad que no fuera posible poner dos paradas en una distancia de doscientos metros. Él sabía que en otras líneas de autobuses había paradas que estaban a esa distancia.

Uno de los organizadores se levantó y repitió al hombre de la pata de palo, palabra por palabra (se notaba que ya lo había tenido que hacer muchas veces), la disposición de la empresa de autobuses checoslovaca por la cual se prohibía expresamente que las paradas estuvieran a tan escasa distancia unas de otras.

El hombre de la pata de palo respondió que había propuesto una solución de compromiso; que sería posible que la parada estuviera precisamente a mitad de camino entre la fábrica y la residencia.

Le contestaron que, en ese caso, tanto los policías como los obreros, tendrían la parada lejos.

La discusión sobre este tema duraba ya veinte minutos y los intentos de los poetas de intervenir en el debate eran vanos; el público estaba tan interesado por un tema que dominaba perfectamente, que no les dejaba ni hablar. Y mientras el hombre de la pata de palo no quedó suficientemente disgustado por la resistencia de sus compañeros de trabajo como para volver a sentarse en la silla, profundamente ofendido, no se hizo nuevamente el silencio, silencio cuyo espacio llenó ruidosamente la música de la orquesta de la habitación contigua.

Pasó un rato sin que nadie dijera nada, hasta que, al fin, uno de los organizadores se levantó y agradeció a los poetas su visita y el interesante debate. Por parte de los invitados se levantó el poeta sesentón y dijo que la discusión había sido (como de costumbre) mucho más interesante para ellos, para los poetas, que para el público, y que eran ellos quienes debían agradecer.

En la habitación de al lado se oía la voz del cantante; los asistentes se agruparon alrededor del hombre de la pata de palo para calmar su enojo y los poetas se quedaron solos. Pasó un rato hasta que se acercaron a ellos el hijo del conserje y los dos organizadores y los acompañaron hasta el autobús.

8

En el pequeño autobús en que regresaban a la Praga ya anochecida iba, además de los poetas, la bella cineasta. Los poetas la rodearon y cada uno intentaba llamar lo más posible su atención. Jaromil, por desgracia, ocupaba un asiento demasiado alejado, de modo que le fue imposible participar en el juego; pensaba en su pelirroja y se daba cuenta con claridad meridiana de que era irremediablemente fea.

El autobús se detuvo luego en el centro de Praga y algunos de los poetas decidieron ir a un bar a tomar unos vasos de vino. Jaromil y la cineasta fueron con ellos; se sentaron alrededor de una mesa grande, charlaron, bebieron y cuando por fin salieron del bar ella les propuso que fueran a su casa. Para entonces ya sólo quedaban Jaromil, el poeta sesentón y el redactor de la editorial. Se fueron sentando en los sillones de una preciosa habitación en el primer piso de una casa moderna, donde la chica vivía en un apartamento alquilado, y siguieron bebiendo.

El sesentón se dedicaba a la chica con un entusiasmo con el que nadie podía competir. Estaba sentado junto a ella, elogiaba su belleza, le recitaba versos, improvisaba odas poéticas acerca de sus encantos, se ponía de rodillas y la cogía de la mano. Casi del mismo modo se dedicaba a Jaromil el redactor de la editorial; no elogiaba su belleza pero en cambio repetía interminablemente: *tú sí que eres un poeta, tú sí que eres un poeta.* (Anotemos aquí que cuando un poeta llama poeta a otro no es como si llamáramos a un ingeniero o a un campesino, porque campesino es quien labra la tierra, pero poeta no es el que escribe versos, sino aquel que —acordémonos de aquella palabra— está *llamado* a escribirlos y sólo un poeta puede reconocer con seguridad en otro poeta esa llamada de la providencia ya que —recordemos la carta de Rimbaud— *todos los poetas son hermanos* y sólo un hermano es capaz de reconocer en su hermano la marca secreta de la estirpe.)

La cineasta, delante de quien se arrodillaba el sesentón y cuyas manos eran víctimas de sus prolijas caricias, miraba constantemente a Jaromil. Jaromil se dio cuenta inmediatamente; su entusiasmo crecía por momentos y se dedicó a devolver las miradas con la misma intensidad. ¡Aquél era un cuadrilátero precioso! El viejo poeta miraba a la cineasta, el redactor a Jaromil y éste y aquélla se miraban el uno al otro.

Esta geometría de miradas sólo se interrumpió durante un

rato, cuando el redactor cogió a Jaromil del brazo, lo llevó al balcón que daba a la habitación y le invitó a que mearan juntos desde allí hacia el jardín. Jaromil accedió de buena gana, porque deseaba que el redactor no se olvidase de su promesa de editarle un libro.

Cuando volvieron del balcón el viejo poeta se incorporó y dijo que ya era hora de que se fueran, que veía perfectamente que no era él el objeto de los deseos de la joven. Luego invitó al redactor (que era mucho menos atento y considerado) a que dejaran solos a quienes lo deseaban y lo merecían, pues, como dijo el viejo poeta, eran el príncipe y la princesa de aquella noche.

El redactor comprendió también el asunto y se dispuso a marchar; el viejo poeta lo agarraba del brazo y lo llevaba hacia la puerta, y Jaromil veía que se quedaba solo con la chica, que estaba sentada sobre sus propias piernas en el amplio sofá, los cabellos negros sueltos y los ojos inmóviles que lo miraban...

La historia de dos personas que van a convertirse en amantes es algo tan eterno que en honor a ella casi podríamos olvidarnos del momento en que ocurre. ¡Es tan agradable relatar este tipo de aventuras! ¡Qué maravilloso sería poder olvidarse de aquella que ha sorbido en nosotros la savia de nuestras cortas vidas para poder emplearla en sus vanas obras!, ¡qué hermoso sería olvidarse de la Historia!

Pero su fantasma golpea a la puerta y entra en el relato. No aparece bajo la forma de la policía secreta, ni con la de un repentino golpe de Estado; la Historia no se pasea únicamente por las cumbres dramáticas de la vida, sino que se filtra también, como el agua sucia, en la vida cotidiana; en nuestro relato aparece con la forma de unos calzoncillos.

En la época a que nos referimos, la elegancia constituía, en la patria de Jaromil, un grave pecado político; los trajes que se llevaban (habían pasado un par de años desde el fin de la guerra y seguía faltando de todo) eran horribles; y la elegancia en la ropa interior era considerada por aquella época severa como un libertinaje simplemente digno de castigo. Los hombres a los que sin embargo les molestaba usar los horripilantes calzoncillos que entonces se vendían (unos calzoncillos anchos, que llegaban hasta las rodillas, adornados con una cómica abertura sobre la barriga) utilizaban en lugar de aquéllos unos pantaloncillos cortos de tela basta, llamados *deportivos,* destinados (como lo dice la palabra) a la práctica de los deportes, es decir, a los campos de juego y a los gimnasios. Era realmente extravagante que los hombres se metieran en las camas de sus amantes, en la Bohemia de entonces, vestidos de futbolistas, que fueran a visitar a sus amantes como quien va a practicar un deporte, pero, desde el punto de vista de la elegancia, aquélla no era la peor solución: los deportivos aquellos tenían una cierta prestancia y eran de colores alegres, azules, verdes, rojos, amarillos.

Jaromil no se ocupaba de su ropa, estaba bajo los cuidados de su madre; ella elegía sus trajes, escogía su ropa interior, se ocupaba de que no se enfriase y de que tuviese unos calzoncillos suficientemente abrigados. Sabía exactamente el número de mudas que tenía guardadas en la cómoda y le bastaba una sola mirada para averiguar cuál era la que se había puesto Jaromil. Cuando veía que en la cómoda no faltaba ningún calzoncillo se enfadaba inmediatamente: no le gustaba que Jaromil se pusiese los deportivos, porque estaba convencida de que los deportivos no eran calzoncillos de verdad y eran únicamente para usarlos en el gimnasio. Cuando Jaromil argumentaba que los calzoncillos eran feos, respondía, ocultando su irritación, que suponía que no iría por ahí enseñándolos. Así que cuando Jaromil iba a casa de la pelirroja, sacaba de la cómoda unos calzoncillos, los guardaba en el cajón del escritorio y se ponía los deportivos en secreto.

¡Pero esta vez no había previsto lo que le podía ocurrir a la noche y tenía puestos unos calzones horriblemente espantosos, gruesos, largos, de un sucio color gris!

Ustedes dirán que se trata de un problema insignificante, que bien podía apagar la luz para no ser visto. Pero en la habitación estaba encendida una lámpara pequeña con una pantalla color rosa, que esperaba impaciente para poder alumbrar a los dos amantes en sus aventuras amorosas y Jaromil no era capaz de imaginar con qué palabras podía hacer que la chica apagara la lámpara.

O podrán ustedes argumentar que bien podía quitarse los calzoncillos al mismo tiempo que los pantalones. Sólo que Jaromil no sabía cómo hacer para quitarse los calzoncillos junto con los pantalones, porque nunca lo había hecho; un salto tan rápido a la desnudez lo asustaba; siempre se había desnudado poco a poco y cuando estaba con la pelirroja siempre permanecía largo rato con los deportivos puestos y sólo se los sacaba después de muchas caricias, protegido ya por la excitación.

Y ahí estaba de pie, asustado, frente a aquellos grandes ojos negros, diciendo que él también tenía que irse.

El viejo poeta se enfadó con él; le dijo que no era correcto ofender a una mujer y le habló al oído de los placeres que le esperaban; pero sus palabras no hacían más que acentuar ante los ojos de Jaromil el lamentable aspecto de sus calzoncillos. Miraba aquellos maravillosos ojos negros y con el corazón partido retrocedía hacia la puerta.

Apenas salió a la calle lo invadió un lloroso sentimiento de lástima; era incapaz de deshacerse de la imagen de aquella hermosa mujer. Y el viejo poeta (se habían despedido del redactor en la parada del tranvía e iban ahora los dos solos por las calles oscuras) lo martirizaba echándole en cara una y otra vez haber ofendido a una dama y haber actuado como un imbécil.

Jaromil le dijo al poeta que no había querido ofender a una dama, pero que estaba enamorado de su chica, quien lo quería con locura.

—No sea insensato —le dijo el viejo poeta—. Es usted un poeta, es usted un amante de la vida, no le hace ningún daño a su chica por acostarse con otra; la vida es corta y las oportunidades que dejamos escapar ya no vuelven.

Era torturante oír aquello. Jaromil le respondió al viejo poeta que, a su juicio, un gran amor al que entregábamos todo lo que hay dentro de nosotros mismos era más que mil amores pequeños; que el tener a su chica era para él como si tuviera a todas las mujeres del mundo; que su chica era tan cambiante, tan imposible de llegar a amarla hasta el fin, que podía correr con ella más aventuras inesperadas que don Juan con mil y una mujeres.

El viejo poeta se detuvo; las palabras de Jaromil parecían haberle hecho impacto:

—Tal vez tenga usted razón —dijo—: pero yo soy un hombre viejo y pertenezco a un mundo viejo. Reconozco que, a pesar de estar casado, me hubiera gustado horrores quedarme en casa de esa mujer en su lugar.

Jaromil continuó con sus meditaciones sobre la grandeza del amor monogámico y el viejo poeta inclinó la cabeza:

—Ah, quizá tenga usted razón, querido amigo, es casi seguro que tiene usted razón. ¿No he soñado yo también con un gran amor? ¿Con un solo amor? ¿Con un amor infinito como el universo? Pero es que yo lo he despilfarrado, amigo, porque aquel viejo mundo del dinero y las putas no era el adecuado para el gran amor.

Los dos estaban bebidos y el viejo poeta cogió del brazo al joven poeta y se detuvo con él, en medio de las vías del tranvía. Levantó el brazo hacia el cielo y exclamó:

—¡Muera el viejo mundo, viva el gran amor!

Aquello le parecía a Jaromil grandioso, bohemio y poético y así estuvieron los dos gritando durante mucho tiempo, entusiasmados, en la oscuridad de Praga:

—¡Muera el viejo mundo, viva el gran amor!

Y luego, de repente, el viejo poeta se arrodilló delante de Jaromil y le besó la mano:

—¡Amigo, me arrodillo ante tu juventud! ¡Mi vejez se arrodilla ante tu juventud, porque sólo la juventud salvará al mundo! —luego permaneció en silencio durante un momento y tocando con su cabeza calva la rodilla de él añadió—: Y me arrodillo ante tu gran amor.

Finalmente se separaron y Jaromil se encontró en su casa y en su habitación. Y volvió a aparecer ante su vista la figura de la mujer hermosa y desperdiciada. Impulsado por el deseo de castigarse a sí mismo, se puso frente al espejo. Se quitó los pantalones para poder verse vestido con aquellos horrendos calzoncillos largos; se miró durante largo rato y veía con odio su cómica fealdad.

Y luego se dio cuenta de que la persona en quien pensaba

con odio no era él mismo. Estaba pensando en su madre; en la madre que le obligaba a llevar aquella ropa interior, en la madre que le obligaba a ponerse los deportivos en secreto y a esconder los calzones en el escritorio; pensaba en la madre que sabía dónde estaba cada uno de sus calcetines y de sus camisas. Pensaba con odio en la madre que lo mantenía atado a una larga cuerda invisible que se le estaba incrustando en el cuello.

9

Desde entonces fue aún más cruel con la jovencita pelirroja; pero esa crueldad iba, claro está, envuelta en el hábito solemne del amor: ¿Cómo podía no haber comprendido ella lo que pensaba en aquel momento? ¿Cómo no se daba cuenta de su estado de ánimo en aquel preciso instante? ¿Es él alguien tan extraño para ella que no tenga ni idea de lo que ocurre en su interior? ¡Si ella lo quisiera de la misma forma que él la quiere a ella, tendría que darse cuenta! ¿Cómo es que le interesan, precisamente, las cosas que a él no le gustan? ¿Por qué se pasa la vida hablando de su hermano y de su otro hermano y de su hermana y de su otra hermana? ¿No se da cuenta de que Jaromil tiene ahora problemas serios y necesita su colaboración, su comprensión y no su ininterrumpida charla egocéntrica?

La muchacha se defendía. ¿Por qué no iba a poder hablarle de su familia? ¿No hablaba Jaromil de la suya? ¿Acaso su madre es peor que la de Jaromil? Y le recordó el modo (por primera vez desde aquel día) en que la madre había entrado en la habitación y le había hecho tragar el terrón de azúcar con las gotas.

Jaromil amaba a su madre y la odiaba; pero delante de la pelirroja, empezó a defenderla inmediatamente: ¿qué había de malo en que hubiera pretendido atenderla? ¡Aquello significaba que la madre la quería, que la había aceptado como propia!

La pelirroja se empezó a reír: ¡La mamá no era tan tonta como para no distinguir los jadeos amorosos de los producidos por un cólico de estómago! Jaromil se ofendió y no pronunció palabra hasta que la chica le pidió perdón.

En una ocasión recorrían la calle: iban cogidos del brazo y caminaban en silencio (porque cuando no se estaban echando algo en cara permanecían callados y cuando no callaban se echaban algo en cara). Jaromil vio entonces a dos mujeres bellas que venían en dirección contraria. Una joven y la otra mayor; la joven era más elegante y más guapa pero (sorprendentemente) también la mayor era bastante elegante y sorprendentemente guapa. Jaromil conocía a las dos mujeres: la más joven era la cineasta, la mayor era su propia madre.

Las saludó ruborizado. Las dos mujeres respondieron al saludo (la madre con disimulada alegría) y Jaromil se sintió en compañía de su chica —que no era precisamente una belleza— como si la bella cineasta lo hubiera visto con aquellos horripilantes y vergonzosos calzones.

Cuando llegó a casa le preguntó a la madre de dónde conocía a la cineasta. Ella le respondió, con un gesto de coquetería, que ya eran viejas amigas. Jaromil siguió indagando pero la madre esquivaba la respuesta, como cuando el amante le pregunta a su amada por algún detalle íntimo y ella retarda la respuesta para provocarle; finalmente se lo dijo: esa simpática mujer había ido a visitarla hacía dos semanas. Admiraba mucho a Jaromil como poeta y quería hacer un cortometraje sobre él; se trataría tan sólo de un cortometraje de aficionados producido con la colaboración del Club Cultural del Cuerpo de Seguridad Nacional, pero aun así tendría asegurado un amplio número de espectadores.

—¿Y por qué fue a verte a ti? ¿Por qué no se dirigió directamente a mí? —preguntó Jaromil extrañado.

Parece ser que no quería molestar y deseaba saber lo más posible a través de ella. ¿Y quién sabe más de un hijo que su madre? Además, la joven había sido tan amable que había pedido a la madre que colaborase verdaderamente en el guión: sí, habían hecho entre las dos un guión sobre el joven poeta.

—¿Y por qué no me habéis dicho nada? —preguntó Jaromil, a quien la relación entre la madre y la cineasta le desagradaba instintivamente.

—Ha sido una mala suerte haberte encontrado; estábamos preparándolo todo para que fuera una sorpresa para ti. Un buen día llegarías a casa y te encontrarías con las cámaras preparadas y lo único que faltaría sería que te filmaran a ti.

¿Qué podía hacer Jaromil? Un día llegó a su casa, estrechó la mano de la chica en cuyo apartamento había estado hacía algunas semanas y se sintió tan triste como aquella vez, a pesar de que ahora llevaba como calzoncillos unos deportivos rojos (desde la velada poética con los policías ya nunca había vuelto a ponerse los horribles calzones). Pero cada vez que se encontraba con la cineasta había alguien que desempeñaba aquella fatídica función: cuando la encontró en la calle con su madre le pareció que el pelo rojizo de su chica lo envolvía al igual que aquellos espantosos calzoncillos, y ahora las frases coquetas y la artificial charlatanería de su madre eran las que se convertían en la irrisoria prenda.

La cineasta dijo (a él nadie le había preguntado su opinión) que hoy iban a filmar material documental, fotografías de su infancia, que la madre iría comentando, porque, como le dijeron de pasada, la película consistiría en un relato de la madre sobre el hijo-poeta. Tenía ganas de preguntar qué era lo que la madre iba a contar, pero le daba miedo oírlo; enrojeció de vergüenza. En la habitación estaban, además de él y las dos mujeres, tres hombres con la cámara y dos grandes lámparas; le pareció que lo observaban y se reían de él con disimulo; no se atrevió ni a hablar.

—Tiene unas fotos de la infancia preciosas. Me gustaría poder utilizarlas todas —dijo la cineasta hojeando el álbum familiar.

—¿Saldrán en la pantalla? —preguntó la madre con gran interés y la cineasta la tranquilizó con una respuesta afirmativa; luego le explicó a Jaromil que la primera secuencia de la película consistiría en un simple montaje de fotografías suyas, mientras la madre, como voz en *off*, iría narrando sus recuerdos. Después aparecería la madre y más tarde el poeta; el poeta en la casa donde nació, el poeta escribiendo, el poeta en el jardín con las flores y, finalmente, el poeta en la naturaleza, en el sitio que más le gustaba, recitando en su rincón preferido al aire libre, un poema con el cual terminaría la película. («¿Y qué sitio es el que más me gusta?», preguntó airado; le dijeron que el sitio que más le gustaba era el paisaje romántico de las afueras de Praga, donde el terreno se ondula y emergen las rocas. «¿Cómo es eso? A mí ese sitio no me gusta», dijo tajante, pero nadie lo tomó en serio.)

A Jaromil este guión no le gustaba en absoluto y dijo que querría participar en la elaboración; expuso que había demasiadas escenas convencionales (¡enseñar la fotografía de un niño de un año es algo ridículo!); afirmó que había una serie de problemas que debían solucionarse; le preguntaron a qué se refería y contestó que no era capaz de formularlo así de sopetón, pero que precisamente por eso creía que era necesario retrasar el rodaje.

Quería que el rodaje se postergase a toda costa, pero no tuvo éxito. La mamá le echó el brazo a la espalda y le dijo a su morena colaboradora:

—¡Éste es mi eterno descontento! Nunca ha estado contento con nada... —y luego acercó con ternura su cabeza a la mejilla de él—: ¿No es verdad? —Jaromil no respondió—: ¿Verdad que eres mi pequeño descontento? ¡Tienes que reconocerlo! —insistió ella.

La cineasta dijo que el inconformismo era una virtud muy importante para los autores, sólo que esta vez el autor no era él sino ellas dos y que estaban preparadas para afrontar todas las críticas; que las dejase hacer la película como ellas querían, al igual que ellas lo dejaban escribir sus versos como a él le gustaba...

Y la mamá añadió que Jaromil no debía tener miedo de que la película lo hiciese quedar mal, porque las dos la hacían con la mayor simpatía hacia él. Lo dijo con coquetería y no estaba claro si coqueteaba más con él que con su imprevista amiga.

Sea como fuere, lo cierto es que coqueteaba. Jaromil no la había visto nunca de aquel modo; aquella misma mañana había estado en la peluquería y llevaba ahora un peinado juvenil muy llamativo; hablaba en voz más alta que de costumbre, se reía constantemente, empleaba todas las frases ingeniosas que había aprendido en su vida y disfrutaba en su papel de anfitriona, invitando a café a los empleados de los proyectores. A la muchacha de los ojos negros la llamaba mi amiga en un tono de manifiesta familiaridad (así borraba sus diferencias de edad), mientras apoyaba el brazo sobre la espalda de Jaromil, con aire de tolerancia, llamándole mi pequeño descontento (y lo envolvía de nuevo en su virginidad, en su infancia, en sus pañales). (Qué fascinante imagen la que ofrecían los dos, uno frente al otro y forcejeando: ella lo empuja hacia los pañales y él hacia la tumba, qué hermoso espectáculo el de aquellos dos...)

Jaromil se dio por vencido; se percató perfectamente de que las dos mujeres estaban lanzadas como dos locomotoras y de que era incapaz de hacer frente a su charlatana elocuencia; veía a los tres hombres alrededor de la cámara y las lámparas y le parecían un público burlón, dispuesto a silbarle en cuanto diera el menor paso en falso; por eso hablaba en voz muy baja, mientras ellas lo hacían en voz alta, para que los espectadores las oyeran, porque la presencia del público constituía para ellas una ventaja y para él una desventaja. Les dijo, por eso, que se sometía a la voluntad de ellas e intentó marcharse; pero le conminaron (nuevamente con coquetería) a que se quedara; le dieron como excusa que preferían que viera el desarrollo del trabajo, y se quedó allí, observando a ratos al *cameraman* mientras éste filmaba las fotografías del álbum y desapareciendo luego en su habitación, fingiendo leer o trabajar; tenía la cabeza repleta de ideas confusas; intentaba encontrar algo ventajoso en esta situación tan absolutamente desfavorable y se le ocurrió la posibilidad de que la cineasta hubiera tramado todo aquel tinglado para volver a encontrarlo; pensó en su madre como en un obstáculo que debía sortear con paciencia; intentó calmarse rápidamente y encontrar el modo de utilizar toda aquella estúpida historia de la filmación en provecho propio, es decir, para superar el fracaso que lo atormentaba desde aquella noche en que abandonó precipitadamente el apartamento de la cineasta; intentó dominar su vergüenza yendo de vez en cuando a ver cómo iba el rodaje, para provocar, al menos una vez, un intercambio de miradas, aquella mirada inmóvil y fija que lo había impresionado tanto aquel día en el apartamento; pero la cineasta estaba entonces totalmente absorbida por su trabajo, y sus miradas se encontraron pocas veces y de soslayo; renunció, por lo tanto, a aquellos intentos y se decidió a ofrecerse para acompañar a la cineasta a su casa después de que finalizara su trabajo.

En el momento en que los tres hombres estaban cargando la cámara y las lámparas en la furgoneta, salió de su habitación y oyó como la mamá le decía a la cineasta: «Vamos, te acompaño. Además, aún podemos ir a tomar algo».

Durante aquella tarde de trabajo, mientras él estaba encerrado en su habitación, ¡las dos mujeres habían comenzado a tutearse! Cuando se dio cuenta del detalle se sintió como si alguien le hubiera birlado a su propia mujer delante de sus narices. Se despidió fríamente y cuando las dos mujeres se marcharon, salió él también de casa y se dirigió velozmente y con rabia hacia el edificio en que vivía la pelirroja; no estaba en casa; se quedó paseando durante casi media hora, con un humor cada vez más agresivo, hasta que por fin la vio aparecer; en la cara de ella había una alegre sorpresa, en la cara de él un amargo reproche; ¿cómo es que no estaba en casa?, ¿cómo es que no se le ocurrió que él podía venir?, ¿a dónde iba, que regresaba a su casa tan tarde?

Apenas había cerrado la puerta cuando ya le estaba quitando el vestido; luego le hizo el amor y se imaginó que debajo de él estaba la mujer de los ojos negros; oía los suspiros de su pelirroja y, como al mismo tiempo veía aquellos ojos negros, le parecía que los suspiros pertenecían a aquellos ojos y estaba tan excitado que hizo el amor varias veces seguidas, pero ninguna de ellas duró más de unos pocos segundos. A la pelirroja aquello le resultó tan insólito que le provocó risa. Jaromil estaba aquel día tan sensibilizado ante la posibilidad de que se rieran de él que no captó la amistosa comprensión escondida en la risa de la pelirroja; se creyó ofendido y le dio una bofetada; ella se puso a llorar y Jaromil sintió que aquel llanto le hacía bien; ella siguió llorando y él volvió a pegarle; el llanto de una chica que llora por nuestra culpa es una redención; es Jesucristo que muere por nosotros en la cruz; Jaromil miró satisfecho las lágrimas de la pelirroja, luego la besó, la consoló y se marchó a su casa mucho más tranquilo.

Unos días más tarde el rodaje continuó, volvió la furgoneta, descendieron de ella los tres hombres (aquel público hostil) y se bajó la bella muchacha cuyos suspiros había oído anteayer en la habitación de la pelirroja. Claro que estaba también la madre, cada vez más joven, como un instrumento musical, que emitía sonidos, tronaba, se reía, se salía del conjunto y pretendía convertirse en solista.

Esta vez la cámara debía enfocar directamente a Jaromil, era preciso mostrarlo en su ambiente familiar, junto a su escritorio en el jardín (porque Jaromil, al parecer, amaba el jardín, las plantas, las flores, el césped); era necesario que se le viera junto a su mamá, que como ya hemos dicho había estado hablando de su hijo en una prolongada escena. La cineasta los hizo sentarse en un banco del jardín y obligó a Jaromil a charlar con naturalidad con su madre; el ensayo de la naturalidad duró una hora, y la mamá no perdió su buen humor ni por un momento; no paró de hablar (en la película no se iba a oír lo que hablaban, su conversación muda sería acompañada por el comentario en *off* de la madre) y al comprobar que la expresión de la cara de Jaromil no era suficientemente alegre, empezó a decirle que no era fácil ser madre de un chico como él, tímido, solitario, siempre vergonzoso.

Luego lo sentaron en la furgoneta y partieron en dirección al paisaje romántico en las afueras de Praga, donde la madre estaba convencida de que Jaromil había sido concebido. La madre era demasiado púdica para haberle dicho a nadie por qué amaba tanto este paisaje; no quería decirlo pero tenía ganas de decirlo y por eso ahora, con forzada ambigüedad, explicaba a todos que este paisaje había sido siempre para ella un paisaje de amor, paisaje amoroso: «¡Fijaos cómo está la tierra de ondulada, cuánto se parece a una mujer, a sus redondeces, a sus formas maternales! ¡Fijaos en esas rocas, en esas rocas perdidas que emergen aquí solitarias! ¿No representan esas rocas, salientes, erguidas, escarpadas, algo masculino? ¿No es éste un paisaje masculino y femenino? ¿No es un paisaje erótico?».

Jaromil estaba pensando en rebelarse; quería decirles que aquella película era una bobada; se sublevaba en él el orgullo de quien sabe lo que es el buen gusto; quizá hasta hubiera sido capaz de provocar un pequeño escándalo o, al menos, hubiera podido huir como lo había hecho en una ocasión en la piscina pública, pero esta vez no había manera: estaban allí los ojos negros de la cineasta y contra ellos no tenía nada que hacer; temía perderlos por segunda vez; aquellos ojos le cerraban el camino de la huida.

Finalmente, fue empujado hacia una gran roca, ante la cual tenía que recitar su poema preferido. La mamá estaba excitadísima. ¡Cuánto tiempo había transcurrido sin volver allí! Precisamente en el sitio donde, una tarde de domingo ya tan lejana, había hecho el amor con el joven ingeniero, estaba ahora su hijo; como si hubiese crecido al cabo de los años como una seta (¡eso es, como si en el sitio donde los padres dejaron la simiente, los hijos naciesen como setas!); la madre estaba cautivada por la imagen de aquella hermosa, extraña, e imposible seta, que con voz temblorosa recitaba unos versos acerca de que le gustaría morir entre las llamas.

Jaromil sintió que recitaba como un idiota pero nada podía hacer por evitarlo; intentaba convencerse a sí mismo de que él no era un miedoso, pues en la residencia de los policías lo había hecho maravillosamente; pero esta vez no podía; colocado junto a una absurda roca, en un paisaje también absurdo, con el temor de que algún praguense pasara por allí con su perro o su novia (las mismas preocupaciones que su madre tuvo hacía veinte años) era incapaz de concentrarse en el poema y pronunciaba las palabras dificultosamente y sin ninguna naturalidad.

Lo obligaron a repetir varias veces su poema y al final se dieron por vencidos.

—Mi eterno miedoso —suspiró la madre—: ya en el bachillerato le daba miedo cada vez que tenía que examinarse; ¡cuántas veces he tenido que obligarle a ir al colegio porque le daba miedo!

La cineasta sugirió que el poema podía ser doblado por algún actor, así que bastaba con que Jaromil abriera la boca sin decir nada.

Así lo hizo.

—¡Por Dios —exclamó la cineasta, ya impaciente—, tiene que abrir la boca exactamente de acuerdo con el texto del poema y no como a usted se le ocurra! ¡El actor tiene que hacer el doblaje de acuerdo con el movimiento de sus labios!

Y así, mientras Jaromil, de pie junto a la roca, abría la boca (obediente y sumiso), la cámara se puso por fin en movimiento.

10

Hacía sólo dos días que había posado frente a la cámara en pleno campo, vestido con una chaqueta ligera, y hoy ya había tenido que ponerse el abrigo, la bufanda y el sombrero; nevaba. Habían quedado en encontrarse a las seis delante de la casa de ella. Pero pasaba ya un cuarto de hora y la pelirroja no había aparecido.

Un pequeño retraso no es ningún acontecimiento grave; pero Jaromil, humillado tantas veces en los últimos días, ya no tenía fuerzas para soportar ni un gramo más de humillación; y ahora se veía obligado a dar vueltas y vueltas en una calle repleta de gente, donde todos podían notar que esperaba a alguien que, por lo visto, no tenía demasiada prisa por verlo, haciendo así pública su derrota.

Tenía miedo de mirar el reloj para que aquella mirada excesivamente expresiva no pusiera en evidencia, a los ojos de todos los vecinos, su condición de enamorado a quien daban un plantón; levantó un poquito la manga del abrigo y la introdujo bajo la correa del reloj para poder mirar la hora sin llamar la atención. Cuando vio que la aguja grande marcaba ya las seis y veinte se puso furioso: ¿cómo era posible que él llegara siempre antes de la hora y ella, más tonta y más fea, se retrasara siempre?

Por fin llegó y se encontró con la cara de Jaromil petrificada. Fueron a su habitación, se sentaron y la chica se disculpó: había estado en casa de una amiga. Fue lo peor que le pudo decir. Nada habría podido justificarla, y menos aún una amiga, que era para él la esencia misma de la insignificancia. Le dijo a la pelirroja que comprendía lo importante que era que se divirtiera con su amiga y que por eso le sugería que volviera otra vez junto a ella.

La chica se percató de la gravedad de la situación; le dijo que habían hablado de cosas muy importantes; la amiga se había separado de su novio y estaba muy triste, había estado llorando, la pelirroja había tenido que consolarla y no había podido irse antes de que ella se calmase.

Jaromil le dijo que le parecía muy noble, de su parte, enjugar las lágrimas de una amiga. Pero ¿quién le iba a secar las lágrimas a ella cuando se separase de Jaromil, que se negaba a salir con una chica para quien las estúpidas lágrimas de una estúpida amiga eran más importantes que él?

La chica comprendió que aquello iba de mal en peor; le dijo a Jaromil que la disculpara, que lo lamentaba muchísimo y que la perdonara.

Pero aquello era poco para su insaciable humillación; las disculpas no cambiaban nada de lo que para él estaba más que claro: lo que la pelirroja llamaba amor no tenía nada que ver con el amor; no, dijo adelantándose a sus objeciones, no era una excesiva minuciosidad por su parte si sacaba conclusiones definitivas de un episodio aparentemente insignificante; era precisamente en aquellos detalles donde se manifestaba la esencia de su relación con él; aquella insoportable dejadez, aquel comportamiento descuidado que tenía para con Jaromil, como si se tratase de una amiga, de un cliente de la tienda o de un desconocido que pasara por la calle. ¡Que no se atreviera nunca más a decirle que lo quería! ¡Su amor era sólo una imitación lamentable del amor!

La chica vio que las cosas ya no podían estar peor. Intentó interrumpir con un beso la tristeza cargada de odio de Jaromil pero él la apartó de su boca casi brutalmente; ella utilizó la circunstancia para caer de rodillas y apretar la cara contra su vientre; Jaromil dudó durante un instante, pero luego la levantó del suelo y le rogó fríamente que no volviera a tocarlo.

El odio que se le subía a la cabeza como si fuera alcohol era hermoso y lo encantaba; el encantamiento era aún mayor porque al caer sobre la chica repercutía sobre él y le hacía daño a él mismo; su furia era autodestructiva, porque Jaromil sabía perfectamente que si alejaba de su lado a la pelirroja, alejaba a la única mujer que tenía; se daba perfecta cuenta de que su furia era injustificada e injusta hacia la muchacha; pero eso mismo era tal vez lo que lo volvía más cruel, porque lo que lo fascinaba era el abismo; el abismo de la soledad, el abismo de la autocondenación; sabía que sin ella no sería feliz (se quedaría solo) ni podría estar conforme consigo mismo (sabría que había hecho daño), pero aquel pensamiento era impotente contra la hermosa embriaguez de la maldad. Le comunicó a la chica que lo que acababa de decir no era válido sólo para este momento, sino para siempre; ya nunca querría que lo tocara su mano.

No era la primera vez que la chica se encontraba ante los celos y el odio autocompasivo de Jaromil; pero en esta ocasión percibía en su voz un tono decidido, casi demencial; sentía que Jaromil era capaz de hacer cualquier cosa con tal de satisfacer su incomprensible furia. Por eso, casi en el último momento, casi al borde del abismo, le dijo:

—Por favor, no te enfades conmigo. No te enfades, te he mentido. No he estado en casa de ninguna amiga.

Él quedó confuso:

—¿Y dónde has estado?

—Te vas a enfadar, tú no lo quieres, pero yo no tengo la culpa de haber tenido que ir a verlo.

—Pero ¿dónde has estado?

—En casa de mi hermano. Del que vivía conmigo.

Se enfadó:

—¿Qué te pasa con tu hermano, que tienes que estar pegada a él?

—No te enfades, para mí no significa nada, comparado contigo no es nada para mí, pero comprende que es mi hermano, hemos crecido juntos durante quince años. Se va por mucho tiempo. Tuve que despedirme de él.

Lo de la despedida sentimental con el hermano le fastidiaba.

—¿Y a dónde se va tu hermano para que tengas que despedirte de él durante tanto tiempo y llegues tarde a todas partes?

¿La empresa lo manda de viaje durante toda una semana? ¿O se va a pasar el fin de semana fuera?

No, no era ni un viaje de la empresa ni un fin de semana, era algo mucho más serio y ella no se lo podía decir a Jaromil, porque sabía que se enfadaría muchísimo.

—¿Y a eso le llamas amor? ¿Qué clase de amor es ése si luego me ocultas algo con lo que yo no estoy de acuerdo, si tienes secretos en los que yo no participo?

Sí, la chica sabía perfectamente que el amor significaba que debían confiarse todos los secretos; pero él tenía que entender que ella tenía miedo, únicamente miedo...

—¿Y qué es lo que ocurre para que tengas miedo? ¿Adónde puede ir tu hermano como para que tú tengas miedo de decirlo?

¿De verdad no intuía nada? ¿De verdad no era capaz de adivinar por dónde iban las cosas?

No, Jaromil no lo adivinaba (y en ese momento su furia ya se había quedado rezagada, muy por detrás de su curiosidad).

Por fin, la chica se lo cuenta: su hermano se había decidido a abandonar en secreto, ilegalmente, infringiendo las leyes, este país; pasado mañana ya estaría más allá de la frontera.

¿Cómo era eso? ¿Su hermano quiere abandonar nuestra joven república socialista? ¿Su hermano quiere traicionar a la revolución? ¿Su hermano quiere convertirse en un exiliado? ¿Es que no sabía que los exiliados se convertían automáticamente en agentes de los servicios de espionaje extranjeros que quieren destruir nuestra patria?

La chica afirmó con la cabeza. Su instinto le decía que Jaromil le perdonaría más fácilmente la huida y la traición de su hermano que el cuarto de hora de retraso. Por eso asintió y dijo que estaba de acuerdo con todo lo que Jaromil decía.

—¿Y qué sentido tiene que estés de acuerdo conmigo? ¡Lo que tenías que haber hecho era convencerlo a él! ¡Debiste haberlo retenido!

Claro, había estado tratando de convencer a su hermano; había hecho todo lo posible por convencerlo; precisamente por eso había llegado tarde; ahora comprendería Jaromil el porqué de su retraso; tal vez ahora se lo podría perdonar.

Lo extraño fue que Jaromil dijo que le perdonaba haber llegado tarde; pero lo que no podía perdonarle era que su hermano fuera a emigrar:

—Tu hermano está al otro lado de la barricada. Por eso es mi enemigo personal. Si estalla la guerra, él disparará contra mí y yo dispararé contra él. ¿Te das cuenta?

—Claro que sí —dijo la pelirroja y le aseguró a Jaromil que ella estaría siempre de su parte; de la parte de él y de la de nadie más.

—¿Cómo es posible que estés de mi parte? ¡Si realmente lo estuvieras, no permitirías que tu hermano cruzara la frontera!

—¿Y qué podía yo hacer? ¡Como si yo tuviera fuerza suficiente para detenerlo!

—Tenías que haber venido de inmediato junto a mí y yo ya hubiera sabido qué hacer. ¡Pero tú, en lugar de eso, has estado diciendo mentiras! ¡Te has inventado la historia de la amiguita! ¡Me has querido engañar! ¡Y ahora vas a decir que estás de mi lado!

Le juró que estaba de su parte y que lo seguiría estando, en cualquier caso.

—¡Si fuera verdad lo que dices, habrías llamado a la policía!

—¿Cómo que a la policía? ¿Cómo iba a denunciar a mi propio hermano a la policía? ¡Eso no es posible!

Jaromil no soportaba que se le contradijera:

—¿Cómo que no es posible? ¡Si no la llamas tú, la llamo yo mismo!

La chica volvió a repetir que un hermano es un hermano y que no se le podía ni ocurrir denunciarlo a la policía.

—¿O sea que tu hermano te importa más que yo?

Claro que no era así, pero eso no significaba que tuviera que denunciarlo.

—El amor significa todo o nada. El amor es pleno o no es. Yo estoy aquí y él está en el lado contrario. Tú tienes que estar junto a mí y no a mitad de camino entre nosotros dos. Y si estás junto a mí, tienes que hacer lo que yo hago, tienes que querer lo que yo quiero. Para mí, la suerte de la revolución es mi propia suerte. Si alguien actúa contra la revolución, actúa contra mí mismo. Y si mis enemigos no son tus enemigos, entonces eres mi enemiga.

No, no es su enemiga; quiere estar de acuerdo con él en todo; ella también sabe que el amor significa todo o nada.

—Así es, el amor es todo o nada. Al lado del amor verdadero, todo lo demás palidece, todo lo demás se convierte en nada.

Sí, está completamente de acuerdo, sí, precisamente eso es lo que ella misma siente.

—Así es como se reconoce el verdadero amor, en que hace oídos sordos a lo que habla el resto del mundo. En cambio, tú te pasas la vida oyendo lo que dicen los demás, siempre tienes un montón de consideraciones para con todo el mundo y con ellas me pisoteas luego a mí.

Por Dios, no pretende pisotearlo a él, es que le da miedo pensar que puede hacerle un daño enorme a su hermano, que su hermano puede pagar muy caro todo aquello.

—Y aunque lo pagase muy caro. Si lo paga muy caro, lo pagará con todo merecimiento. ¿O es que le tienes miedo? ¿Te da miedo separarte de él? ¿Tienes miedo de separarte de la familia? ¿Quieres seguir pegada a ella? ¡Si supieras cómo odio tu terrible falta de decisión, tu total incapacidad de amar!

No, no es cierto que sea incapaz de amar; lo ama con todas sus fuerzas.

—Claro, me amas con todas tus fuerzas —rió—, ¡pero es que tú no tienes fuerzas para amar! ¡No sabes amar!

Volvió a jurarle que aquello no era verdad.

—¿Serías capaz de vivir sin mí?

Le juró que no.

—¿Podrías seguir viviendo si yo muriera?

No, no, no.

—¿Podrías vivir si yo te abandonase?

No, no, no, ella negó con la cabeza.

¿Qué más podía pedir? Su furia se diluyó y la reemplazó una gran excitación; su propia muerte había aparecido de repente junto a ellos; la muerte dulce, dulcísima que se habían prometido si uno de ellos se sintiera abandonado por el otro. Con voz quebrada por la emoción, él dijo:

—Yo tampoco podría vivir sin ti.

Y ella repitió que no podría vivir y no viviría sin él, y estuvieron repitiendo aquella frase hasta que una gran embriaguez se apoderó de ellos; se arrancaron los vestidos e hicieron el amor; de repente sintió en su mano la humedad de unas lágrimas en la cara de ella; eso fue maravilloso; eso no le había pasado nunca; ninguna mujer había llorado de amor por él; las lágrimas eran para él el líquido en el que el hombre se desintegraba cuando no se conformaba con ser sólo hombre y pretendía superar su propio destino; le parecía que a través de la lágrima el hombre huía de su determinación material, de sus fronteras, se convertía en distancia y se hacía infinito. Aquel charco de lágrimas lo emocionó tremendamente y de repente sintió que él también estaba llorando; se amaron y quedaron mojados sus cuerpos y sus caras; se amaron y, en realidad, se deshicieron, sus humedades se mezclaron y confluyeron como dos ríos, lloraron y se amaron y en aquel momento se colocaron fuera del mundo, fueron como un lago que tomaba impulso en la tierra para elevarse hasta el cielo.

Luego permanecieron acostados los dos juntos, ya serenos, siguieron acariciándose con ternura durante largo rato; la chiquilla tenía sus cabellos rojizos mojados, formando cómicos mechones y su cara estaba enrojecida; estaba fea y Jaromil se acordó del poema en que había escrito que quería beber todo lo que había en ella, sus viejos amores y su fealdad, su pelo rojizo pegoteado y la suciedad de sus pecas; la acariciaba y observaba amorosamente su enternecedor desvalimiento; le repitió que la quería y ella le repitió lo mismo.

Y como no quería despedirse de ese momento de satisfacción absoluta en el que la muerte mutuamente prometida le había fascinado, dijo nuevamente:

—Realmente no sabría vivir sin ti, no podría vivir sin ti.

—Sí, yo también estaría tremendamente triste si no te tuviera, tremendamente triste.

Se puso en guardia:

—Es decir que tú serías capaz de imaginarte tu vida sin mí.

La chica seguramente no se daba cuenta de la trampa que le había tendido:

252

—Estaría tremendamente triste.

—Pero serías capaz de vivir.

—¿Qué podría hacer yo si me abandonaras? Pero estaría tremendamente triste.

Jaromil comprendió que había sido víctima de una equivocación; la pelirroja no le había prometido su muerte y cuando había dicho que no podría vivir sin él, lo había hecho sólo como un cumplido amoroso, como una frase decorativa, como una metáfora; pobre imbécil, ni siquiera se daba cuenta de lo que estaba ocurriendo; le prometía su tristeza a él, que sólo sabía de medidas absolutas, todo o nada, la vida o la muerte. Lleno de agria ironía le preguntó:

—¿Y cuánto tiempo estarías triste? ¿Un día entero? ¿O hasta una semana?

—¿Una semana? —sonrió con amargura—. Ay, Xavito, una semana... —y se apretó contra él para expresarle con el contacto de su cuerpo que su tristeza no podría medirse por semanas.

Y Jaromil empezó a pensar: ¿Cuál será el peso de su amor? Un par de semanas de tristeza, bien. Pero ¿qué es la tristeza? ¡Un poco de malhumor, una pizca de nostalgia! ¿Y qué es una semana de tristeza? Nadie es capaz de sentir nostalgia constantemente. Estaría triste un par de minutos durante el día, un par de minutos durante la noche; ¿cuántos minutos serían en total? ¿Cuántos minutos de tristeza pesa su amor? ¿En cuántos minutos de tristeza lo habría valorado?

Se imaginaba su propia muerte y la vida de ella, indiferente, imperturbable, alegre y ajena extendiéndose sobre su no ser.

Ya no tenía ganas de volver a iniciar aquel diálogo dolorido y celoso; oyó la voz de ella que le preguntaba por qué estaba triste y no respondió; sentía la ternura de esa voz como un bálsamo que no le hiciera efecto.

Entonces se levantó y se vistió; ya no volvió a ser malo con ella; seguía preguntándole por qué estaba triste y él en lugar de responderle le acariciaba melancólicamente la cara. Y luego le preguntó, mirándola atentamente a los ojos:

—¿Irás tú misma a la policía?

Ella había creído que aquel maravilloso entusiasmo amoroso había desplazado definitivamente la indignación contra su hermano; la pregunta la cogió por sorpresa y no supo darle respuesta.

Una vez más le preguntó (triste y serenamente):

—¿Irás tú sola a la policía?

Balbuceó algunas palabras; quería disuadirlo de sus intenciones pero, al mismo tiempo, le daba miedo decírselo directamente; pero la intención evasiva de su balbuceo era tan evidente que Jaromil dijo: «Comprendo perfectamente que no quieras ir. Lo haré yo mismo», y volvió (con un gesto de compasión, de tristeza, de decepción) a acariciar sus mejillas.

Estaba confundida y no sabía qué decir. Se besaron y él se fue. Cuando él se despertó a la mañana siguiente, la mamá ya había salido. Por la mañana temprano, mientras él aún dormía, ella había colocado sobre su silla una camisa, una corbata, unos pantalones, la chaqueta y, cómo no, los calzoncillos. No era posible acabar con una costumbre que perduraba ya veinte años y Jaromil seguía soportándola. Pero aquel día, al ver los calzoncillos cuidadosamente doblados, de color beige claro, ridículamente amplios, con aquella gran bragueta que era casi una clamorosa llamada a orinar, se apoderó de él una rabia extraordinaria.

Sí, aquel día se había levantado como si de un día grande y decisivo se tratara. Cogió los calzoncillos entre sus brazos extendidos y los examinó con sumo cuidado y con un odio casi amoroso; luego mordió uno de los extremos y apretó los dientes; asió el calzoncillo por el mismo extremo con la mano derecha y dio un violento tirón; oyó el ruido de la tela al rasgarse; tiró los calzones rasgados al suelo; quería que quedaran allí y que los viera su mamá.

Luego se puso los deportivos amarillos, la camisa que tenía preparada, la corbata, los pantalones, la chaqueta, y salió de casa.

En la portería entregó su documento de identidad (requisito imprescindible si se quiere entrar en el gran edificio donde está el Cuerpo de Seguridad del Estado) y subió por las escaleras. ¡Fijaos en él cómo camina, con qué atención da cada uno de sus pasos! Va como si soportara sobre sus espaldas todo su destino; va por la escalera como si no subiese exclusivamente al piso alto del edificio, sino también al piso alto de su propia vida, desde el cual va a ver lo que aún no había visto.

Todo le salía bien; cuando entró en la oficina se topó con la cara de su antiguo compañero y era la cara de un amigo; esa cara lo miraba sonriendo alegremente; estaba agradablemente sorprendida; estaba contenta.

El hijo del conserje afirmó que era muy feliz de que Jaromil hubiera venido a visitarlo y en el alma de Jaromil se extendió una agradable sensación de felicidad. Se sentó en la silla que se le ofreció y por primera vez en su vida sintió que estaba allí frente a su antiguo compañero como un hombre frente a otro hombre, de igual a igual, de fuerte a fuerte.

Permanecieron un rato charlando de cualquier cosa, como suelen hacer los amigos, pero la charla era para Jaromil sólo una deliciosa obertura en la que disfrutaba impaciente, esperando que se levantara el telón.

—Quiero decirte algo muy importante —dijo luego con voz severa—. Sé de alguien que en las próximas horas intentará cruzar la frontera. Tenemos que hacer algo.

El hijo del conserje se puso alerta y le hizo algunas preguntas a Jaromil. Jaromil le respondió con rapidez y exactitud.

—Ésa es una cosa muy seria —dijo entonces el hijo del conserje—, eso no lo puedo resolver yo solo.

Condujo a Jaromil por un largo pasillo hasta otra oficina donde lo presentó a un hombre de edad, vestido de civil; lo presentó como amigo suyo, de modo que aquel hombre también le sonrió amistosamente; llamaron a una mecanógrafa y levantaron acta; Jaromil tuvo que dar todos los detalles exactos; cómo se llama su amiga; dónde está empleada; la edad que tiene; de dónde la conoce; cómo es la familia de ella; dónde trabaja su padre, sus hermanos, sus hermanas; cuándo le ha contado lo de los preparativos de la huida del hermano; quién es el hermano; qué sabe Jaromil de él.

Jaromil sabía muchas cosas, la chica le hablaba de él con frecuencia; precisamente por eso lo había considerado un asunto importante y se había apresurado a informar a sus camaradas, a sus compañeros de lucha, a sus amigos, antes de que fuera demasiado tarde. Y es que el hermano de su amiga odiaba a nuestro régimen, ¡qué cosa más triste! Provenía de una familia muy modesta, muy pobre, pero como había trabajado de chófer de un político burgués, se sentía unido de por vida a las personas que tramaban intrigas contra nuestro Estado; sí, eso podía atestiguarlo con absoluta seguridad, porque su chica le había expuesto las ideas de su hermano con toda precisión; estaba dispuesto a disparar contra los comunistas; Jaromil era capaz de imaginarse perfectamente lo que haría cuando estuviera en el exilio; Jaromil sabía que su única pasión era destruir el socialismo.

Entre los tres terminaron de dictarle la declaración a la mecanógrafa con la concisión propia de viejos amigos; y el de más edad le dijo entonces al hijo del conserje que fuera inmediatamente a tomar las medidas necesarias. Cuando se quedaron solos en la habitación, le agradeció a Jaromil los servicios prestados. Le dijo que si toda la nación estuviera tan vigilante como él, nuestra patria socialista sería inexpugnable. Y le repitió que le gustaría que aquel encuentro no fuera el último. Seguro que Jaromil sabía perfectamente cuántos enemigos tenía nuestro Estado en todas partes; Jaromil estaba en la facultad, entre los estudiantes y conocía tal vez a algunas personas de los círculos literarios. Sí, ya sabemos que se trata en la mayoría de los casos de personas honestas; pero hay entre ellos también bastantes que intentan perjudicarnos.

Jaromil miraba con entusiasmo la cara del policía; le parecía hermosa; estaba cubierta de profundas arrugas que hablaban de una dura vida varonil. Sí, a Jaromil también le gustaría que aquel encuentro no fuera el último. Ése era su único deseo; sabía dónde estaba su sitio.

Se dieron la mano con una sonrisa.

Con esta sonrisa en el alma (una maravillosa sonrisa de hombre con arrugas) salió Jaromil del edificio de la policía. Se detuvo en las escaleras que conducían a la acera y vio la tarde helada y luminosa levantándose por encima de los tejados de la ciudad. Respiró el aire frío y se sintió lleno de una virilidad que le salía por todos los poros y quería cantar.

En un principio quiso ir inmediatamente a casa, sentarse a la mesa y escribir poemas. Pero dio tres pasos y se volvió; no quería estar solo. Le pareció que sus rasgos se habían endurecido durante aquella última hora, que su paso se había hecho más firme, que su voz era más recia y quería que lo vieran así, transformado. Fue a la facultad y habló con todo el mundo. Nadie le dijo que lo encontraba cambiado, pero el sol seguía brillando y sobre las chimeneas de la ciudad flotaba un poema aún no escrito. Se fue a su casa y se encerró en su habitación. Escribió varias hojas pero no quedó demasiado contento.

Dejó a un lado la pluma y prefirió soñar; estuvo soñando sobre un umbral misterioso que debía trasponer un niño para convertirse en hombre; le pareció saber el nombre de ese umbral; el nombre no era amor, el umbral se llamaba deber. Era difícil escribir poemas sobre el deber; ¿qué fantasía podía despertar esa severa palabra? Pero Jaromil sabía que la fantasía animada por esa palabra sería nueva, insólita, inesperada; porque en lo que él pensaba no era en el deber al estilo antiguo, asignado e impuesto desde el exterior, sino en el deber que el propio hombre creaba para sí, que elegía libremente, un deber voluntario, prueba en el hombre de coraje y altivez.

Estos pensamientos lo llenaron de orgullo porque con ellos trazaba su propio retrato, suyo y totalmente nuevo. Otra vez deseó que contemplaran su admirable transformación y se dirigió rápidamente a casa de la pelirroja. Eran aproximadamente las seis y ya debía de estar en casa desde hacía tiempo. Pero el dueño de la casa le comunicó que aún no había regresado de la tienda. Ya habían estado hacía media hora dos señores preguntando por ella y había tenido que decirles que su inquilina aún no había regresado.

Jaromil tenía tiempo de sobra y se dedicó a pasear de un lado a otro de la calle donde vivía la pelirroja. Al cabo de un rato advirtió que había dos hombres al otro lado de la calle que hacían lo mismo que él; pensó que debían ser aquellos dos sobre los que había hablado el dueño de la casa; luego vio venir, por el lado opuesto de la calle, a la pelirroja. No quería que lo viera; se ocultó junto a la entrada de uno de los edificios y vio a la chica dirigiéndose con paso rápido hacia su casa y entrando en ella. Luego advirtió que los dos hombres la seguían. Se sintió inseguro y no se atrevió a moverse de su sitio. Al cabo de un minuto, más o menos, salieron de la casa los tres; fue en ese momento cuando se dio cuenta de que a escasa distancia de la casa estaba aparcado un coche; los dos hombres y la chica se metieron en él y el coche se puso en marcha.

Jaromil comprendió que los dos hombres debían ser policías; pero, además del susto que lo dejó helado, sintió una admiración excitante al ver que lo que había hecho por la mañana era un acto real, a cuyo impulso las cosas se habían puesto en movimiento.

Al día siguiente se apresuró para poder ver a la chica en cuanto regresara del trabajo. Pero el dueño de la casa le dijo que desde que se la habían llevado aquellos dos señores, la pelirroja no había vuelto.

Esto lo dejó muy inquieto. Al otro día, por la mañana temprano, volvió a la policía. El hijo del conserje seguía comportándose con la misma simpatía hacia él; le dio la mano, le sonrió campechano y cuando Jaromil le preguntó qué había pasado con su chica, que aún no había regresado a casa, le dijo que no se preocupara.

—Nos has dado la pista de algo muy serio. Tenemos que ver bien qué se traen entre manos —y esbozó una sonrisa misteriosa.

Jaromil salió del edificio de la policía, volvió a encontrarse con una tarde de sol helada, nuevamente respiró el aire frío y se sintió grande y en presencia del destino. Y sin embargo, la sensación era distinta a la de anteayer. Hoy, por primera vez, se le ocurrió pensar que con su acto *había entrado en la tragedia.*

258

Sí, eso fue exactamente lo que se dijo mientras bajaba por las escaleras hacia la calle; me dirijo hacia la tragedia. Seguía oyendo aquel campechano y amenazador *tenemos que ver bien qué se traen entre manos* y estas palabras incitaron su imaginación; se dio cuenta de que su chica estaba ahora en manos de hombres extraños, que estaba en su poder, que estaba en peligro y que un interrogatorio de varios días de duración no era seguramente nada sencillo; se acordó incluso de lo que su antiguo compañero le había contado sobre aquel judío de pelo negro y sobre la dureza del trabajo policial. Todas aquellas ideas e imágenes lo llenaban de una especie de materia dulce, olorosa y exquisita, y le pareció que crecía y que andaba por las calles como un monumento a la tristeza en movimiento.

Y luego comprendió por qué dos días antes había llenado dos hojas de papel con versos que no valían nada. Y es que hacía dos días en realidad aún no conocía el verdadero alcance de su acción. Era ahora cuando, por primera vez, comprendía sus propios actos, se comprendía a sí mismo y su destino. Hacía dos días había querido escribir versos sobre el deber; ahora ya sabía algo más: la gloria del deber crecía en el sitio que dejaba la cabeza truncada del amor.

Jaromil deambulaba por las calles embriagado por su propio destino. Luego llegó a casa y se encontró con una carta. «Será para mí una gran satisfacción que venga usted la semana próxima, a tal hora, a una pequeña fiesta en la que encontrará un grupo de gente que quizá sea de su agrado.» Lo firmaba la cineasta.

A pesar de que la invitación no prometía nada preciso, a Jaromil le produjo una inmensa alegría, porque era la prueba de que la cineasta no era una ocasión perdida, de que aquella historia no había terminado, de que el juego seguía pendiente. Y una y otra vez, con insistencia, volvía a su mente una idea singular y confusa, la idea de que había algo aún más profundo en el hecho de que aquella carta llegara precisamente el mismo día en que él había comprendido el carácter trágico de su propia situación; tenía una sensación indefinida y excitante de que todo lo que le había ocurrido en los últimos días lo capacitaba finalmente para poder enfrentarse a la esplendorosa belleza de la cineasta de pelo negro y para poder aparecer en su fiesta con suficiencia, sin temores y como un hombre.

Se sentía mejor de lo que jamás lo había estado. Se sentía lleno de versos y se sentó a la mesa. No, no era posible establecer una contradicción entre el deber y el amor, se dijo, ése era precisamente el viejo planteamiento del problema. El amor o el deber, la amada o la revolución, no, no, no era así la cosa. No había puesto en peligro a la pelirroja porque el amor no significara nada para él; precisamente lo que Jaromil quería era que el mundo del mañana fuera un mundo en el que la gente se amase más de lo que nunca se había amado. Sí, así era: Jaromil había puesto en peligro a su propia chica, precisamente porque la amaba más de lo que otros hombres amaban a sus mujeres; precisamente porque sabía lo que era el amor y el futuro mundo del amor. Claro que era terrible sacrificar a una mujer concreta (pelirroja, pecosa, pequeñita, charlatana) por causa del mundo futuro, pero aquélla era precisamente la única gran tragedia de nuestros días digna de grandes versos. ¡Digna de un gran poema!

Y se sentó a la mesa y escribió y volvió a levantarse de la mesa y paseó por la habitación y le pareció que lo que estaba escribiendo era lo más grande que había escrito hasta entonces.

Fue una noche fascinante, mucho más que todas las noches de amor que era capaz de imaginar; fue una noche fascinante pese a que la pasó solo en su habitación infantil; la mamá estaba en la habitación de al lado y Jaromil se olvidó por completo de que alguna vez había estado enfadado con ella; incluso cuando llamó a la puerta de su habitación para preguntarle qué era lo que estaba haciendo, le dijo con ternura *mamá* y le pidió que le dejara concentrarse con tranquilidad porque «estoy escribiendo el mayor poema de mi vida». La mamá sonrió (maternal, atenta, comprensiva) y le dejó en paz.

Luego se acostó y se le ocurrió que en aquel momento su chica estaría rodeada de hombres: policías, interrogadores, guardianes; que podrían hacer con ella lo que quisieran; que el guardián la estaría mirando por el ventanuco mientras ella se sentaba sobre la taza para orinar.

No estaba demasiado convencido de que todas estas situaciones extremas fueran posibles (seguramente la interrogarían y la dejarían pronto en libertad), pero la fantasía es incontrolable: se la imaginaba una y otra vez en la celda, sentada sobre el váter mientras un hombre extraño la miraba y se imaginaba que los interrogadores le arrancaban los vestidos; pero había algo que le llamaba la atención: ¡ninguna de estas imágenes despertaba sus celos!

Tienes que ser mía, para morir acaso en la tortura, si yo quisiera, vuela el grito de Keats a través de los años. ¿Por qué iba a estar celoso Jaromil? La pelirroja le pertenece ahora más que nunca: el destino de ella es una creación suya; es su ojo el que la veía orinar sentada en el cubo; son sus manos las que la tocaban a través de las manos de los guardianes; es su víctima, es su obra, es suya, suya, suya.

Jaromil no tiene celos; ese día durmió el sueño de los hombres.

Sexta parte
o
El cuarentón

1

La primera parte de nuestro relato comprende quince años de la vida de Jaromil, mientras que la quinta parte, aunque mucho más larga, apenas un año. El tiempo transcurre en este libro a ritmo contrario que la vida real: se hace cada vez más lento; ello se debe a que contemplamos la historia de Jaromil desde la atalaya que hemos levantado en el punto de su muerte. Su infancia es para nosotros una distancia en la que se confunden los meses y los años; desde aquellos nebulosos horizontes fue andando junto a su mamá hasta la atalaya en cuyas proximidades ya todo es visible, como en los primeros planos de los cuadros antiguos, en los que de los árboles se distingue cada hoja y de la hoja las más sutiles nervaduras.

Del mismo modo que nuestra vida está determinada por la profesión y el matrimonio que hemos elegido, nuestra novela está limitada por la visión que hay desde la atalaya, desde donde sólo se ve a Jaromil y a su madre, mientras a las demás figuras únicamente podemos contemplarlas cuando aparecen en presencia de ambos protagonistas. Hemos elegido este modo como vosotros habéis elegido vuestro destino y nuestra elección es tan irremediable como la vuestra.

Pero todo hombre se lamenta por no haber podido vivir otras vidas además de esa única; a vosotros os gustaría también poder vivir todas vuestras posibilidades no realizadas, todas vuestras vidas posibles. (¡Ay, el inalcanzable Xavier!) Nuestra novela es como vosotros. Ella también desea convertirse en otras novelas, en aquellas que hubiera podido ser y no ha sido.

Por eso siempre soñamos con otras posibilidades y con otros

puntos de observación posibles y que no hemos levantado. ¿Qué hubiera ocurrido si lo hubiéramos erigido en la vida del pintor, en la vida del hijo del conserje o en la vida de la pelirroja? ¿Qué es lo que sabemos de ellos? Poco más que el pobre Jaromil, que en realidad nunca supo nada de nadie. ¿Cómo sería la novela si prestara atención primordial a la carrera del reprimido hijo del conserje en la que apareciera, como un simple episodio, una o dos veces, el antiguo compañero de colegio, el poeta? ¿O si hubiéramos seguido la historia del pintor y pudiéramos por fin averiguar qué era lo que pensaba sobre su amante a la que hacía dibujos en el vientre con tinta china?

Pero si el hombre no puede salir de su vida, la novela, a pesar de todo, es mucho más libre. ¿Qué pasaría si rápidamente y en secreto derribáramos la atalaya y la trasladáramos, al menos por un momento, a algún otro sitio? Por ejemplo, ¡mucho más allá de la muerte de Jaromil! Por ejemplo, hasta nuestros días, en que ya nadie, nadie (hace algunos años que murió también su mamá) se acuerda del nombre de Jaromil...

2

¡Ay, Dios mío, levantar la atalaya en este sitio! ¡Y visitar, por ejemplo, a los diez poetas que se sentaron con él en el estrado de la velada policial! ¿Dónde están los poemas que recitaron entonces? Nadie se acuerda de ellos y hasta ellos mismos negarían ser sus autores; porque se avergüenzan de ellos, todos se avergüenzan ya de ellos...

¿Qué es lo que ha quedado de aquella época tan lejana? Aquéllos son para todo el mundo los años de los procesos políticos, de las persecuciones, de los libros prohibidos y de los asesinatos judiciales. Pero nosotros, que tenemos buena memoria, queremos dar nuestro testimonio: ¡aquella época no fue sólo horrorosa sino también lírica! La gobernaban, mano a mano, el verdugo y el poeta.

Los muros, tras los que se hallaban prisioneros hombres y mujeres, estaban construidos de versos y a lo largo de aquellos muros se bailaba. Y no, no era ninguna *danse macabre*. ¡Aquí bailaba la inocencia! La inocencia con su sonrisa ensangrentada.

¿Que el lirismo de aquella época era pésimo? ¡No del todo! El novelista que escribía acerca de aquella época con los ojos tapados por el conformismo creaba obras falaces, muertas ya antes de nacer. Pero el poeta lírico que cantaba por entonces con la misma ceguera ha dejado tras de sí, frecuentemente, buena poesía. Porque, como ya hemos dicho, en el campo mágico de la poesía, cualquier afirmación se convierte en verdadera cuando detrás de ella está la fuerza de la vivencia. Y aquellos poetas líricos vivían con tal intensidad que sus sentimientos echaban humo y en el firmamento se extendía un arco iris, un arco iris maravilloso por encima de las cárceles...

Pero no, no levantaremos nuestra atalaya en nuestros días, porque no nos interesa describir aquella época y poner frente a ella más y más espejos. No hemos elegido aquella época porque hubiéramos tenido la intención de retratarla, sino porque nos parecía que era una trampa perfecta para aprisionar a Rimbaud y a Lermontov, una trampa perfecta para el lirismo y la juventud. ¿Qué es una novela sino una trampa en la que cae el héroe? ¡La descripción de la época nos importa un cuerno! ¡Lo que nos interesa es el hombre joven que hace poesía!

Y ese hombre joven, a quien hemos llamado Jaromil, no se nos debe perder de vista. Sí, abandonemos por un momento nuestra novela, traslademos la atalaya, por un momento, más allá del fin de la vida de Jaromil y situémosla en la mente de otro personaje, hecho de otro material completamente distinto. Pero no la coloquemos más que dos o tres años más allá de su muerte, mientras aún no ha sido olvidado por todos. Construyamos un capítulo que esté, con respecto al resto del relato, más o menos en la misma relación en la que está un pequeño pabellón respecto a una villa residencial:

El pabellón se halla a unas cuantas decenas de metros de la villa; es un edificio independiente, del que la villa puede prescindir; pero en el pabellón hay una ventana abierta, de modo que hasta ella llegan desde lejos los vapores de la cocina y las voces de la gente de la villa.

3

Esta sexta parte de la novela, que hemos comparado a un pabellón, transcurre en un piso de soltero: una entrada, en ella un armario empotrado, con las puertas descuidadamente abiertas de par en par, un cuarto de baño con una bañera amorosamente limpia, una cocina con cacharros sin fregar y un dormitorio; en el dormitorio hay una cama amplia, frente a ella un gran espejo, una biblioteca recorre de un lado a otro la pared, cuelgan dos cuadros de las paredes blancas (reproducciones de pinturas y estatuas antiguas), y hay una mesa alargada con dos sillones y una ventana con vistas al patio interior, a las chimeneas y a los tejados.

Al atardecer, el dueño del apartamento regresa a casa; abre el maletín y saca un mono azul arrugado, lo cuelga en el armario; luego va a la habitación y abre la ventana de par en par; es un día soleado de primavera, en la habitación penetra una suave brisa y él va al cuarto de baño, abre el grifo del agua caliente y se desnuda; mira su cuerpo con satisfacción; es un hombre de cuarenta años pero desde que trabaja manualmente se siente en buena forma; tiene la mente más ágil y los brazos más fuertes.

Está ya en la bañera; ha colocado una tabla atravesada, de modo que le sirve de mesa; tiene delante varios libros (¡esa curiosa preferencia por los autores antiguos!), deja que el agua caliente su cuerpo y empieza a leer uno.

Suena el timbre. Primero un timbrazo corto, luego dos largos y, un momento después, otro corto.

No le gustaba que lo interrumpieran visitas inoportunas y por eso solía ponerse de acuerdo con sus amantes y amigos en un sistema de señales por las que sabía de antemano quién llamaba. Pero ¿de quién era aquella señal?

Se dice para sus adentros que se está volviendo viejo y que va perdiendo la memoria.

—¡Un momento! —exclamó; salió de la bañera, se secó sin darse prisa, se puso la bata y fue a abrir la puerta.

4

Junto a la puerta había una chica con abrigo de invierno.

La reconoció de inmediato y se sorprendió tanto que ni se dio cuenta de lo que decía.

—Me han soltado —le dijo.

—¿Cuándo?

—Hoy por la mañana. He estado esperando a que volvieras del trabajo.

Le ayudó a quitarse el abrigo; era un abrigo pesado y raído de color marrón. Lo puso en una percha y lo colgó; la chica llevaba un vestido que el cuarentón conocía perfectamente; la última vez que la había visto vestía de igual forma, sí, con el mismo vestido y el mismo abrigo, y le pareció como si en aquella tarde de primavera hubiera irrumpido un viejo día de invierno de hacía ya tres años.

También a la chica le sorprendió que la habitación estuviera igual, mientras en su vida tantas cosas habían cambiado.

—Todo está como estaba —dijo.

—Sí, todo está tal como estaba —asintió él y le ofreció el sillón en el que ella solía sentarse; empezó a hacerle una pregunta tras otra—: ¿Tienes hambre? ¿De veras has comido? ¿Cuándo comiste? ¿Y adónde piensas ir? ¿Vas a ir a tu casa?

Le contestó que debía haber ido a casa, que ya estaba en la estación, pero que se había dado media vuelta y había venido a verlo.

—Espera, voy a vestirme —se dio cuenta de que iba en albornoz; fue a la antesala y cerró la puerta; antes de empezar a vestirse, levantó el teléfono; marcó un número y cuando contestó una voz de mujer le dijo que aquel día no podría verla.

No tenía ningún compromiso con la chica que estaba sentada en la habitación; sin embargo, no quería que oyera la conversación y hablaba en voz baja. Observaba, mientras tanto, el pesado abrigo de invierno que colgaba del perchero y llenaba la habitación de una música nostálgica.

5

Habían pasado unos tres años desde la última vez que la vio y unos cinco desde que la había visto por primera vez. Había tenido mujeres mucho más bellas, pero aquella joven poseía varias virtudes excepcionales: cuando la conoció tenía apenas diecisiete años, era graciosamente espontánea, tenía talento erótico y sabía adaptarse: con sólo mirarlo adivinaba sus preferencias; al cabo de un cuarto de hora ya se había dado cuenta, sin que hubiera tenido que explicárselo, de que no debía hablar de sentimientos con él, venía a verlo, obediente, sólo cuando la invitaba (apenas una vez al mes).

El cuarentón no ocultaba que le gustaban las mujeres lesbianas; en una oportunidad, en medio de un éxtasis amoroso, ella le contó al oído que se había metido por sorpresa, en la piscina, en la cabina de una mujer y había hecho el amor con ella; la historia le había gustado mucho al cuarentón y más tarde, cuando comprendió lo poco probable que era la veracidad del relato, lo emocionó más aún el interés que la chica ponía en adaptarse a sus gustos. Además, la chica no se limitaba a sus invenciones, disfrutaba presentándole a sus amigas y se convirtió así en inspiradora y organizadora de muchas diversiones eróticas.

Comprendió que el cuarentón no sólo no exigía fidelidad, sino que se sentía más seguro si sus amigas tenían algún noviazgo serio. Por eso le hablaba con inocente indiscreción de sus relaciones pasadas y actuales, lo cual le resultaba al cuarentón interesante y divertido.

Ahora estaba sentada frente a él en el sillón (el cuarentón estaba ya vestido con un suéter y un pantalón ligero) y dijo:

—Cuando salía de la cárcel vinieron hacia mí unos caballos.

6

—¿Caballos? ¿Qué caballos?

Había salido de la cárcel de madrugada y junto a ella pasaron en aquel preciso momento los jinetes de un club de equitación. Iban sentados, derechos y rígidos, como si formaran un solo cuerpo con los animales, altos y sobrehumanos. La chica sintió que se hallaba muy por debajo de ellos, pequeña e insignificante. Encima de ella se oían bufidos y risas y ella se arrimó al muro.

—Y después, ¿adónde fuiste?

Había ido hasta la terminal del tranvía. Era de mañana y el sol ya había empezado a calentar; llevaba aquel abrigo grueso y le daban vergüenza las miradas de los demás. Tenía miedo de que en la estación del tranvía pudiera haber mucha gente y de que todos se fijaran en ella. Pero por suerte en el andén sólo aguardaba una vieja. Fue un alivio, como un bálsamo, que sólo hubiera una vieja.

—¿Y en seguida pensaste en venir a verme?

Su obligación habría sido ir a su casa, a ver a sus padres. Ya se encontraba en la estación, ya estaba en la cola de los billetes, pero cuando le iba a tocar el turno, se escapó. Le angustiaba la idea de ir a casa. Luego le entró hambre y se compró un bocadillo de salchichón. Se sentó en el parque a esperar que fueran las cuatro y el cuarentón volviera del trabajo.

—Estoy satisfecho de que hayas venido primero a verme a mí, eres muy amable por haber venido —dijo—. ¿Te acuerdas —dijo tras un momento— de que habías dicho que ya nunca en la vida vendrías a verme?

—¡Eso no es verdad! —dijo la chica.

—Es verdad —sonrió él.

—No, no es verdad.

7

Claro que era verdad. Aquel día, cuando ella había ido a verlo, el cuarentón abrió inmediatamente la pequeña puerta del mueble-bar; iba a servir dos copas de coñac, pero la chica le hizo desistir haciendo un gesto con la cabeza:

—No, yo no voy a beber, yo ya nunca más voy a beber en tu casa.

El cuarentón manifestó su extrañeza y la chica continuó:

—No voy a volver nunca más a tu casa; hoy he venido sólo para decírtelo.

Y como no dejaba de asombrarse, ella le dijo que amaba de verdad a aquel joven —él sabía perfectamente de quién se trataba—, lo amaba de verdad y no quería seguir engañándolo; había venido a pedirle al cuarentón que comprendiera la situación y que no se enfadara con ella.

A pesar de que llevaba una vida erótica muy intensa, el cuarentón era en el fondo un amante de la armonía y le gustaba mantener la tranquilidad y el orden de sus aventuras; la chica era tan sólo una pequeña estrella titilante en el cielo de sus amores, pero hasta una pequeña estrella, si es arrancada repentinamente de su sitio, puede interrumpir desagradablemente la armonía universal.

Además, le molestaba la incomprensión: siempre le había parecido bien que la chica tuviera un chico de quien estar enamorada; hacía que le hablara de él y le daba consejos acerca de cómo debía comportarse con él. Aquel joven le interesaba tanto que hasta guardaba en un cajón los poemas suyos que la chica le daba; le resultaban antipáticos pero le interesaban, del mismo modo que le resultaba antipático y, sin embargo, le interesaba el mundo que surgía a su alrededor y que él observaba desde el agua caliente de su bañera.

Estaba dispuesto a velar por la felicidad de los dos amantes con toda su cínica amabilidad; y por eso la repentina decisión de la chica le pareció una ingratitud. No tenía la suficiente capacidad de autocontrol para que no se le notara y la chica, al ver su malhumor, siguió hablando sin cesar para justificar su decisión; volvió a repetirle una vez y otra que estaba enamorada del chico y que quería ser sincera con él.

Y ahora estaba sentada frente a él (en el mismo sillón y con el mismo vestido) y aseguraba que nunca había dicho tal cosa.

8

No mentía. Era una de esas almas excepcionales que no distinguen entre lo que es y lo que debe ser y que consideran al deseo ético como realidad. Claro que se acordaba de lo que había dicho al cuarentón; pero también sabía que no debía haberlo dicho y por eso ahora le negaba al recuerdo su derecho a la existencia real.

Pero lo recordaba perfectamente, cómo no lo iba a recordar: había estado en casa del cuarentón más tiempo de lo debido y había llegado tarde a la cita. El joven estaba mortalmente ofendido y ella pensó que sólo una excusa mortalmente seria podía hacer que se reconciliaran. Inventó entonces que su hermano se iba a escapar al extranjero y que se había estado despidiendo de él. No se le había pasado por la imaginación que el joven pudiera presionarla para que lo denunciase.

Por eso, al día siguiente, al salir del trabajo, corrió nuevamente a casa del cuarentón a pedirle consejo; el cuarentón estuvo atento y amable con ella; le propuso mantener el engaño y convencer al joven de que su hermano, luego de una dramática escena, le había jurado que no emigraría. Inventó para ella, con todo detalle, la escena en la que convencía al hermano de que no intentara cruzar ilegalmente la frontera y le aconsejó la forma de sugerirle al joven que se había convertido indirectamente en el salvador de su familia, porque sin su influencia y su intervención tal vez el hermano ya hubiera sido detenido en la frontera o incluso lo hubieran podido matar los guardias.

—¿Y cómo resultó aquella conversación tuya con el joven? —le preguntó ahora.

—No hablé con él. Me detuvieron precisamente cuando volvía de tu casa. Me estaban esperando delante de la puerta.

—Así que ya nunca volviste a hablar con él.

—No.

—Pero seguro que te contaron lo que le pasó...

—No...

—¿Entonces tú no sabes nada? —se asombró el cuarentón.

—No sé nada —dijo la chica alzando los hombros sin mayor curiosidad, como si quisiera decir que no tenía interés en enterarse de nada.

—Murió —dijo el cuarentón—, murió poco tiempo después de que te arrestaran.

9

Eso no lo había sabido la chica; a través de la distancia llegaron hasta ella las palabras patéticas de un joven al que le gustaba colocar al mismo nivel el amor y la muerte.

—¿Se mató? —preguntó con voz apagada, dispuesta repentinamente a perdonarlo todo.

El cuarentón se sonrió:

—Qué va, simplemente enfermó y murió. Su madre se mudó de casa. Ya no queda en aquella casa ni rastro de él. Únicamente en el cementerio hay una gran lápida negra. Parece la tumba de un gran escritor. Su madre hizo que pusieran una inscripción: *Aquí yace el poeta...* Y debajo de su nombre grabaron aquel epitafio que me diste una vez: el que decía que le gustaría morir entre las llamas.

Volvieron a permanecer en silencio; la chica estaba pensando que el joven no se había quitado la vida sino que, vulgarmente, había muerto; hasta la muerte de él le había vuelto la espalda. No, al salir de la cárcel había decidido no verlo nunca más, pero no había pensado en la posibilidad de que él ya no existiera. Porque al no existir él ya no existía ni siquiera la causa de sus tres años de prisión y todo se había convertido en una pesadilla, en un contrasentido, en algo irreal.

—¿Sabes qué? —le dijo—. Vamos a preparar la cena, ven a ayudarme.

10

Se fueron los dos a la cocina, cortaron rebanadas de pan, las untaron con mantequilla y sobre ésta pusieron lonchas de jamón y salchichón; abrieron una lata de sardinas; encontraron una botella de vino y sacaron dos vasos del aparador.

Siempre hacían lo mismo cuando visitaba al cuarentón. Le producía una sensación reconfortante ver que esta parcela de vida estereotipada seguía allí esperándola, idéntica, intacta, sin que le causara ningún problema reintegrarse a ella; en ese momento le pareció que aquélla había sido la parte más hermosa de su vida.

¿La más hermosa? ¿Por qué?

Porque era la parte más segura. Aquel hombre había sido siempre amable con ella y nunca le había exigido nada; no se sentía culpable delante de él, no la ataba ninguna obligación; con él siempre se sentía segura, tan segura como puede sentirse la persona que se encuentra por un momento fuera del alcance de su propio destino; se sentía tan segura como se siente seguro el personaje de un drama cuando cae el telón al acabar el primer acto y empieza la pausa; los demás personajes dejan también a un lado sus máscaras y debajo de ellas hay personas que charlan despreocupadamente.

El cuarentón se sentía desde hacía ya mucho tiempo fuera de su drama vital: al comienzo de la guerra había huido a Inglaterra con su joven esposa, había luchado contra los alemanes en la aviación inglesa y había perdido a su mujer durante los bom-

275

bardeos de Londres; luego regresó y se incorporó al ejército y en la misma época en que Jaromil se había decidido a estudiar ciencias políticas, sus superiores habían decidido que durante la guerra se había comprometido demasiado con la Inglaterra capitalista y que no ofrecía la confianza necesaria para el ejército socialista. Y así se encontró en medio de una nave industrial, de espaldas a la historia y a sus dramáticas representaciones, de espaldas a su propio destino, concentrado en sí mismo, en sus irrelevantes diversiones y en sus libros.

Hacía tres años la chiquilla había venido a despedirse de él, porque él le ofrecía una simple pausa, mientras que el joven le prometía su vida. Y ahora estaba sentada frente a él, masticaba el pan y el jamón, bebía el vino y se mostraba extraordinariamente feliz de que el cuarentón le ofreciera una pausa que se iba extendiendo dentro de ella con su silencio placentero.

De repente, se sintió más libre y comenzó a hablar.

11

En la mesa ya sólo quedaban los platos vacíos con algunas migas, la botella estaba mediada y ella hablaba (libremente y sin patetismo) de la cárcel, de las compañeras de prisión, de los carceleros y, como era su costumbre, se enzarzaba en detalles que le parecían interesantes y que ella reunía en un discurso que, aunque no tenía la menor coordinación lógica, resultaba agradable.

Y sin embargo, la charlatanería de hoy era distinta de la de antes; antes siempre se dirigía ingenuamente a lo esencial, mientras que esta vez sus palabras parecían servirle para evitar el meollo de la cuestión.

Pero ¿cuál era el meollo de la cuestión? El cuarentón se dio cuenta de inmediato y le preguntó:

—¿Y qué pasó con tu hermano?

La chiquilla dijo:

—No lo sé...

—¿Lo soltaron?

—No...

Y sólo en ese momento se dio cuenta el cuarentón de por qué la chica se había escapado de la estación y de por qué le daba tanto miedo ir a su casa; y es que no era solamente una víctima inocente, sino también la culpable de la desgracia del hermano y de toda la familia; no era difícil imaginar los medios que habrían empleado para obligarla a confesar y cómo ella, intentando salvarse, se habría enredado en nuevas y cada vez más sospechosas mentiras; ¿cómo iba a poder explicarle ahora a nadie que no había sido ella la que había acusado a su hermano de un crimen inexistente, que había sido un joven de quien nada se sabía y que ya ni siquiera existía?

La joven seguía callada y al cuarentón lo invadió una ola de compasión:

—No vuelvas hoy a casa. Tienes tiempo de sobra para volver. Es preciso que reflexiones. Si quieres puedes quedarte en mi casa.

Luego se inclinó sobre ella y puso la mano sobre su cara; no la acarició, sólo mantuvo su mano suavemente durante mucho tiempo apoyada sobre su cara.

Había tanta amabilidad en aquel gesto que a la chica le empezaron a caer las lágrimas.

12

Desde que murió su mujer, de quien había estado enamorado, no le gustaban las lágrimas femeninas; les tenía el mismo terror que sentía por que las mujeres pudieran hacerlo parte de sus propios dramas; veía en las lágrimas tentáculos que pretendían aprisionarlo y arrancarlo del idilio de su destino, y le repugnaban.

Y por eso se sorprendió al sentir en la palma de la mano aquella humedad que no le gustaba. Pero lo que más le sorprendió fue que en esta ocasión no era capaz de evitar su melancólico efecto; y es que sabía que esta vez no eran lágrimas de amor, no estaban destinadas a él, no eran una trampa, ni una extorsión, ni una escena teatral; sabía que simplemente estaban ahí, sin otro objetivo, y que brotaban de la chica como suele brotar del hombre, calladamente, su alegría o su tristeza. Estaba indefenso ante su inocencia y le penetraban hasta el fondo del alma.

Pensó en que desde que conocía a aquella muchacha nunca se habían hecho daño el uno al otro; que siempre habían tratado de complacerse mutuamente, que siempre se habían regalado el uno al otro un rato de satisfacción sin pretender nada más; que no tenían nada que echarse en cara. Y lo que le producía una satisfacción especial era que cuando la habían detenido él había hecho todo lo que estaba a su alcance para salvarla.

Se acercó a la chica y la levantó del sillón. Secó con sus dedos las lágrimas de su cara y la abrazó con ternura.

13

Tras las ventanas de este momento, en algún lugar lejano tres años atrás, la muerte se pasea impaciente en el relato que hemos abandonado; su figura huesuda ya ha hecho aparición en la escena iluminada y su sombra se proyecta tan distante que hasta el apartamento en que están la chica y el cuarentón llega la penumbra.

Él abraza su cuerpo con ternura y ella está acurrucada, inmóvil e igual en sus brazos.

¿Qué significa ese acurrucamiento?

Significa que se le ha entregado, se ha puesto en sus manos y quiere permanecer así.

¡Pero esta entrega no es una apertura! Se ha puesto en sus manos cerrada y ensimismada; los hombros echados hacia delante esconden el pecho de ella y su cabeza no se dirige a la cara de él, sino que está inclinada hacia su pecho; contempla la oscuridad de su suéter. Se ha puesto en sus manos sellada para que la esconda en su abrazo como en una caja fuerte.

14

Levantó su cara húmeda y comenzó a besarla. Lo impulsaba una simpatía compasiva y no un deseo sensual, pero las situaciones tienen su propio automatismo, del que no es posible escapar: al besarla intentó abrir su boca con la lengua; no fue capaz; sus labios estaban cerrados y se negaban a responder a aquel beso.

Sin embargo, cuanto más difícil le resultaba besarla, mayor era la compasión que sentía por ella porque se daba cuenta de que la chica que tenía entre sus brazos era objeto de un encantamiento, le habían arrancado el alma y llevaba dentro la herida sangrante de la amputación.

Sentía entre sus brazos un cuerpo flaco, huesudo, mísero, pero la húmeda corriente de simpatía, con la ayuda de la penumbra que comenzaba a extenderse, borraba los rasgos y los volúmenes y los despojaba de precisión y materialidad. ¡Y en ese momento sintió en su cuerpo que era capaz de hacerle el amor!

Fue algo totalmente inesperado: ¡se sentía sensual sin sensualidad, excitado sin excitación! ¡Quizás era la pura bondad, convertida por una transubstanciación misteriosa en excitación física!

Pero quizá fue precisamente lo inesperado y lo incomprensible de aquella excitación lo que le puso totalmente fuera de sí. Comenzó a acariciar el cuerpo de la joven con avidez y a desabrochar los botones de su vestido.

—¡No, no! ¡No, por favor, no! —se defendió ella.

15

Incapaz de detenerlo únicamente con palabras, se arrancó de sus brazos y huyó a un rincón de la habitación.

—¿Qué te pasa? ¿Qué te ocurre? —le preguntó.

Se arrimó a la pared sin decir palabra.

Se acercó a ella y acarició su cara:

—No me tengas miedo, no tengas miedo de mí. Dime lo que te ocurre. ¿Qué te ha ocurrido? ¿Qué ha pasado contigo?

Permaneció de pie, callada, incapaz de encontrar las palabras adecuadas. Y delante de sus ojos volvieron a aparecer los caballos que pasaban junto a la puerta de la prisión, unos caballos altos y fuertes unidos a sus jinetes formando cuerpos dobles y arrogantes. Era tan inferior a ellos, estaba tan por debajo de aquella perfección animal, que deseaba confundirse con alguna de las cosas que había por allí cerca; con el tronco de un árbol o con la pared, para poder esconderse en su materia inerte.

—¿Qué te ocurre? —siguió insistiendo.

—Qué lástima que no seas una viejecita o un viejecito —dijo finalmente ella. —Y luego una vez más—: No debí haber venido, porque no eres ni una viejecita ni un viejecito.

16

Estuvo acariciando su cara durante largo rato, en silencio, y después (la habitación ya estaba a oscuras) la invitó a que le ayudara a hacer la cama; se acostaron juntos en su anchísima cama y él le habló con voz apagada y reconfortante, como hacía años que no hablaba con nadie.

El deseo de amor corporal había desaparecido totalmente, pero la simpatía, profunda e imposible de acallar, seguía presente y reclamaba lo que era suyo; el cuarentón encendió la lámpara y volvió a mirar a la chica.

Estaba acostada, crispada, y miraba al techo. ¿Qué le habría pasado? ¿Le habrían pegado? ¿Amenazado? ¿Torturado?

No lo sabía. La muchacha permanecía callada y él acariciaba su pelo, su frente, su cara.

La acarició hasta que comprobó que de sus ojos desaparecía el terror.

La acarició hasta que los ojos de la muchacha se cerraron.

17

La ventana del apartamento está abierta y por ella entra el aire nocturno de la primavera; la lámpara está ya apagada y el cuarentón permanece echado, inmóvil junto a la chica; escucha la respiración de ella, su sueño intranquilo, y cuando está seguro de que ya se ha quedado dormida, acaricia una vez más su mano con suavidad, feliz de haber podido ofrecerle el primer reposo en la nueva era de su triste libertad.

También la ventana del pabellón que hemos construido con este capítulo sigue abierta, de forma que no dejan de llegar hasta aquí los perfumes y los sonidos de la novela que hemos abandonado precisamente cuando estaba a punto de culminar. ¿Oís la muerte paseando impaciente a lo lejos? Que espere, aún estamos aquí, en el apartamento de otra persona, escondidos en otra novela, en otra historia.

¿En otra historia? No. En la vida del cuarentón y la chica, el encuentro entre ambos es más bien un descanso en su historia que una historia. Es muy poco probable que este encuentro suyo se enrede en una historia de vida compartida. Éste ha sido más bien un corto reposo que el cuarentón ha brindado a la chica antes de que ésta tenga que someterse a la próxima persecución que le espera.

También en nuestra novela este capítulo ha sido solamente una pausa silenciosa, durante la cual un hombre desconocido ha encendido de repente la lámpara de la bondad. Quedémonos mirando aún un par de segundos esa lámpara silenciosa, esa luz benefactora, antes de que el pabellón que es este capítulo desaparezca de nuestra vista...

Séptima parte
o
El poeta agoniza

Sólo un poeta de verdad sabe la angustia que se experimentó en la casa de espejos de la poesía. Por la ventana se oye el ruido de los disparos y el corazón se siente oprimido por el deseo de marcharse; Lermontov se pone el uniforme militar; Byron deposita el revólver en el cajón de la mesita de noche; Wolker marcha en sus versos con las multitudes; Halas maldice y sus maldiciones riman; Maiakovski pisotea el cuello de su canción. Entre los espejos se desata una lucha maravillosa.

Pero ¡cuidado! Cuando los poetas traspasen por error los límites de la casa de los espejos, morirán, porque no saben disparar y cuando disparen sólo acertarán a su propia cabeza.

¿Los oís? ¡Ahí van! El caballo galopa cuesta arriba por los vericuetos de las montañas del Cáucaso y en él va sentado Lermontov con su pistola. ¡Otra vez el ruido de los cascos y el traqueteo de los coches! ¡Esta vez es Pushkin y también lleva pistola y también va a batirse en duelo!

¿Y qué es ese ruido? Es un tranvía; un lento y ruidoso tranvía praguense; en él va Jaromil, recorre la ciudad de un extremo a otro; hace frío: lleva traje oscuro, corbata, abrigo, sombrero.

2

¿Qué poeta no ha soñado con su muerte? ¿Qué poeta no se la ha imaginado? *¡Ay!, si he de morir, que sea, mi amor, contigo, y* *en llamas convertido, sólo ardor, resplandor...* ¿Creéis que fue sólo un juego casual de la fantasía el que llevó a Jaromil a imaginarse su muerte entre las llamas? De ninguna manera; y es que la muerte es un mensaje; la muerte habla; el hecho de la muerte tiene su propia semántica y no da lo mismo el modo en que el hombre muera y en qué elemento muera.

En 1948, Jan Masaryk encontró su muerte defenestrándose en un palacio de Praga después de ver que su destino se rompía contra la dura quilla de la Historia. Tres años más tarde el poeta Konstantin Biebl, horrorizado por el rostro de ese mundo que él había ayudado a construir, se arroja desde un quinto piso y cae sobre el empedrado de esa misma ciudad (la ciudad de las defenestraciones) para morir como Ícaro en la dura tierra y ofrecer con su muerte la imagen de la trágica discordia entre el aire y el peso, entre la vigilia y el sueño.

El maestro Jan Hus y Giordano Bruno no podían morir por la cuerda o la espada, sino únicamente en la hoguera. Sus vidas se convirtieron así en una señal de fuego, en la luz de un faro, en una antorcha que ilumina hasta muy lejos en el tiempo; porque el cuerpo es temporal y el pensamiento eterno y el ser tembloroso de la llama es la imagen del pensamiento. Jan Palach, que veinte años después de la muerte de Jaromil se roció con gasolina en una plaza de Praga y se prendió fuego, difícilmente hubiera podido gritar a la conciencia de la nación muriendo ahogado.

En cambio, Ofelia es inconcebible entre las llamas y tuvo que morir entre las aguas, porque la profundidad del agua representa lo mismo que la profundidad en el hombre; agua es el elemento mortal de los que se han perdido dentro de sí mismos, en su amor, en sus sentimientos, en su locura, en sus espejos y en sus remolinos; en el agua se ahogan las muchachas de las canciones populares cuando su amado no regresa de la guerra; al agua se tiró Harriet Shelley; en el Sena se ahogó Paul Celan.

Se ha apeado del tranvía y se dirige hacia la casa cubierta de nieve, de la que la otra noche había salido precipitadamente, huyendo de la hermosa muchacha de pelo negro.

Piensa en Xavier.

Al principio estaba él solo, Jaromil.

Luego Jaromil creó a Xavier, a su doble, y con él a su segunda vida, onírica y aventurera.

Y ahora había llegado el momento en el que había quedado destruida la contradicción entre el sueño y la vigilia, entre la poesía y la vida, entre la acción y el pensamiento. Había desaparecido también la contradicción entre Xavier y Jaromil. Los dos se habían confundido en un solo ser. El hombre de los sueños se había convertido en hombre de acción, la aventura de los sueños se había transformado en aventura de la vida.

Se acercaba a la casa y sentía su vieja inseguridad, aumentada por la circunstancia de que le dolía la garganta (la mamá no lo quería dejar ir a la fiesta, le dijo que debía permanecer en cama).

Dudó al cruzar la puerta y tuvo que recordar todos los grandes sucesos de los últimos días para infundirse valor. Pensó en la pelirroja, en cómo la estarían interrogando, pensó en los policías y en el curso de los acontecimientos que había puesto en marcha con su propia fuerza y voluntad...

«Soy Xavier, soy Xavier...», se dijo, y tocó el timbre.

4

El grupo que se había reunido en la fiesta se componía de jóvenes actores, actrices, pintores y estudiantes de las escuelas de arte de Praga; el propio dueño de la casa participaba en la fiesta y había puesto a disposición de los invitados todas las habitaciones. La cineasta presentó a Jaromil a unas cuantas personas, le dio un vaso para que se sirviera vino por su propia cuenta, de las muchas botellas que había, y luego lo abandonó.

Jaromil se encontraba incómodo con su traje de fiesta, su camisa blanca y su corbata; todos los demás iban vestidos de modo informal, descuidado, muchos de ellos llevaban simplemente un suéter. Permaneció sentado en su silla, revolviéndose inquieto, hasta que ya no aguantó más; se quitó la chaqueta, la dejó sobre el respaldo de la silla, se desabrochó la camisa y se aflojó la corbata; de esta forma se sintió algo más cómodo.

Todos se esforzaban por llamar la atención. Los jóvenes actores se comportaban como si estuvieran en el escenario, hablaban en voz alta y sin naturalidad, todos hacían lo posible por hacer prevalecer su sentido del humor o la originalidad de sus opiniones. Jaromil, que ya había bebido varios vasos de vino, también intentaba sacar la cabeza por encima de la superficie de la diversión; logró decir unas cuantas frases que le parecieron insolentemente agudas y llamar así durante unos segundos la atención de los demás.

5

A través de la pared se oye la música de la radio; el ayuntamiento había concedido hacía unos días la tercera habitación del piso de arriba a la familia del inquilino; las dos habitaciones en las que vivía la viuda con su hijo son un cascarón de silencio rodeado de ruido por todas partes.

La mamá oye la música. Está sola y piensa en la cineasta. Desde que la conoció, intuyó el peligro de que surgiera el amor entre ella y Jaromil. Había intentado hacerse amiga de ella para poder ocupar posiciones ventajosas a la hora de luchar por su hijo. Y ahora se da cuenta, avergonzada, de que aquello no había servido para nada. A la cineasta ni siquiera se le había ocurrido invitarla a la fiesta. La habían dejado de lado.

La cineasta le había dicho confidencialmente en una ocasión

que trabajaba en el club de los policías únicamente porque era de familia rica y necesitaba tener protección política para poder estudiar. Y la madre pensó en que aquella chica calculadora se servía de todo para alcanzar sus fines; la madre había sido simplemente un escalón al que se había subido para estar más cerca de su hijo.

6

Y la competición continuaba: todos querían llamar la atención. Alguien tocaba el piano, unas cuantas parejas bailaban, se oían las voces ruidosas y las risas de los corrillos; todos intentaban dar la nota graciosa y cada uno se esforzaba porque su ingenio sobrepujara al de los demás para destacar.

También estaba Martynov; alto, apuesto, con una elegancia un tanto de opereta, con su uniforme y su larga daga, rodeado de mujeres. ¡Oh, cómo irritaba aquel hombre a Lermontov! Dios había sido injusto al darle a un idiota una cara hermosa y a Lermontov unas piernas cortas. Pero si el poeta no tiene piernas largas, tiene un espíritu sarcástico que lo eleva hasta las alturas.

Se acercó hasta el grupo de Martynov y esperó su oportunidad. Luego hizo una broma insolente y observó a los que le rodeaban, que se habían quedado estupefactos.

7

Por fin (había estado fuera tanto tiempo) ella apareció en la habitación.

—¿Se encuentra a gusto? —se acercó a él y lo miró con sus grandes ojos negros.

A Jaromil le pareció que volvía nuevamente a aquel momento maravilloso en que habían estado juntos en la habitación de ella sin poder separar sus miradas.

—No —respondió mirándola a los ojos.

—¿Se aburre usted con esta gente?

—Estoy aquí por su causa y usted no está nunca. ¿Para qué me ha invitado si no puedo estar nunca con usted?

—Pero si hay muchas personas interesantes...

—Todos ellos son para mí sólo una excusa para poder estar cerca de usted. Son sólo una escalera por la que querría subir hasta usted.

Se sentía decidido y estaba contento de sus palabras.

—¡Hoy hay muchos peldaños! —replicó ella, riéndose.

—Quizá pueda enseñarme algún pasadizo secreto para llegar hasta usted más rápido que por la escalera.

La cineasta le dijo con una sonrisa:

—Lo intentaremos —y lo tomó de la mano y lo condujo fuera de la habitación. Lo llevó por la escalera hasta la puerta de su habitación y Jaromil empezó a sentir que el corazón le latía más de prisa.

Latía en vano. En aquella habitación, que ya conocía, había ya otros invitados.

8

En la habitación de al lado hace ya rato que se ha apagado la radio; es noche cerrada; la madre espera a su hijo y piensa en su derrota. Pero luego se dice: aunque haya perdido esta batalla seguirá luchando, no dejará que se lo quiten, no permitirá que la echen de su lado, seguirá siempre con él y siempre tras él. Está sentada en el sillón y se siente como si estuviera andando; andando a través de la larga noche, tras él y por su causa.

9

La habitación de la cineasta está llena de voces y humo. A través de aquella penumbra uno de los hombres (de unos treinta años) hace tiempo que mira con atención a Jaromil:

—Me parece que ya he oído hablar de ti —le dice finalmente.

—¿De mí? —pregunta interesado Jaromil.

El hombre de treinta años le ha preguntado si él era aquel muchacho que desde su infancia visitaba al pintor.

Jaromil estaba satisfecho de poder entablar, mediante un amigo común, una relación más estrecha con aquel grupo de gente desconocida; y asintió con ansiedad.

El hombre de treinta años dijo:

—Pero hace mucho que no vas por allí.

—Hace mucho.

—¿Y a qué se debe?

Jaromil no supo qué decir e hizo un gesto escéptico con los hombros.

—Yo sé por qué. Podría estropear tu carrera.

—¿Mi carrera? —Jaromil intentó esbozar una sonrisa.

—Publicas tus versos, recitas en público, nuestra anfitriona hizo una película sobre ti para mejorar su reputación política. Mientras tanto, el pintor tiene prohibidas las exposiciones. ¿Ya sabes que han escrito que es enemigo del pueblo?

Jaromil callaba.

—¿Lo sabes o no lo sabes?

—Sí, he oído algo.

—Parece ser que sus cuadros son una degeneración burguesa.

Jaromil callaba.

—¿Y a que no sabes a qué se dedica?

Jaromil se encogió nuevamente de hombros.

—Lo echaron del colegio y está de peón en una obra. Porque no tiene intención de renegar de sus ideas. Pinta sólo por las noches con luz artificial. ¡Sin embargo, sigue pintando cuadros hermosos, mientras tú escribes unas mierdas repugnantes!

10

Y otra broma insolente y otra broma insolente hasta que el hermoso Martynov se ofende. Le llama la atención a Lermontov delante de todo el mundo.

¿Qué? ¿Acaso debe renunciar Lermontov a sus bromas? ¿Acaso debe pedir disculpas? ¡Jamás!

Sus amigos tratan de disuadirle. No tiene sentido arriesgarse a un duelo por causa de una tontería. Es mejor tratar de evitar la disputa. ¡Tu vida, Lermontov, es más valiosa que la ridícula quimera del honor!

¿Cómo? ¿Acaso hay algo más valioso que el honor?

Sí, Lermontov, tu vida, tu obra.

¡No, nada es más importante que el honor!

El honor es sólo la apetencia de tu vanidad, Lermontov. El honor es sólo la ilusión del espejo, ¡el honor es sólo una comedia para este público insignificante que mañana ya no estará aquí!

Pero Lermontov es joven y los instantes en que vive son amplios como la eternidad y esos pocos hombres y mujeres que lo están mirando son el anfiteatro del mundo; ¡o es capaz de ir por este mundo con paso viril y firme, o no es digno de vivir!

11

Sintió que el lodo de la vergüenza corría por su cara y se dio cuenta de que no podría permanecer ni un minuto más con la cara manchada de esa forma. En vano tratan de calmarlo, en vano lo consuelan.

—Es inútil que intenten reconciliarnos —dijo—: Hay cosas que no se pueden reconciliar. —Entonces se levantó y se dirigió excitado al hombre de treinta años—: Personalmente, lamento que el pintor trabaje de peón y que pinte con luz artificial. Pero si lo consideramos objetivamente, da lo mismo que pinte a la luz de una vela o que no pinte en absoluto. El mundo de sus cuadros ha muerto hace mucho tiempo. ¡La vida real está en otra parte! ¡En otra parte completamente distinta! Y ése es el motivo por el que no voy a casa del pintor. No me divierte discutir con él problemas que no existen. Que lo pase lo mejor que pueda. No tengo nada contra los muertos. Que en paz descansen. Y a ti te digo lo mismo —se dirigió al hombre de treinta años—: descansa en paz. Estás muerto y ni siquiera lo sabes.

El hombre de treinta años también se levantó y dijo:

—Sería interesante ver el resultado de un combate entre un cadáver y un poeta.

A Jaromil se le subió la sangre a la cabeza.

—Muy bien, podemos hacer la prueba —dijo, y lanzó un puñetazo hacia el hombre de treinta años, pero éste interceptó su mano, de un tirón lo obligó a ponerse de espaldas, lo agarró con la derecha del cuello de la camisa, con la izquierda del fondillo de los pantalones y lo levantó.

—¿Adónde debo llevar al señor poeta? —preguntó.

Los chicos y las chicas que hacía un rato habían intentado reconciliar a los dos contendientes no aguantaron la risa; el hombre de treinta años cruzó la habitación zarandeando a Jaromil que, en las alturas, se retorcía como un desesperado, tierno pececillo. Finalmente lo llevó hasta la puerta del balcón. La abrió, puso al poeta sobre el umbral y le dio un puntapié.

12

Se oyó un disparo, Lermontov se llevó la mano al corazón y Jaromil cayó sobre el duro cemento del balcón.

¡Oh, mi Bohemia, transformas tan fácilmente la gloria de los disparos en la burla de los puntapiés!

Pero ¿hemos de reírnos de Jaromil porque sea una parodia de Lermontov? ¿Hemos de reírnos quizá del pintor por imitar a André Breton con su abrigo de cuero y su perro pastor? ¿Acaso no era también André Breton la imitación de algo elevado a lo que quería parecerse? ¿No es acaso la parodia el eterno destino del hombre?

Por lo demás, no hay nada más fácil que cambiar la situación:

13

Se oyó un disparo, Jaromil se llevó la mano al corazón y Lermontov cayó sobre el duro cemento del balcón.

Lleva el uniforme de gala de oficial zarista y se levanta del suelo. Está catastróficamente solo. No está aquí la historiografía literaria con sus bálsamos para dar un sentido elevado a su caída. No hay aquí ninguna pistola, cuyo disparo pueda hacer desaparecer su pueril humillación. Sólo está la risa que llega a través de la ventana y lo deshonra para siempre.

Se acerca a la balaustrada y mira hacia abajo. Pero el balcón no tiene la altura suficiente para que pueda estar seguro de matarse si salta. Hace frío, se le hielan las orejas, se le hielan las piernas, pasea de un lado al otro y no sabe qué hacer. Le horroriza pensar que puedan abrirse las puertas del balcón y aparecer los rostros de quienes se ríen de él. Está atrapado. Ha caído en el cepo de la farsa.

Lermontov no tiene miedo a la muerte, pero teme al ridículo. Querría tirarse del balcón, pero no se tira porque sabe que si el suicidio es trágico, el suicidio fallido es ridículo.

Pero ¿qué ocurre, qué ocurre? ¿Qué frase extraña ha sido ésa? ¡Si el suicidio, resulte o no resulte, es exactamente el mismo tipo de acción, tiene los mismos móviles y requiere idéntico coraje! ¿Qué es entonces lo que diferencia a lo trágico de lo ridículo? ¿Es sólo la casualidad del éxito? ¿Qué es lo que diferencia a la grandeza de la pequeñez? ¡Dínoslo, Lermontov! ¿Es sólo el decorado? ¿La pistola o el puntapié? ¿Son sólo las bambalinas que la Historia impone a las historias humanas?

¡Basta! Quien está en el balcón es Jaromil, con su camisa blanca, la corbata desanudada y temblando de frío.

14

Todos los revolucionarios aman las llamas. También Percy Shelley soñó con morir en la hoguera. Los amantes de uno de sus grandes poemas murieron juntos entre las llamas.

Shelley proyectó en estos amantes a su mujer y a sí mismo, y sin embargo murió ahogado entre las olas. Por eso fue que sus amigos, como si quisiesen enmendar este error semántico de la muerte, levantaron junto a la orilla del mar una gran hoguera y quemaron allí su cuerpo mordido por los peces.

Pero ¿acaso la muerte también quiere reírse de Jaromil mandándole en lugar del ardor la helada?

Porque Jaromil quiere morir; la idea del suicidio lo atrae como el canto del ruiseñor. Sabe que está resfriado, sabe que se va a enfermar, pero no regresa a la habitación, no puede soportar esa humillación. Sabe que sólo el regazo de la muerte puede consolarlo, ese regazo que ha de llenar con todo su cuerpo y su alma y en el cual será inmensamente grande; sabe que sólo la muerte puede vengarlo y acusar de asesinato a quienes se ríen de él.

Se le ocurre acostarse frente a la puerta y dejarse asar por el frío desde abajo para facilitar su trabajo a la muerte. Se sentó en el suelo; el cemento estaba tan frío que al cabo de un rato ya no sentía su propio trasero; quiso acostarse, pero no tuvo el valor de apoyar la espalda sobre el suelo helado y volvió a incorporarse.

La helada lo envolvía por completo: estaba dentro de sus zapatos finos, debajo de los pantalones y del calzoncillo, le metía desde arriba la mano por detrás de la camisa. Le castañeteaban los dientes, le dolía la garganta, no podía tragar, estornudaba y tenía ganas de orinar. Se desabrochó el pantalón con los dedos ateridos; meó en el suelo delante de sí y vio que la mano con la que sujetaba el miembro temblaba de frío.

15

Se retorcía de dolor sobre el suelo de cemento, pero por nada del mundo habría consentido en abrir la puerta del balcón para reunirse con quienes se habían reído de él. Pero ¿qué estaban haciendo éstos? ¿Cómo es que no iban a buscarlo? ¿Tan malvados eran? ¿O estaban tan borrachos? ¿Cuánto tiempo hacía ya que estaba fuera?

De repente, en la habitación se apagó la lámpara central y quedó encendida sólo una luz muy débil.

Jaromil se acercó a la ventana y vio que junto a la cama estaba encendida una lámpara pequeña con una pantalla rosada; permaneció mirando durante largo rato hasta que vio dos cuerpos desnudos abrazados.

Le castañeteaban los dientes, temblaba y miraba; la cortina entrecerrada le impedía saber con seguridad si el cuerpo de mujer cubierto por el cuerpo del hombre pertenecía a la cineasta, pero todo parecía indicar que sí: el pelo de la mujer era largo y negro.

Pero ¿quién era el hombre? Dios mío, Jaromil sabía quién era. ¡Pero si ya había visto una vez toda esta escena! El frío, la nieve, la casita en la montaña y, recortándose en la ventana iluminada, Xavier con una mujer. ¡Pero si a partir de hoy Xavier y Jaromil debían ser un solo ser! ¿Cómo es que Xavier lo traicionaba? ¡Dios mío! ¿Cómo es que hacía el amor delante de sus ojos con su amiga?

16

La habitación estaba ya a oscuras. No se oía ni se veía nada. Y tampoco había nada en su mente: ni rabia, ni lástima, ni humillación; en su mente sólo había un frío espantoso.

Ya no podía aguantar más; abrió la puerta acristalada y entró; no quería ver nada, no miró ni a derecha ni a izquierda y atravesó rápidamente la habitación.

En el pasillo había luz. Bajó por la escalera y abrió la puerta de la habitación en la que había dejado su chaqueta; estaba a oscuras, tan sólo una leve claridad que penetraba desde la antesala iluminaba apenas a algunas personas que dormían respirando profundamente. Seguía temblando de frío. Buscó a ciegas su chaqueta en los respaldos de las sillas pero no podía encontrarla. Estornudó; uno de los durmientes se despertó y le gritó que se callase.

Llegó a la entrada. Allí estaba colgado su abrigo. Se lo puso por encima de la camisa, tomó el sombrero y salió corriendo del edificio.

17

El cortejo se ha puesto en marcha. Un caballo tira del carro fúnebre. Detrás del carruaje fúnebre va la señora Wolker y ve que de la tapa negra sale la esquina de una almohada blanca; ese trozo de almohada que ha quedado fuera es como un reproche de que la última cama de su hijo (ay, tiene veinticuatro años) está mal hecha; siente un deseo irrefrenable de colocar bien la almohada que está debajo de su cabeza.

El ataúd ya está en la iglesia rodeado de coronas. La abuela, que ha sufrido una hemiplejía, tiene que levantarse el párpado con un dedo para poder ver. Inspecciona el féretro, observa las coronas; en una de ellas hay una cinta con el nombre de Martynov. «Tiradla», ordena. Su viejo ojo, cuyo párpado paralizado tiene que ser sostenido con un dedo, vigila fielmente el último viaje de Lermontov, que sólo tiene veintiséis años.

18

Jaromil (ay, aún no tiene veinte años) está en su habitación y tiene mucha fiebre. El médico ha diagnosticado pulmonía.

A través de la pared se oye una ruidosa disputa entre los inquilinos y las dos habitaciones en las que viven la viuda y su hijo son un islote de silencio asediado. Pero la madre no oye el alboroto de la habitación de al lado. Sólo piensa en los medicamentos, en el té caliente y en las compresas frías. Cuando él era pequeño ya había pasado muchos días para arrancarlo, enrojecido y ardiendo, del reino de los muertos. Ahora va a estar sentada junto a él con la misma pasión, la misma fidelidad y durante el mismo tiempo.

Jaromil duerme, delira, se despierta y vuelve a delirar; el fuego de la fiebre lame su cuerpo.

¿Serán las llamas? ¿Se convertirá al fin en ardor y resplandor?

19

Delante de la madre está un desconocido que quiere hablar con Jaromil. La mamá se niega. El hombre le recuerda el nombre de la pelirroja.

—Su hijo ha denunciado al hermano de ella. Los han detenido a los dos. Tengo que hablar con él.

Están el uno frente al otro en la habitación de la mamá, pero para la mamá esa habitación es sólo la antesala del aposento del hijo; vigila la puerta como el ángel armado la puerta del paraíso. La voz del visitante es áspera y despierta en ella la cólera. Abre la puerta de la pequeña habitación del hijo:

—Muy bien, hable si quiere.

El hombre vio la cara enrojecida del muchacho delirando de fiebre y la madre le dijo con voz apagada pero firme:

—No sé nada de lo que usted dice, pero le aseguro que mi hijo sabía lo que hacía. Todo lo que hace responde al interés de la clase obrera.

Al decir estas palabras, que oía con frecuencia a su hijo, pero que le habían sido ajenas hasta entonces, sintió una sensación de fuerza enorme; ahora estaba más unida con el hijo de lo que lo había estado nunca; tenía la misma alma, la misma mente; formaba con él un mismo universo hecho de una misma y única materia.

20

Xavier llevaba en la mano una cartera con el cuaderno de checo y el libro de ciencias naturales.

—¿Adónde vas?

Xavier sonrió y señaló hacia la ventana. La ventana estaba abierta, brillaba el sol y desde lejos llegaban hasta allí las voces de una ciudad llena de aventuras.

—Me prometiste que me llevarías contigo...

—Eso fue hace mucho tiempo —dijo Xavier.

—Tú quieres traicionarme.

—Sí, te traicionaré.

A Jaromil le faltaba el aliento. Lo único que sentía era un inmenso odio hacia Xavier. Hasta hacía poco había pensado que él y Xavier eran un mismo ser con dos apariencias distintas, pero ahora comprendía que Xavier era alguien completamente diferente, ¡y que era su enemigo jurado!

Y Xavier se inclinó hacia él y le hizo una caricia:

—Eres hermosa, eres muy hermosa...

—¿Por qué me hablas como si fuera una mujer? ¡Te has vuelto loco! —gritó Jaromil.

Pero Xavier no dejó que lo interrumpiera:

—Eres muy hermosa, pero tengo que traicionarte.

Luego se dio media vuelta y se alejó hacia la ventana abierta.

—¡Yo no soy una mujer! ¡Yo no soy ninguna mujer! —gritó tras él Jaromil.

21

La fiebre descendió por un momento y Jaromil miró a su alrededor; las paredes estaban vacías; la fotografía enmarcada del hombre con uniforme de oficial había desaparecido.

—¿Dónde está papá?

—Papá ya no está aquí —dijo la madre con voz dulce.

—¿Por qué? ¿Quién lo quitó?

—Yo, querido. No quiero que lo estés mirando. No deseo que nadie se interponga entre nosotros. Ahora ya es inútil que nos mintamos. Es necesario que lo sepas. Papá nunca quiso que nacieras. Nunca quiso que vivieras. Quiso obligarme a que no nacieras.

Jaromil estaba agotado por la fiebre y ya no tenía fuerzas para preguntar ni para discutir.

—Mi niño hermoso —dice la madre y le tiembla la voz.

Jaromil se da cuenta de que la mujer que le está hablando siempre lo ha querido, nunca se le ha escapado, nunca ha tenido que tener miedo de perderla ni ha tenido que tener celos de ella.

—Yo no soy hermoso, mamá. Tú eres hermosa. Eres tan joven.

La madre oye lo que le dice el hijo y tiene ganas de llorar de felicidad:

—¿Tú crees que soy hermosa? Tú te pareces a mí. Tú nunca has querido oír que te parecías a mí. Pero te pareces a mí y soy feliz de que así sea. —Y le acarició el pelo que era rubio y suave como los vilanos y se lo besaba—: Tienes el pelo de un ángel, querido.

Jaromil siente que está cansado. Ya no tendría fuerzas para ir tras otra mujer, todas están demasiado lejos y el camino hacia ellas es infinitamente largo:

—En realidad, nunca me ha gustado ninguna mujer —dice—; sólo tú, mamá. Tú eres la más hermosa de todas.

La madre llora y lo besa.

—¿Te acuerdas del balneario?

—Sí, mamá, a ti te he querido más que a ninguna.

La madre ve el mundo a través de una gran lágrima de felicidad;

todo alrededor de ella queda borroso por la humedad; las cosas se han escapado de las ataduras de la forma y bailan y se alegran:

—¿De veras, querido?

—Sí —dice Jaromil, que sostiene la mano de la madre con su mano ardiente y se siente cansado, enormemente cansado.

22

Ya echan tierra sobre el ataúd de Wolker. Ya regresa la señora Wolker del cementerio. Ya está la piedra sobre el féretro de Rimbaud, pero su mamá, como se sabe, hizo que volvieran a abrir el panteón familiar de Charleville. ¿Veis a esa señora austera vestida de negro? Examina el espacio oscuro y húmedo y comprueba si el ataúd está en su sitio y cerrado. Sí, todo está en orden. Arthur descansa y no huye. Arthur ya nunca más huirá. Todo está en orden.

23

¿Así que, al final, agua, sólo agua? ¿Nada de llamas?

Abrió los ojos y vio una cara que se inclinaba hacia él con la mandíbula suavemente hundida y el pelo rubio y ligero. Esa cara que tenía encima de él estaba tan cerca que le pareció que yacía sobre una fuente y veía en ella su propio aspecto.

No, nada de llamas. Se ahogará en el agua.

Contempló su propia cara en la superficie del agua. Luego, de repente, vio en esa cara un susto tremendo. Y eso fue lo último que vio.